박종식

전북순창출생
문예사조 시 부문 신인상
한국문학예술 소설 『일곱이레날』로 신인상수상
시집 : 『삶의 동그라미』
소설집 : 『녹차꽃은 떨어지고』(2018. 도서출판 바밀리온)
소설집 : 『부서진 시간의 조각들』(2018. 도서출판 바밀리온)
장편소설 : 『잃어버린 세월』上 · 下 전2권
현 : 한국문협. 한국소설가협회 회원

표지작품
김재권
파리조형예술학교조형표현전공졸업.프랑스국립파리제8대학조형예술학교졸
업 (조형예술학초급박사학위 및 조형예술학박사)

일러스트
김한창
파리그랑빌러화랑 개인전.쌀롱종뺑뜨, 프랑스생제르멩데쁘르 국제청년미술
제 금상수상. 예원예술대학교 미술디자인학과객원교수역임

잃어버린 세월

·

下권

잃어버린 세월

下권

박종식 장편소설

도서출판 바밀리온

‖ 차례 ‖

1

가출

임신으로 입덧을 시작하면서부터 춘호나 사어머니가 집안의 경사라고 떠받들어 주었으나, 혜숙은 입덧의 고통을 견디지 못하고 차츰 성격이 이상해지고 있었다. 물론 결혼 1년도 채 되지 않은 새색시가 견디기 어렵다며 의식적으로 토로하거나 심한 신경질을 부리지는 않았다.

그러나 감정이 예민해져 작은 간섭에도 과잉반응을 일으키면서 우울 증세가 일어났다. 말조차 잘 하지 않으며 고민에 빠져 들어가는 것 같았다. 날이 갈수록 증세가 심해져 춘호의 따뜻한 애정과 원순의 살가운 위로도 소용이 없었다. 오히려 스트레스가 쌓여가고 있는 것 같았다. 시집살이가 어려운 것이 아니라 임신으로 인한 심리적변화가 예민해져 행동이 거칠어지고 있었다.

네 활개를 칠 수 있는 봄이 돌아왔다. 시냇가엔 버들강아지가 피어나고 뒤란 담장에 기대선 매화나무는 어느새 꽃망울을 터뜨려 집안가득 매화 향으로 채워주었다. 눈 녹은 개울물은 희망의 꿈을 속삭이며 짧은 봄밤을 아늑히 잠들게 했다. 논밭에서는 쟁기질하는 소들의 원앙소리가 언덕배기아지랑이를 흔들어 작은 풀싹들을 깨워냈다. 춘호와 원순은 보리밭을 메는 등, 농사일이 아무리 바빠도 혜숙을 들에 나오지 못하게 했다. 혜숙은 혼자 집에 있으면서 대화할 사람이 없으니 육체적 심리적변화에 더욱 불안을 느꼈다.

시어머니와 춘호, 춘보는 해가 지고 배가 고파 새우등이 되어 들어와 보니 혜숙이 집에 없었다. 저녁밥을 준비하고 있어야할 며느리가 집에 없어 빈집처럼 찬바람이 일었다. 평소에는 물을 데워 들에서 돌아온 식구들이 씻도록 하고 곧바로 밥을 먹을 수 있도록 준비해놓고 있었다. 춘호는 손 넣기가 어설픈 찬물에 대충 손을 씻고 옷을 갈아입으려고 방으로 들어가니 난장판이었다. 농문이 열려진 채 옷가지며 이불조차 널브러져 있으니 그 때의 심정은 혜숙이 옆에 있었다면 쥐어박기라도 했을 것이다.

혜숙이 자기 옷 몇 가지만 싸가지고 정리도 하지 않은 채 어디론가 사라져버린 것이다. 원순은 지친 몸을 이끌고 겨우 저녁밥을 지어 상을 차렸다. 춘호는 밥알이 모래를 씹는 것 같았다. 몹씨 배가 고팠지만 밥이 넘어가지 않았다. 억장이 무너져 내리는 것 같았다. 어둠은 짙어 가는데 혜숙은 어디로 갔을까, 찾아 나서야 할지, 어떻게 해야 할 엄두가 나지 않았다. 마을 집집을 돌아다녀도 행방을 아는 사람이 없었다.

맨 아랫집에 사는 구산 댁이 오후 새 때쯤 보퉁이 하나를 들고 쫓기는 사람처럼 빠른 걸음으로 동구 밖으로 나가는 것을 봤다고 했다.

어처구니가 없었다. 참으로 난감한 일이었다. 어디로 갔을까, 춘호는 비참한 생각이 들었다. 시집살이를 심하게 했다면 핑계라도 있지, 임신한 후로는 온 식구가 혜숙을 떠받들며 저만큼 서라는 말도 하지 않았다. 그런데 스스로 일어나는 스트레스를 이기지 못하고 나간 것이다. 그래서 사람의 본색은 숨길 수가 없는 것이구나, 하고 되새기게 되었다. 인성이 덜 갖추어진 사람은 자기 절재를 못하고 이성적 판단력이 부족하다. 부지불식간 본인도 모르게 본성이 들어난 것이다.

처음 시집와서야 새색시로서의 절제와 인내로 본성을 숨겨왔지만, 자기 자리가 잡히고 말이 먹히기 시작하면서 서서히 본성이 들어난 것이다. 원순은 그런 것이 염려되어 혼사를 반대했던 것이다. 그러나 춘호의 고집을 못 이기고 혼인을 성사시켰는데 이런 사단이 나고 보니 올 것이 왔구나, 하는 생각이 들었다. 이제 와서 누구를 탓한들 무엇 하리, 남 탓으로 해결될 일이 아니다. 되돌릴 수 없는 일이 되고 말았으니 후회만 하고 있을 수는 없다. 돌아오면 조금도 나무라지 말고 따뜻하게 맞아 정신적 안정을 찾도록 마음을 써야겠다고 마음먹었다.

그러나 원순은 자신이 지지리도 복이 없는가 싶어 스스로 한스러웠다. 잃어버린 청춘이 억울해서 말년에나 맘 편이 사는 것으로 위안을 삼으려 했는데, 앞으로 남은 생이 더 문제일 것 같았다. 아직 아들이나 며느리부축 없이도 살아갈 수 있는데, 이대로라면 노후에는 오히려 며느리시집살이를 해야 할 것 같아 비애감이 들었다. 타고난 운명이 그렇게 주어졌는가 싶어 자신이 저주스럽기만 했다. 식구들은 거의 뜬눈으로 밤을 새웠다. 친정으로 갔을까, 아니면 언니 집으로 갔을까, 춘호는 먼동이 트면서 아침을 먹지도 않고 먼저 처가로 쫓아갔다. 밤새 잠을 자지 못한 터에 아침을 먹지 않은 춘호로서는 배가 고프고 몸은 지칠 대로 지쳐있었다. 그러나 혜숙이 처가에 있을 것이라는 기대감으로 배고픈 것도 잊어야 했다.

땀을 뻘뻘 흘리며 처가에 도착해보니 혜숙이 오지 않았다고 한다. 큰 제방 둑이 무너진 듯 허탈하고, 밀려오는 무력감에 기진맥진하여 남은 힘마저 일시에 빠져나가 곧 쓰러질 것만 같았다. 처가에는 처남댁이 씨감자의 씨눈을 쪼개고 있다가 춘호가 들어가니 적이 놀란 표정이었다.

"어서, 오셔요. 이, 바쁜 철에 어찌 요렇게 오신다요?"

"우선 몬자 물 한 그릇 주셔요."

춘호는 대답할 기력도 다 소진 된 듯 마루에 털썩 걸터앉으며 겨우 입을 열었다. 물을 달라는 말에 처남댁은 얼른 부엌으로 들어가 하얀 양은 대접에 물을 떠왔다. 춘호는 물 한 사발을 단숨에 들이켜 마시고 긴 한숨을 내쉬었다.

"먼, 일이 있는가 본디요. 혹시 애기씨가……."

처남댁은 걱정스런 눈으로 춘호를 쳐다보면서 재차 물었다. 춘호는 말을 못하고 한참동안 앉아 있다가 맥이 쭉 빠진 체 간신히 말을 했다.

"그나저나 밥부터 한술 묵어야겠어요. 아침도 안 묵고 나섰더니 허리가 고부라지게 시장허네요. 어서 한술 주셔요."

춘호는 염치불고하고 밥을 청했다.

"아이고, 그려요? 알았어라우. 쬐끔만 기시지요."

처남댁은 부엌으로 들어가 아침에 먹고 남은 된장시래기 국을 데워 간단하게 밥상을 차려왔다.

"아침도 안 드셨으면 얼매나 시장허실까? 찬이 없어서 어쩌그라우. 우선 시장면이나 허셔요."

춘호는 어제 저녁밥도 그렁저렁 먹은 데다 아침까지 굶었으니 허리가 펴지지 않았다. 기운이 빠져서 그런지 눈조차 희미한 것 같았다.

그렇게 시장하지만 밥을 입에 떠 넣으니 입안이 떨떠름해서 밥알이 씹히지 않아 떠 넣고 싶은 생각이 없었다. 그래도 기운이 너무 소진되어 밥을 먹어야겠다고 생각하고 물을 말아 억지로 퍼 넣었다. 그렇게라도 먹고 나니 기운이 조금 돌아오는 것 같았다. 그 때 장인께서 들어왔다. 처남과 함께 밭일을 하다가 목이 말라 물을 가지러 온다고 했다.

"아니, 조서방이 어쩐 일인가?"

마당으로 들어오는 장인이 마루에 앉아있는 춘호를 보고 놀라면서 춘호 앞으로 걸어오고 있었다.

"안녕허셨어요? 일이 좀 있어 잠깐 다녀갈라고 왔어요."

춘호는 자기 앞으로 걸어오는 장인을 마당으로 내려가 맞이하면서 선체로 간단히 인사를 올렸다. 오랜만이여서 당연이 큰절로 인사를 올려야 하지만 언제 그렇게 할 겨를이 없었다.

"그나저나 집안에 무신 일 있능기여? 아무 기별도 없이 요렇게 뜻밖에 온 걸 보면 먼 일 있구만. 갸가 입태 혔담선 혹시 잘못 된 것 아니어?"

장인은 걱정스런 표정으로 물었다. 춘호는 한참동안 말을 못하고 머뭇거리고 있었다.

"먼, 일인지 말씀 혀보셔요."

처남댁도 궁금하기는 매한가지로 답답해하며 물었다.

"……요새 아무일 없이 잘 지냈넌디 엇 저녁 때 어디론가 나가부렀어요."

춘호는 한참을 머뭇거리다가 겨우 말했다.

"에이? 나가부러? 갸가?"

장인과 처남댁이 함께 눈을 치켜뜨며 심히 놀랐다.

"아니, 말다툼이라도 혔어요? 말도 없이 어디로 가부렀을까이. 입태럴 허먼 신경이 예민혀지는 것인디, 혹씨 심혀게 지천이라도 혔넌감만요?"

처남댁은 약간 춘호를 책망하는 어투였다.

"아니여라우. 입덧이 좀 심혀서 음석얼 잘못 묵음선, 신경질얼 많이 부리고 그렸어요. 혼자 외로워 허기도 허고 어쩔 때는 아무 일도 아닌디 짜증얼 내기도 혔어요. 집안식구가 모다 조심험선 저는 저대로 위로도 혀주고 묵을 것도 챙겨주기도 혔넌디……."

춘호는 말을 채 잇지 못하고 목이 메었다.

"그려서 찾으로 온거여? 그놈의 자석. 여태 아무 탈 없이 입태까지 혔다고 혀서 안심 험선 좋아혔넌디, 말도 없이 나가부러? 나, 참."

장인은 입맛을 다시며 춘호에게 오히려 미안해했다.

"여그넌 안 왔넌디, 읍내 큰 시누한테 갔을까? 안그러먼 수지사는 시누한테 갔을까? 혼자 아무도 모른 데로 가던 안 혔을 것인디?"

처남댁은 애가 타는 듯 혼잣말로 안타까워했다.

"야야. 니가 조서방허고 함께 큰애 집으로 혀서 수지까지 당겨보그라."

장인도 무척 걱정스러워하며 며느리에게 함께 찾아보라고 했다.

"그러끄라우? 정심이나 묵고 가던지 혀야지요."

처남댁은 점심을 차리려는 듯 부엌으로 들어갔다.

"아직 정심 때가 이른게 그냥 가그라. 한시가 급헌디, 언제 정심 묵고 있겄냐?"

장인은 누구보다 속이 더 타는지 다그쳤다.

"저도 금방 한술 떴은게 그냥 가지요."

춘호 역시 한시가 급한 터라 한가히 앉아서 점심을 먹고 있을 때가 아니라고 생각하고 서둘렀다. 춘호와 처남댁은 먼저 남원 큰 시누이 집으로 앞을 둘렀다.

들머리 논두렁에는 아지랑이가 춤추고, 들에는 겨우내 멈추어있던 시간들이 봄 햇살에 꿈틀거리고 있었다. 버스가 쉬 오지 않았다. 반시간 이상 기다려 곡성에서 올라오는 버스를 탔다. 남원까지 20리 길이지만 비포장이어서 덜컹거리며 거의 20분이 걸렸다. 남원읍 동충동 골목길로 접어들어 큰처형 집을 찾아들어갔다. 흙담으로 아늑하게 둘러 쌓인 기와집이 정적 속에 잠들어있었다. 나무대문이 잠긴 채 집안에서는 인기척이 없었다. 춘호는 대문을 두드리며 불렀다.

"이보시오. 이보시오. 아무도 안 지셔요? 문 좀 열어주시요."

큰 소리로 고함을 지르며 대문을 계속 두드렸으나 안에서는 기척이 없었다.

"큰 고무. 지 왔시요. 집에 아무도 안 지신가요?"

처남댁은 여성의 특유한 높은 음성으로 부르니 안에서 인기척이 들려왔다.

"누구시오?"

처남댁 부르는 소리를 듣고 나오는 사람은 큰처형 시어머니였다. 머리에 검은 머리카락하나 없는 순백의 할머니였다.

마당으로 걸어 나와,

"누가 오셨넌가?"

하면서 대문을 열어주었다.

"안녕하셔요?"

춘호와 처남댁이 정중히 인사를 올렸다.

"어디서, 오셨능기요?"

사둔 노인은 눈썹위에 손을 얹으며 사람을 자세히 알아보려고 가까이 다가오며 물었다. 이마의 주름이 유난이 선명하게 그림을 그려놓은 듯했다.

"저라우. 갓바우에서 왔어라우. 잘 모르겠능기요? 영옥이 외숙모라우."

"응? 갓바우? 영옥이 외숙모라고? 오메 젊은 사둔이구만이라우. 인자 눈이 침침혀서 사람도 잘못 알아바. 그나저나 어서 들어오서요."

노 사둔은 그제야 알아보고 반갑게 맞아 들였다.

"고무, 집에 없능기요?"

처남댁이 노 사둔의 손을 잡으면서 물었다.

"갸넌, 점방에 가 있제."

"그런디, 어저께 손님 안 왔어요? 영옥이 막내이모 말이요."

"누구? 아무도 안온 것 같언디, 잘 모르겄네. 가게로 왔넌가 모르겄오. 여그서 요렇게 서있지 말고 방으로 좀 들어갑시다. 다른 손님이랑 오셨은게……."

"아 참, 잘 모르신갑넌디. 저그 순창 사시넌 영옥이 막내이숙이여라우,"

처남댁은 춘호를 노 사둔에게 소개를 했다.

"안녕하셔요? 처음 인사드립니다."

춘호는 서서나마 정중하게 허리를 깊이 굽혀 다시 인사를 드렸다.

"그러셔요? 그렇게 요렇게 마당에 서있지 말고 방으로 좀 들어가셔요"

노 사둔은 처남댁 손을 끌면서 방으로 안내했다.

"아니어요. 고무 좀 볼라고 왔어요. 가게로 그냥 가께요."

처남댁은 노 사둔의 권유도 뿌리치고 가게로 직접 찾아가자고 춘호를 앞세웠다.

"요렇게 가불라요? 정심 때가 넘었넌디. 그냥 가시게요? 너무 섭섭헌디. 그럼, 잘 가시게라우."

"정심은 집에서 조금 떠묵고 왔어라우. 그렇게 아직 시장허지 않아요. 그냥 갔께라우. 안녕히 지셔요."

노 사둔은 대문 밖까지 나와 내 바라지를 했다. 그들은 인사를 드리고 종종걸음으로 주택가골목을 나와 남원세무서 앞을 지나 남원역에서 광한루까지 통하는 길로 들어섰다. 따뜻한 햇살이 내려쬐는 아스팔트 길 위에는 봄기운이 완연했다. 봄볕이 플라타너스 가로수를 휘감고 겨울잠을 깨우고 있었다. 많은 사람들이 웅성거리며 길을 메우고 있었다. 큰 처형은 광한루로 들어가는 남원의 중심지상가에서 포목점을 하고 있었다. 1Km남짓한 거리지만 멀게만 느껴졌다.

네거리동편에 있는 제일은행남원지점 앞을 지나 광한루 쪽으로 50m쯤 가서 동춘포목상회 간판이 눈에 들어왔다. 처형 네 포목점이다. 대낮인데도 형광등불빛이 밝게 비추고 있었다. 안에 진열된 형형색색 화려한 비단 옷감들이 지나가는 사람들의 발걸음을 붙잡아 불러들이고 있었다. 가게 안에서는 중년 여인 두 사람이 비단 옷감을 펼치면서 처형과 흥정을 하고 있었다.

"어서, 오세요."

처형은 들어오는 사람을 쳐다보지도 않고 문소리만 듣고 의례적 인사로 그들을 맞아드렸다. 그러다 고개를 들어 쳐다보고는 벌떡 일어서며,
"웬일인가? 아니 제부까지."

하면서 흥정을 멈추고 손을 잡아 맞아드렸다.

"안녕하셔요? 어서 얘기 허셔요."

춘호는 짧게 인사를 하고 가게 중간지점에 서있었다.

"요, 쑥고사로 한감만 끊어주어요."

"예, 그래요. 참, 올케 우선 거그 좀 앉거."

처형은 옷감을 자로 재서 가위로 살짝 베고는 두 손으로 쭉 찢어 색종이로 곱게 쌓아 주었다.

"아니, 어쩐 일인가? 지금 바쁜 때 아닌가? 제부가 다 오시고. 그리 앉거. 나 커피 타께."

처형은 손님을 내보내고 서둘러 맞아드렸다.

춘호는 아내가 여기 오지 않았다는 것을 느낌으로 짐작해 알아채고는 오장이 다 빠져나간 듯 허탈한 심정이었다. 사실을 말하기도 난처했다. 한참 동안 침묵이 흘렀다. 춘호도 처남댁도 머뭇거리고 있었다. 머뭇머뭇 하다가 처남댁이 입을 열었다.

"막내아가씨, 여그 안 왔소?"

"아니, 몰라. 혜숙이가 어디 갔어?"

처형은 의외의 표정을 지으며 되물었다.

"어제 저녁 때, 옷가지를 싸가지고 어디로 가부렀데요."

"으-응? 왜 집을 다 나와. 싸왔는감만. 얼매나 됐다고 볼세 쌈얼 다 혀?"

처형은 언짢은 표정으로 춘호를 쳐다보며 말했다.

"아니여라우. 안 싸웠어요. 그동안 암시랑 않혔넌디, 들에서 일허고 들어온게 없어졌어요. 나 참, 어이가 없고 황당혀서……."

춘호는 오히려 어이없다는 투로 한탄을 하며 말했다.

"그, 가시네가 어디로 갔을까? 혹시 홈실에는 가봤는가? 그리로나 갔으면 좋겠구만."

처형은 격앙된 말투로 옆에 있는 사람에게 말하듯 혜숙을 나무라고 있었다.

"여그 몬자 들러보고 안 왔으면 홈실로 갈라고 혔어요. 그러면 서둘러 홈실로 가야 허겠구만이라우."

처남댁은 조급한 표정으로 말을 하면서 나서려고 했다.

"그동안 성격이 좀 날카로와진 것 같았어요. 전과 달리 말투도 거칠어짐선 사소한 일에도 신경질을 부리드라고요. 아매 입덧을 험선부터 그러더니, 혼자 참기가 힘들었넌가 당치 모르겠어요."

춘호는 그동안의 사정을 넋두리 하듯 하고는 처형가게를 나섰다.

"그냥 이렇고 가부러? 정심 때가 지났어. 모처럼 제부가 오셨넌디, 음식집으로 가서 대접을 혀야 허지만 그리 못형게 짜장이라도 불러 정심을 때워야제."

처형은 굳이 붙잡으며 간단하게나마 점심을 먹여 보내려고 했다.

"아니여라우. 정심은 아까 갓바우서 나옴선 간단하게 한술 뜨고 와서 시장허지는 안 헝게 어서 한시라도 빨리 갈라요."

춘호는 한시가 급해 뿌리치고 일어나 신을 신의며 말했다.

"서운혀서 어쩐다요. 그러면 나 더 못 나선게 잘 다녀가셔요. 올케도 그냥 함께 가야제? 그러고 찾으면 소식 좀 알려주어."

처형은 걱정스러워하며 길에까지 나와서 전송을 했다.

다시 오던 길을 되돌아와, 사거리 제일은행서쪽 길 건너에 있는 시외버스터미널로 들어갔다. 수지면 홈실로 가는 버스는 한 시간이 넘게 남았다. 그들은 터미널을 나와 길 건너 제일은행 옆에 있는 처음 만났던 다방으로 들어갔다. 커피를 시켜놓고 처남댁과 어색한 만남으로 별 이야기 없이 시간을 베먹고 있었다. 차를 기다리는 시간이 유난히 지루한 것은 마음이 급하기 때문이다. 자꾸 시계를 들여다보는데 시간은 제자리에 있는 것 같았다. 처남댁과 둘이 앉아 있으면서 대화가 없으니 시계만 들여다보게 되었다. 서로 쳐다보지도 못하고 다른 방향에 시선을 두고 있었다. 그들은 간단한 일상의 말을 하고는 기다리는 동안 묵묵부답 거의 말이 없었다. 참 불편한 자리였다. 지루한 시간이 지나고 터미널에 나가보니 홈실로 가는 버스가 시동을 걸어놓고 손님을 기다리고 있었다. 버스는 제시간에 출발했다.

요천수 노암다리를 건너 수지면으로 가는 좁은 길로 들어섰다. 구불구불 산자락을 감고 도는 버스는 비포장이라서 덜컹덜컹 하면서 엉금엉금 기어가고 있었다. 골짜기 다랑이 논의 보리 싹에 시선이 끌렸다.

봄빛 다사로운 오후의 산야는 봄 채비에 바쁜 듯 겨울 꿈에서 깨어나 긴 기지개를 켜고 있다. 파란 보리 싹에서 뿜어내는 봄 향기가 아지랑이를 보듬고 함께 피어올라 야산 등성이에 넓게 퍼져가고 있다. 작은 개울가 버드나무들은 푸른 잎을 방긋방긋 피어내면서 제일 먼저 봄노래를 부르는 듯 연노랑 미소를 지으며 생기가 넘치고 있었다.

굽이굽이 낮은 산등성이를 휘돌아 거의 한 시간이 넘게 엉금엉금 기어서 홈실에 도착했다. 버스에서 내려 마을로 들어가 물어서 둘째 처형 집을 찾아갔다. 둘째 처형 네 집은 초가집으로 해마다 이엉으로 집을 이어서 처마 끝이 유난히 두툼하다. 두두룩한 초가집이 봄볕에 나른한 듯 이웃과 얼굴을 맞대고 낮잠에 깊이 빠져있다. 대문은 반 쯤 열려진 채 누구나 스스럼없이 들어오라는 듯 조용히 서있다. 대문 안으로 조심스럽게 들어가 안방을 향에 인기척을 했다.

"여보서요. 누구 안 계신기요?"

밖의 인기척을 알아채고 환갑이 갓 지났을까하게 나이 들어보이는 할머니가 나오고 있었다.

"누구시요? 어디서 왔능기요?

할머니는 눈을 비비면서 마당으로 내려섰다.

"안녕하신기라우. 갓바우에서 왔어요. 재성이 외숙모여요."

처남댁도 사둔 댁을 본적이 없어 초면이라서 재성이 할머님임을 짐작하고 말씀을 올렸다.

"오! 그려요? 어서 올라갑시다. 갸들언 정심 묵고 보리밭 맨다고 나갔넌디. 갸 동생이 어저께 늦게 왔어라우. 그려서 함께 밭에 갔다요. 가서 데려오끄라우?"

사돈댁은 묻기도 전에 어제 혜숙이 왔다고 했다. 춘호는 긴 숨이 풍선에서 바람 빠지듯 푹하고 나왔다. 찾았다는 안도의 한숨이 나오면서 부아가 치밀기도 했다. 그러나 꾹 눌러 참고 아무 말도 하지 않았다.

"그러셨어요? 밭이 먼기라우? 우리가 가보께라우."

처남댁이 방으로 들어서려다 말고 마당으로 다시 나왔다.

"사둔덜언 밭얼 잘 모른게 내가 갔다오께라우. "

노 사돈이 처남댁을 앞질러 나서고 있었다.

"사둔께서는 집에 지셔요. 밭만 갈쳐 주먼 우리가 가는 것이 빠를 것인게라우"

춘호는 직접 찾아가 만나서 끌고 갈 생각이었다. 다른 사람이 선불리 하다가는 다른 곳으로 도망이라도 가버릴 것 같았다.

"어디로 가야 허능가요?"

"요, 문악에서 저 위쪽으로 따라가다가 산 밑에 가면 있어라우. 먼데서 보면 밭이 빌 것이요. 동네 뒤에만 가면 그냥 거근게 한번 가보시지요,"

사둔 할머니는 손짓을 해가며 가르쳐주었다.

춘호는 처남댁과 함께 고샅을 따라 뒷산만 쳐다보면서 올라갔다. 마을 뒤로 나가니 산 밑으로 다랑이 논이 계단식으로 전개되어 있다. 논 위쪽으로는 밭이 마른버짐처럼 솔밭 사이에 퍼져있다. 논이나 밭이나 보리 싹 파란 고랑이 색동옷을 펼쳐놓은 것 같아 농촌의 아늑함이 부글거리던 마음을 깊게 안아주었다. 양지쪽 언덕에는 남빛 작은 제비꽃들이 봄 햇살에 고개를 내밀고 앙증맞게 손을 흔들고 있었다. 꿀벌들이 벌써 새로 핀 꽃인 줄 알고 찾아와 분주히 꿀을 따고 있었다. 멀리 산모롱이에는 아지랑이가 펴오르면서 봄날 농촌 오후를 한껏 평화롭고 한가롭게 잠재우고 있었다.

오후의 봄 햇살은 긴장이 풀린 춘호의 어깨에 내려앉으며 나른함으로 낮잠을 불러오고있었다. 털썩 주저앉아 한숨 푹 잠이나 잤으면 하는 생각이 굴뚝같았다. 막상 혜숙을 찾고 보니 생기가 솟아날 줄 알았는데 오히려 허탈감에 기운이 쭉 빠져나가는 것 같았다. 만나서 첫 말을 무어라고 해야 할까? 화를 내며 야단을 쳐야 할 것인가, 아니면 우는 아이 달래듯 어루만져 감싸 안으며 위로하고 진정시켜 주어야 할 것인가, 춘호의 머릿속은 호박죽이 끓듯 부글부글 거품이 솟아오르고 있었다.

봄볕에 누워있는 보리고랑이 선명한 푸른색으로 채색되어 피곤한 눈길을 부드럽게 해주었다. 아랫머리 보리이랑에 두 여인이 다정하게 도란거리며 밭을 매고 있었다. 맞게 찾아왔구나 하는 생각에 춘호는 발걸음이 빨라지면서 긴장감에 가슴이 쿵쿵거리고 숨소리가 거칠어졌다.

"천천히 가셔요. 인자 찾았응게요."

처남댁이 춘호를 따라오느라 숨이 차는지 헐떡거리며 말했다. 춘호는 들은 시늉도 하지 않고 달음질로 쫓아갔다. 혜숙과 언니는 춘호가 밭머리에 이를 때까지 전혀 눈치 채지 못하고 이야기에 빠져있었다.

"어이, 시방 멋 허고 있어?"

춘호는 큰 소리로 고함을 쳤다. 혜숙은 춘호를 보고 화들짝 놀라며 멍하니 서서 춘호를 바라보고 있었다.

"오셨어요? 어찔게 여그까지 알고……."

처형이 말을 하다 말고 머쓱한 표정으로 춘호를 쳐다보고 있었다. 혜숙은 아무 말도 못한 채 낯을 붉히고 서서 춘호를 쳐다보고 있었다. 민망해서 어찌할 바를 모르고 있었다.

"고렇게 말도 없이 나와버리면 어찔게 혀? 어서 가게 나서."

춘호는 솟구치는 부화를 억지로 가라앉히며 의식적으로 부드럽게 말하려 했으나 자신도 모르게 말씨가 거칠어졌다.

"언니랑 왔네. 아부지랑 잘, 지셔요?"

혜숙은 춘호 보기가 민망한 듯 올케를 보면서 능청맞게 아버지안부를 물었다.

"어서 집으로 가게 나섭시다."

처형이 일손을 멈추고 혜숙에게서 호미를 빼앗아들었다. 혜숙은 묵묵부답 고개를 숙이고 있었다.

"애기씨 요렇게 암말도 안 허고 집얼 나와버리먼, 다른 사람이 얼매나 놀래겄어? 어서 갑시다."

처남댁은 혜숙을 나무랐다.

"언니, 미안혀요."

혜숙은 쑥스러운 듯 고개를 들지 못했다.

일행은 둘째처형 집으로 내려왔다. 집에 도착하니 노 사둔 댁은 손님을 대접할 요량으로 밥을 짓고 있었다. 혜숙과 처형은 마당가 작두샘가로 가서 물을 퍼올려 손을 씻고 세수를 했다. 봄볕은 다사로운데 분위기는 냉랭했다. 춘호는 할말이 없어 마당가에 우두거니 서 있다가 혜숙이 세수를 마치는 것을 보고 집으로 가자며 나설 채비를 서둘렀다.

"엄니가 밥허고 있응게 밥이나 묵고 가야제. 어서 방으로 들어가요."

둘째처형이 춘호의 손목을 잡아끌었다.

"아니어요. 정심 묵고 왔어요. 어서 가야제라우"

춘호는 손을 뿌리치며 사양을 했다.

"그래도 모처럼 오셨넌디, 어쩔게 그냥 간다요? 잠깐이먼 된게 어서 들어가요. 올케부터 몬자 들어가. 그려야 제부도 들어가제. 응?"

"아니오. 시방 나서도 늦어요. 어서 가야혀요. 당신 멋 허고 있어? 어서 채비 채리랑게."

춘호는 점심을 사양하며 혜숙을 재촉했다. 차편도 많지 않은데다 여러 번 갈아타야 해서 곧바로 나서도 시간이 늦었다. 혜숙은 손을 씻고 방으로 들어가 머리를 손질하고 있었다.

"아가씨. 먼 짓이여. 아무 말도 안 허고 나왔담선? 고모부한테 잘못했다고 어서 빌어요. 어린 애기도 아니고, 인자 다시넌 이런 생각 허지 말아햐혀요. 알았지요?"

올케가 나무라며 신신당부를 했다. 혜숙은 옷가방을 들고 나섰다. 춘호는 옷가방을 낚아채 빼앗아들고 앞서라고 눈짓을 했다.

"아니, 그냥 갈라고라우? 밥허고 있넌디 한술 뜨고 가셔요."

노 사둔 댁이 부엌에서 나와 아쉬워하며 춘호를 붙잡았다.

"아니요. 시간이 없응게 그냥 가야혀요. 안녕히 지셔요."

춘호는 혜숙을 앞세우고 대문 밖으로 나왔다.

"미안혔어요. 사둔. 저 그냥 따라가께요. 잘 지셔요."

혜숙은 부끄럽고 어색한 듯 고개를 들지 못하고 인사를 하면서 춘호 앞을 걸어가고 있었다.

"그럼, 어쩔 수 없제. 어서 가요."

처남댁은 밥이라도 먹었으면 하는 아쉬움에 머뭇거리고 있었다.

"혜숙아. 잘 살아. 어려움이 있어도 꼭 참고 살아야 혀. 알겠제?"

둘째언니의 당부 말이었다.

작별인사를 마친 춘호는 혜숙을 앞세우고 쫓기는 사람처럼 빠른 걸음으로 마을 앞으로 나왔다. 차가 하루에 세 번 있는데 4시 차가 막차라고 했다. 30분을 넘게 기다리고서야 비포장 길을 털털거리면서 버스가 왔다. 승객이 많지 않아 차내는 한가하고 자리도 많았다. 좌석이 많아 춘호 혼자 앉고 혜숙은 올케언니와 따로 앉았다. 비포장 길에 굽이굽이 낮은 고갯길을 돌아 달리면서도 버스는 숨이 찬지 목안의 소리를 내며 달렸다. 한 시간쯤 달려서 남원시내가 눈 안에 들어왔다.

버스터미널에 내리니 순창행버스가 시동을 걸어놓고 손님을 기다리고 있었다. 비포장 길이라서 버스시간은 대중할 수 없었다. 20-30분 늦어지는 것은 일상화 되어있었다. 버스가 순창정류소에 도착했을 때는 오후 6시 반이 넘었다. 6시 40분 전주행이 막차다. 춘호와 혜숙은 간신이 막차를 타고 일꾸지에서 내렸다.

해가 지고 땅거미가 들기 시작했다. 산 비탈길, 물가 오솔길을 더듬거리다시피 해서 집에 도착했을 때는 밤 9시가 다 되어가고 있었다.

집에 도착한 혜숙은 어색하고 미안해서 몸 둘 바를 몰라 금방 어디로 숨고 싶은 심정이었다. 시어머니 원순은 아무 말도 안했지만 혜숙은 자격지심에 얼굴을 바로 쳐다보지도 못하고 인사조차 제대로 올리지 못했다. 시어머니가 차려준 밥을 먹고 나서는데 혜숙이 왔다는 말을 전해 듣고 일가 어른들이 모여들었다..

"설거지는 니얼 아침에 허게 그냥 놔두고 들어오그라."

혜숙은 밥상을 들고나가 반찬그릇만 대충 덮어 살강에 올려놓고 밥그릇은 구유 물에 담가놓은 뒤 방으로 들어왔다. 죄인이 재판정에 들어서는 심정이었다. 더구나 누구하나 혜숙의 편을 들어줄 사람이 없는 외로운 처지였다. 시어머니 원순과 이야기를 나누던 남원대부께서 들어오는 혜숙을 보고 약간 격한 어조로 목소리를 높여 말했다.

"거그 앉거라! 도데체 무신 생각이 들어서 그런 짓얼 혔냐? 어디, 말 좀 혀바라."

혜숙은 할 말이 없었다. 자기가 생각해도 왜 말도 없이 집을 나갔는지 이해가 되지 않았다. 할 말이 없는 혜숙은 고개만 숙이고 있었다.

"어서, 말 혀바. 너 참, 고약허고나. 어떤 미너리가 쬐께 맘 안들먼 보따리 쌓가지고 집얼 나간다냐? 어디 고런 법이 있어? 어디서 배워묵은 못된 버릇이냐?"

작은할머니 덕동 댁은 격한 말로 추상같이 나무랬다.

"잘못했다고 빌어라. 어서."

시어머니가 타이르며 조용히 말했다. 혜숙은 입이 떨어지지 않아 고개만 숙이고 방바닥 한 곳에 시선을 박아놓고 있었다.

"여자는 한번 시집오면 죽으나 사나 시집에 붙어서 살아야 허는 것이다. 쫒아내도 버티고 살아야 허는 것이 여자의 법도인디, 너, 참말로 잘못 혔어. 그렇게 생각 안 드냐?"

남원 할머니의 달래며 타이르는 부드러운 말에 혜숙은 눈물이 핑 돌았다.

"그려도 잘못혔단 말 한마디 없네. 쯧쯧."

덕동할머니의 윽박지르는 말에 혜숙은 더는 버티고 있을 수가 없었다.

"잘못혔어요."

마음에도 없는 말을 마지못해 한 것 같았다. 하지만 혜숙은 자기가 생각해도 잘못한 것이 분명했다. 시어머니의 시집살이가 남의 입쌀에 오를 만큼 심한 것도 아니었다. 오히려 시어머니가 며느리비위 맞추느라고 큰소리 한 번 못치고 살아온 것이 현실이 아니던가, 누가 봐도 집까지 뛰쳐나갈 어려움이 있는 것은 아니었다.

앞뒤 가림 없이 욱-, 하는 심정에 나갔던 것이다. 굳이 말하자면 임신에 대한 과민반응이었다. 불안심리였다. 입덧이 나면서부터 심리적으로 불안해지기 시작했다. 모든 것이 귀찮고 두려웠다. 심지어 자기편이라고 생각했던 남편 춘호조차 얄미워 보기 싫었다. 한방에서 자는 것도 무서웠다. 밤에 잠자리에 들기 위하여 들어오는 남편이 거대한 짐승 같았다. 하루하루가 지옥생활 같았다. 이런 어려움을 이겨내고 살아가기 위하여 자기를 억제하기에는 너무도 성격이 거칠고 독선적이었다.

이유 없는 피해의식과 강박관념을 털어내는 데는 현실을 피하는 것만이 살길이라고 생각했다. 자기가 시집와서 시집살이 한다는 생각은 까맣게 잊어버린 것이다. 시집오기 전 누구의 간섭도 받지 않고 산돌이가 되어 하고 싶은 대로 살아온 습성이 반성할 겨를도 없이 충동적으로 발현된 것이다.

"다시 한번 물어보자. 이후로는 이런 짓 안 허겠다고 다짐헐 수 있겠냐? 또 이런 일이 있으면 그 때는 용서 안 헌다. 명심혀야 혀. 알았제?"

남원 할아버지가 최종판결을 내리는 듯 타이르고 다짐을 받았다.

"예. 다시넌 앙그렇께요. 용서혀주셔요."

혜숙은 무거운 입을 억지로 열어 용서를 빌었다.

"젊은 것이 혼차서 시집살이 허는 것이 쉽기야 허겄냐? 그렇지만 참고 사는 것이 여자가 사넌 길이다. 인자 마음 굳게 묵고 맘 변허지 말아야 헌다. 춘호가 얼매나 든든허고 좋은 사람인지 알기나 허냐? 그런께 안심허고 삶선 먼 일이 있으먼 니 남편한테 상의도 허고 고렇게 삶먼 아무 탈이 없을 것이다. 니가 마음 단단히 묵고, 그리고 너만 잘 허먼 누가 머라 허겄냐? 알았제?"

처음에는 윽박질러 야단을 치던 덕동할머니가 나지막한 말로 타이르며 달래주었다.

일가 어른들은 어르고 타이르고 달래며 혜숙에게서 다시는 그런 경솔한 짓을 안 하겠다는 다짐을 받고 모든 것을 용서해주었다. 어른들은 밤이 이슥하도록 농사일이며 집안일에 대한 이야기로 끝이 쉽게 날 것 같지 않았다. 혜숙은 몹시 피곤했다. 장거리를 차를 타다, 걸어오다 하느라고 육체적 피로감과 심리적 압박감이 함께 엄습해 왔다.

"피곤허겄다. 가서 자그라!"

시어머니가 제 방으로 가라고 했다. 혜숙은 기다렸단 듯이 곧바로 일어나 자기 방으로 돌아갔다. 호롱불도 켜지 않고 어둠에 묻혀 잠을 청했으나 눈이 초롱초롱 하여 잠들 가망이 없었다. 춘호가 방문을 열고 들어오자 혜숙은 벌떡 일어나 윗목에 쪼그리고 앉아있었다. 춘호가 더듬거리며 이불속으로 들어가려는데 분명 인기척이 있었으나 혜숙이 없어 짐짓 놀랐다.

"어디 있어?"

춘호는 나지막한 소리로 불렀다. 혜숙은 무서움에 짓눌려 몸이 굳어 있는지 아무 기척이 없었다. 춘호가 불을 켜 호롱에 붙였다. 일시에 어둠이 쓸려가면서 윗목에 놀란 토끼모양으로 옹색하게 웅크리고 앉아있는 혜숙이 보였다. 춘호는 깜짝 놀라면서 약간 언성을 높여 말하려다

멈칫하며 어머니방에 들릴까봐 아주 작은 소리로 속삭여 말했다.
"왜, 이렇게 웅크리고 있어? 어서 이불속으로 들어와!"

 혜숙은 아직도 놀란 가슴이 가라앉지 않는 듯 숨을 죽인 채 머리를 양 무릎사이에 파묻고 있었다. 춘호가 일어나 혜숙을 가볍게 보듬어 이불속으로 데려왔다. 혜숙은 약간 몸을 비꼬면서 안 가려고 했으나, 춘호의 부드러운 포옹에 더는 거절하지 못하고 춘호에게 몸을 맡긴 채 이불속으로 들어왔다. 그러나 떨고 있었다. 행여 춘호가 잠자리라도 요구할까 봐 두려움에 휩싸여 있었다. 그날 밤은 별일 없이 밤을 새웠다.

 혜숙이 가출했다 돌아온 뒤로는 가족들이 특별히 신경을 써가며 대해 주었다. 온정어린 배려로 혜숙은 차츰 정신적으로 안정을 찾아가기 시작했다. 심했던 입덧도 완화되면서 얼굴에 웃음기가 돌기 시작했다. 여름더위에 농사일이 바빠도 들에 나오지 않도록 다른 가족들이 더욱 열심히 일을 했다. 혜숙은 어려운 입덧과 정신적 불안을 잘 이겨내고 결혼 1주기가 조금 넘은 이듬해 정월에 떡두꺼비 같은 아들을 출산했다. 춘호 집뿐만 아니라 한양 조씨 가문의 경사였다. 장손이 그렇게 건강하게 태어났으니 어찌 경사스럽지 않겠는가, 집안어른들의 칭찬과 격려 속에 혜숙은 정신적으로 한층 안정감을 얻었다. 할 짓을 다 했다는 자부심으로 당당한 위상을 누리게 되었다. 그동안 어려웠던 일들이 다 해결되었으니 집안에서는 웃음소리가 담 너머까지 울려나왔다.

 그렇게 웃음소리가 그 집안의 화목을 말한다지만 그것도 잠시였다, 혜숙은 아들 둘을 두면서 임신초기에는 예외 없이 지병이 도진 것이다. 가출을 하거나 아무이유 없이 신경질을 부려 집안에 분란을 일으켰다. 그 사정을 아는 가족이지만 참고 넘기기에는 증세가 너무 심해 집안에 큰 소동이 있고나서야 병세가 진정되었다.

춘호 결혼 전에는 마을에서 제일 신간 편하게 산다고 평이 나있었는데 혜숙이 들어오고부터 집안이 혼란스러웠다. 해가 거듭할수록 원순의 위치가 좁아지면서 소외감을 느끼고 지나온 세월이 한스럽기만 했다.

2

핏줄을 찾아서

살림살이란 남 보기에는 아무걱정 없이 사는 것처럼 보이지만 각각의 내면에는 크고 작은 고민과 어려움이 상존하는데 원순 네라고 비켜가지 않았다. 며느리 혜숙은 첫 애를 임신했을 때 가출을 하고 집안어른들에게 맹서를 했지만 본 성격을 고치고 다른 사람이 되기는 어려운 일이다. 어느 때인가 그럴만한 여건이 되면 억제하여 숨어있던 본성이 발현되었다. 며느리가 애를 거듭 낳을수록 그 때마다 임신중독이나 정신적 불안감이 여전하여 집안이 조용하지를 못했다.

새댁일 때는 그나마 조심하는 척이라도 했는데 자신의 자리가 잡혀가면서 말소리가 커지고 고집의 본성이 차츰 나타나는 것이었다. 원순은 나이가 들어감으로서 기력도 떨어지고 생각하는 것도 젊은이를 따라갈 수 없는 한계에 이르렀다. 며느리는 시어머니를 얕보기 시작했다.

말투는 날이 갈수록 거칠어지면서 시어머니 말을 잔소리로 생각하며 듣는 시늉도 하지 않았다. 집안일을 시어머니와 타협한마디 없이 주도권을 행사하며 독단으로 처리해가고 있었다. 원순으로서는 속으로는 용납되지 않았지만 힘이 이미 기울고 있는 처지에 별수가 없었다. 만약 원순의 의견을 관철하려하면 집안이 편안하지 않았다.

주도권이 며느리에게 넘어가면서 원순은 뒷자리로 물러나 숨죽이고 살아야 했다. 그 때부터 감옥監獄같은 생활의 서곡이 울렸다.

원순은 고부사이가 불편해지면서 지나온 삶이 너무 한스러웠다. 자식들만 믿고 젊음을 희생하며 살면서도 언젠가는 희생의 댓가를 보상받으리라고 생각했다. 그러나 그것은 뜬구름 같은 꿈이었다. 생각할수록 삶이 허무해졌다. 아무도 모르는 곳으로 훌쩍 떠나 잠적해버리고 싶었다. 그러면서 피난시절 서봉 모산 양반네 생각이 났다. 핏덩이만 남겨놓고 도망치듯 떠나와 20십년이 훌떡 넘어가는 동안 아무소식도 모르고 살아온 것이 너무도 가슴 아렸다.

그 핏덩이가 무사히 살아서 자라났을까, 제대로 컸다면 스무 살이 되었을 터인데 지금도 그 마을에 살고 있을까, 한번 보고 싶은 생각이 불같이 피어올랐다. 그러나 막상 찾아가 만난다면 무어라고 할 것인가, 어미라고 밝히지도 못할 터인데. 그래도 어떻게 자랐는지 먼발치에서나마 얼굴만이라도 보고 싶었다. 원순은 여러 날을 고민하고 생각 끝에 찾아가야겠고 마음먹었다. 직접 그런 이야기는 할 수 없으니 외가에 다녀온다고 하고 나서려고 마음먹었다.

가을일이 다 끝나 농촌은 농한기에 접어들었다. 저녁을 먹고 춘호와 며느리를 앞혀놓고 말을 꺼냈다.

"야덜아, 인자 가실도 끝나 별일 없은게 어디 좀 댕겨올란다."

"어디럴요? 날씨도 쌀쌀혀서 까딱허면 고뿔들까 무선디, 먼일로 어디를 간다요?"

춘호가 뜻밖이란 듯 가지 않았으면 하는 어감이었다.

"너그 외가 댕겨온지가 하도 오래되어 한번 갔다 오고 싶다. 모래나 갈랑게 너넌 멋얼 쬐끔 장만혀줄래?"

며느리에게 말했다.

"어찌 먼 일 있어, 그렇게 느닷없이 간다요? 그리고 멋얼 갖고 갈 것이 마땅찮헌디."

혜숙은 마뜩치 않은 눈치였다.

"콩떡이나 두어 되 뭉글던지. 꽂감이나 한접 갖꼬 가끄나. 멋이 좋겄냐?"

혼잣말로 중얼중얼했다.

"갈라먼 꽂감이나 갖꼬 가셔요. 떡언 허기가 머리 묵어서."

혜숙은 찌뿌둥한 표정이었다.

"그러자. 꽂감이나 갖고 간 것이 무겁도 않고 좋겄다."

원순은 회색빛 책보에 곶감 한접을 싸가지고 길을 나섰다. 늦가을 산야는 적막 속에 잠들어 있었다. 햇빛이 은가루로 흩뿌려져 포근했다. 온 대지가 너무도 한적하게 가라앉아있어 가끔 지나는 소슬바람에 가랑잎 바스락거리는 소리가 마음을 스산하게 했다.

텅 빈 논배미들이 허전하게 느껴져 소중한 것을 잃어버린 듯 가슴 한쪽이 텅 비어있는 것 같았다. 그동안 말 한마디 활발하게 하지 못하여 마음은 갇혀 사는 것 같았는데 집을 떠나와 걷고 있으니 새장에서 풀려난 새처럼 마음이 홀가분했다. 평소에 며느리와 보이지 않는 갈등으로 하루하루가 불편하기만 했는데 자유를 얻어 하늘을 날아가는 기분이었다.

친정 역몰에 도착해보니 점심때가 지났다. 친정어머니가 돌아가셨을 때 다녀온 뒤 5년만이다. 감회가 깊으면서도 부모님이 계시지 않으니 가슴이 허통했다. 대문을 열고 들어섰다. 부모님 손때가 묻은 마루기둥이며 방문고리에서 어머니 체온이 베나오는 것 같았다.

문 여는 소리를 듣고 올케가 마루로 나왔다.

"성님! 지 왔어요. 잘, 지셨어요?"

원순은 두 팔을 벌려 올케 손을 잡았다.

"아니, 이거 누구여?",

올케는 팔을 벌려 안으려는 원순을 눈을 씻으며 쉬 알아보지 못했다. 나이가 많아지면서 시력이 떨어져 사람도 잘 몰라보는 것 같았다.

"저요. 저 춘호 어메. 지도 몰라봐요?"

"으응? 시무골 고무? 아니, 어찌 요렇게 뜻밖에 온디야? 어서 올라와요."

올케는 눈을 씻고 바라보다 한참 만에 알아보고 반갑게 맞아드렸다.

"일도 끝나고 한가혀서 왔어라우. 성님이랑 오빠랑 보고 싶어서 왔구만이라우. 오빠는 어디 가셨어요? "

"오빠넌 점심 묵고 사랑에 가셨넌가벼. 저녁 판에나 오실거요. 요새 일도 없은게 사랑에 가서 재미있게 노는가벼. 글고 이런 것언 멋헐라 갖고 와. 그냥 오먼 어쩌간디."

"떡얼 쬐끔만 헐까 허다가 미너리가 머리 무겁다고 혀서, 요것 쬐께 갖고 왔어라우. 부끄럽그만이라우."

"안 그려. 꽂감이 얼매나 귀헌 것인디. 여그넌 감나무가 없어 꽂감얼 깎덜 못혀. 지새 때 요긴허게 쓰겄구만. 밥언 어쨌어요. 점심때가 한참 지웠넌디, 조금이라도 채리까요?"

올케는 꽂감을 무척이나 좋아했다.

"아녀라우. 괜찮헌게 저녁이나 묵지요."

원순은 밥상 차리는 것을 말렸다.

올케와 원순은 방으로 들어갔다. 윗목에는 어머니손때 묻은 옷장이 그대로 방을 지키고 있었다. 저녁이면 농문을 열고 쪽물 들인 솜이불을 꺼내 덮어주던 어머니가 그 자리에 서있는 듯 했다. 올케가 내온 옥수수 튀밥을 먹으면서 그동안 집안이야기를 하다가 해가 뉘엿뉘엿 했다.

저녁밥을 지을 때 오라버니가 사랑에서 돌아왔다.

"오빠. 지, 왔어요. 어디 모실 다녀 오신기요?"

"동상 왔넌가?"

"예! 헐 일도 없고 오빠랑 보고 싶어서 왔어라우."

원순은 오라버니 손을 잡고 흔들면서 반가운 인사를 나누었다.

"잘, 왔네. 나도 동상이 잘 있넌가 궁금했넌디, 요렇게 온게 반갑구만. 어서 앉세."

오라버니는 일흔 살이 다 되어서 그런지 노티가 역력했다. 머리는 거의 순백이고 이마에 주름도 여럿 잡혀있었다. 면도를 며칠 못했는지 머리보다 더 허연 턱수염이 텁수룩하게 길어있었다. 저녁밥을 먹고 남매와 올케가 그동안 살아온 이야기들로 밤은 깊어갔다.

"미너리 시방언 잘 헌가? 몬자넌 나가네, 들어가네, 험선 시끄럽더니 시방언 맘 잡았어?"

오라버니 원표는 누이동생 원순이 애태우지 않고 사는지 걱정이었다.

"그려요. 지 버릇 개 주겄어요? 인자는 말소리가 커졌어요. 지 말만 앞 시우고."

오라버니 앞이라 숨김없이 털어놨다.

"그려? 그러면 동상이 힘들겄넌디."

"금매 말이요. 미너리 얻으면 그 말 일러감선 오손도손 살 것 같었는디, 어쩐디야."

올캐도 안타까운 심정으로 원순을 위로해주었다.

"헐 수 없지라우. 그렇게 날마둥 그런 것은 아닌게. 내 말얼 듣기 싫을 때나 그런게요. 지도 인자 새끼덜 크고 살림 도맡아 허니께 지 헐말 허는거지요. 요새 사람덜 어디 시엄씨 말 들을라고 허간디요. 시상이 그렇게 그리 알고 살아야지요."

원순은 한스런 심정으로 자책하며 세상 탓으로 돌렸다.

"허기사 요새 미너리덜 다 그런 시상인게, 신간 핀헐라먼 어련이 참아야제."

올케도 원순의 심정에 깊이 공감했다.

"그려서 그첨, 저첨 바람도 쐼선 며칠 돌아댕길라고요. 니얼 아침에 가야겄그만이라우."

"니얼 가? 우리 집에서 며칠 쉬었다 가제 그려."

"아니어라우. 나왔은게 맘도 가라앉침선 여그저그 갈만헌디 가보고 싶어서요."

밤이 깊었다. 갈바람이 쓸쓸한 밤공기를 흔들었다. 내일 서봉으로 간다는 생각을 하니 잠이 쉬 들지 않았다. 핏덩이 채 남겨놓고 떠나온 세월이 얼마인가, 지금까지 그 마을에 살고 있을지 의문이고, 떠났다면 어디로 갔는지 간곳을 알 수 있을 것인지 온갖 생각에 눈알이 초롱초롱해지며 잠을 쫓아냈다.

원순은 아침을 먹고 친정집을 나섰다. 작별인사를 하고 서봉으로 향해 출발했다. 삼십 리가 다 된 거리인데 버스가 다니지 않아 걸어야 한다.

점심때가 조금 이른 시간에 서봉마을에 도착했다. 다리가 아파 주저앉고 싶었으나 한시라도 빨리 소식을 알고 싶어 곧바로 마을 안으로 들어갔다. 한가한 때라서 그런지 고샅에 사람이 보이지 않았다.

사람을 만날까봐 조마조마했는데 잘되었다 싶었다. 하지만 모산 양반집으로 곧바로 찾아가기가 부담이 되어 누구에게 미리 그 집 사정을 알아보고 싶은데 사람을 만날 수가 없었다. 바구니 장사를 할 때는 바구니 판다는 핑계로 아무 집이나 들어갔는데 맨몸으로 남의 집을 들어가기가 어색하고 무참하여 이집 저집을 기웃거려 살피며 기회를 엿봤다.

대문이 빠끔히 열린 집 마당에서 아주머니가 서성이고 있었다. 이집이다 싶어 무작정 대문을 밀치고 들어섰다.

"잘, 지셨능기라우?"

원순은 일부러 큰소리로 인사를 했다. 아주머니가 고개를 돌려 원순을 쳐다보았다. 알 듯 모를 듯 하는 지 물긋물긋 바라보고 있었다.

"오래전에 대바구니장시한 사람이요. 이 동네럴 지나다 그 때 생각이 나서 들렸어요."

"어-! 그 젊은 새댁? 인자 몰라보겠네. 나이가 많이 들었어. 어떻고 사요? 피난 왔다고 혔넌디, 인자넌 고향으로 갔제?"

아주머니가 다정하게 반가워하며 말했다.

"예, 고향으로 들어가 살고 있어요. 요동네 사람덜언 다덜 잘 있지요?"

원순은 모산 양반네 소식을 먼저 알고 싶었으나 그 집 소식만 물어보기가 좀 이상한 생각이 들어 마을사람 모두를 함께 물었다.

"촌에 먼 일이 얼매나 있겄쏘? 늙은 사람덜언 죽기도 허고, 먼 바람이 불어서 그런지 대처로 나간 사람도 여러 집 있고 그러제라우."

아주머니는 별로 대수롭지 않은 듯 대충대충 마을소식을 말해주었다.

원순은 가슴이 움칠했다. 혹시 모산 양반네 내외간 누구 한사람이라도 죽지나 않았나 싶고, 아니면 마을을 떠난 것은 아닌가 하는 의구심에 가슴이 덜컹하는 소리가 나는 듯 했다.

"그러지라우. 나이 묵우먼 죽넌 것이고, 또 요새넌 도시 가면 돈 번다고 헝게 우리게도 여러 집덜이 나갔어요. 요 동네도 그랬구만이라우."

원순은 모산 양반네에 대해서 직접 물어보고 싶었으나 무슨 낌새라도 챌까봐 말을 빙빙 돌렸다.

"대치로 나간 사람중에 저 웃춤에 살았던 모산 떡 네가 아덜이 공부럴 잘혀서 광주로 나가 존 핵교랑 댕긴다요. 다른 사람덜언 고상덜 허는개벼요."

아주머니는 지나가는 말로 하는 것 같은데, 원순으로서는 결정적인 소식을 알게 되었다. 그러나 광주로 나갔다는 말에 크게 실망했다.

"모산 양반네가 여그 안 살고 광주로 나갔어라우? 그 집 한번 꼭 들릴라고 혔넌디, 섭섭허네. 지가 여그 장시 댕길 때 그 집이서 묵고 댕김선 신세를 많이 졌넌디, 시방언 요 동네 안 사능만이라우. 하도 고마워 꼭 인사라도 드릴라고 혔넌디, 광주 어디로 간종 모르지라우?"

"모르지라우. 아덜이 존 핵교 댕긴당게, 그 핵교 옆에 어디 살랑가 모르겄쏘."

아주머니는 왜 그 집만 더 관심을 갖고 물어보는가 싶어 하면서도 더 묻지는 않았다. 원순은 무척 아쉬웠다. 더 머무르고 싶지 않았다.

"잘, 쉬었다 가요."

원순은 떠나려고 인사를 했다.

"아니, 정심 때가 다 되었넌디 그냥 갈라고? 찬언 없어도 정심이나 묵고 가야제."

아주머니는 원순을 붙잡았다. 원순은 붙잡는 손을 너무 완강하게 뿌리치는 것도 예의가 아니라고 생각되어 주저앉았다. 아주머니는 원순을 안으로 데리고 들어가 이내 점심상을 차려왔다.

원순은 어디 가서 얻어먹던지, 사먹던지, 해야 함으로 기왕에 시작한 것 눈치 볼 것 없이 먹었다. 원순은 한시가 바빴다. 광주로 가려면 길도 모르는 초행이라서 마음이 조급했다. 그래서 밥술을 놓으면서 곧바로 일어섰다.

"기양 갈라고요?"

"집에 갈라면 늦으까 무서 시방부터 나서야 허겄구만이라우. 미안혀요. 밥만 얻어 묵고 염치없이 기양 가네요."

원순은 인사를 하고 나왔다.

마을 앞에 나오니 막막했다. 어찌 해야 하는가? 광주로 가서 찾아보면 만날 수 있을까? 그렇다고 맘먹고 왔는데 찾으려 하지 않고 그냥 집으로 가기는 너무 아쉬웠다. 광주로 갈까 말까 갈피를 잡을 수가 없었다. 광주로 가봐야 그동안 맺혔던 한이 풀릴 것 같았다.

그런데 광주까지 걸어갈 수는 없고 버스를 타고 가야한다. 버스를 타려면 찻길까지 걸어가야 하는데 시간이 늦을 것 같았다. 그래도 광주로 가야겠다고 기왕에 마음먹었으니 다른 생각할 것 없이 빠른 걸음으로 걸었다. 채 한 시간이 안 걸려 간이정류장이 있는 도리산 마을에 도착했다. 광주여객이 한 시간에 한 대씩 다니는데 다음에 올 차시간이 20여 분 남았다. 그 때가 오후 2시가 다 되었다.

　버스가 자주 연착한다고 하더니 다행히 정시에 도착했다. 마음은 급한데 버스는 느리게만 달리는 것 같았다. 비포장 길이라서 먼지가 구름처럼 일어나고 덜컹거려 앉아있어도 가슴이 울렁울렁 하면서 멀미가 날려고 했다. 먼 산을 쳐다보며 침을 삼키며 멀미를 겨우 참아 광주에 도착했을 때는 4시가 넘었다.

　버스에서 내려 시내로 나오니 눈이 핑핑 돌았다. 생전 처음 보는 높은 건물들이 길가를 꽉 메우고 서있어 우선 위압감을 느꼈다. 또한 무엇하는 사람들이 그리 많은지, 별천지에 온 것 같았다. 장날사람들이 많이 모이지만 광주시내와는 비교가 되지 않았다.

　어디로 갈 것인가? 우선 방향을 잡을 수가 없었다. 동쪽이 어딘지, 남쪽이 어딘지, 방향이나 알아야 어디로든 갈 것이 아닌가? 막막하기만 했다. 그 많은 인파속에 휩쓸려 방향도 모른 채 걷다보니 겁이 났다.

　시골생각만 하고 한가하면 물어보기라도 하지만 이 많은 사람들 중에 누구를 붙잡고 물어본단 말인가? 물어본들 이름도 모르고, 오직 모산양반이라는 댁 호만 알뿐인데 뜬구름 잡기보다 더 어려운 일이었다. 댁호는 농촌에서나 사용하지 도시에서는 쓰지도 않는다. 그러니 서울가서 김 서방 찾는 것이 더 쉬울 것 같았다.

　한참을 걸어가다 보니 무엇에 홀린 것 같았다. 찾는 것을 그만두고 돌아가야겠다고 생각되었다. 해라도 지는 날이면 큰일 아닌가? 몸에 지닌 돈도 차비정도인데 머뭇거리다가는 오도 가도 못할 것 같아 돌아서 광주여객정류장으로 돌아오려고 했다. 상당히 먼 거리까지 걸어와 방향을 잊어버렸다. 당황했다. 가슴에서 방망이질이 일어나 퉁탕거렸다. 숨이 차오르면서 발걸음도 무거워졌다. 그 자리에 주저앉고 싶었다.

마음은 급해져 뛰기라도 해야 할 판에 주저앉고 싶다니 실망에서 오는 허탈감인 것 같다.

"광주여객 타는디로 갈라면 어디로 가야 허는기요?"

늙수그레한 아주머니에게 물었다.

"요리 돌아 큰길로 한참얼 가다가 오른손 쪽으로 쪼끔 돌아가먼 있어요."

아주머니는 원순의 행색을 위아래로 살펴보면서 대충 말해주었다.

원순은 아주머니 말대로 뒤로 돌아 오던 길을 따라 빠른 걸음으로 걸어와 정류장을 찾아들어갔다. 한숨을 길게 내쉬고 매표소에서 순창 경유 전주행을 물어보니 얼마 전에 출발해서 40분 뒤차 밖에 없다고 했다. 해는 벌써 다 지고 있는데 집에까지 갈 일이 걱정이었다. 그래도 어쩔 수 없이 가야하기 때문에 차표를 끊었다.

차를 타고 나서니 초겨울 짧은 해가 완전히 넘어가버렸다. 담양쯤 왔을 때 깜깜해지기 시작했다. 차가 거의 없어 라이트를 켜고 최고속력으로 달려도 비포장 덜컹이는 자갈길이라서 차는 더디게만 달리고 있었다. 순창을 지나 일꾸지에 도착했을 때는 온 세상이 어둠에 묻혀있었다. 불빛이라고는 마을의 호롱불이 멀리서 희미하게 반딧불처럼 깜박이고 있어 거기가 마을임을 알 수 있었다. 한참동안 서있으니 아슴아슴 논둑길이 눈에 들어왔다. 시무골까지 어둠을 헤치고 더듬더듬 걸어서 밤이 이슥해서야 집에 도착했다. 생각할수록 아쉽고 마음이 아팠다.

어떻게 해서라도 핏덩이 소식을 알고 싶었는데 허탕만 치고 빈손으로 돌아왔으니 가슴에는 응어리가 커가고 있었다.

3

탈선

순도는 공부를 썩 잘한 편이었다. 옥과에서 중학교를 좋은 성적으로 졸업하고 고등학교는 광주에서도 명문인 K고등학교에 입학하게 되었다. 모산 양반은 어렵게 얻은 아들 순도가 공부를 잘하니 어떤 어려움이 있더라도 뒷바라지를 잘해서 훌륭한 사람으로 키우겠다고 다짐하고 그에 대비하고 나섰다. 광주에 있는 학교엘 다니려면 하숙을 시키거나 하다 못하면 자취를 시킨다고 해도 적잖은 돈이 필요하여 차라리 광주로 이사를 하는 것이 낫다고 생각했다. 그래서 얼마 되지 않지만 전답을 다 팔아 광주로 이사를 했던 것이다.

K고등학교 앞 계림동에 집을 사려는데 고향에 있는 집과 전답을 다 팔아도 괜찮은 집하나 살 수가 없었다. 그래서 형편에 맞는 집을 사려고 변두리산동네로 다 다녀 봐도 쉽게 그런 집이 없었다. 보름이상을 돌아다니다가 용케 학교 가까운 대지 스물다섯 평에 작은 블록집이 있어 곧바로 계약을 하고 이사를 하게 되었다. 이사는 했으나 아무 할 일이 없어 생계가 막막했다. 고향에서는 농사일이라도 있어 하루도 놀 새가 없었는데 돈 없이 도시에서 더구나 할 일 없이 산다는 것은 참으로 어려운 일이었다. 무슨 일이라도 찾아나서야 했다. 여기저기 시내를 돌

아다니다가, 광주역으로 나가보니 차에서 내린 사람들의 짐을 날라주는 짐꾼들이 있었다. 물어보니 지게만 있으면 된다고 했다. 모산 양반은 지게를 지고나섰다. 그러나 그런 일도 아무나 쉽게 하는 것이 아니었다. 이미 10여명이 자리를 잡고 있으면서 새로 들어오는 것을 허락하지 않았다. 모산 양반은 지게꾼이 되고자하는 자초지정을 이야기하며 통사정을 했다. 그러나 끝내 들어주지 않았다. 하는 수 없이 해가 뉘엿뉘엿 할 때까지 기다려 그들을 인근막걸리 집으로 데리고 가서 술을 사면서 함께 일할 수 있도록 간곡히 통사정을 했다.

돈이 좋은 것은 좋은 것이다. 선임지게꾼들은 술을 거나하게 얻어먹고 나서야 일을 해도 된다는 허락을 해주었다. 그는 이튼 날부터 일을 할 수 있게 되었다. 허락을 받았으나 일감이 곧 있는 것도 아니었다.

일감을 맡는 것도 눈치가 싸고 친절하며 적극적이어야 했다. 이것저것 눈치보고 체면 차리다가는 하루 종일 허탕만 치고 만다. 하루하루 일을 해가면서 요령이 붙고 눈치도 빨라지면서 일감을 맡게 되었다.

재수 좋은 날은 하루에 천원을 버는 날도 있지만 평균적으로는 600~700원 버는 것이 통상적이었다.

쌀 한 가마에 5천원 내외 했으니까 잘 하면 하루에 쌀 두 말을 벌고 보통은 말가웃을 버는 편이었다. 그것도 몸만 성하면 할 만한 일이었다. 한 달에 20일만 해도 쌀 세 가마는 벌수 있으니 시골에서 농사지은 것보다 훨씬 나았다. 촌에서 머슴 살면 상머슴이 일 년에 쌀로 8가마 내외 받는 것을 생각하면 큰 벌이였다. 그러나 아들 순도 학비주고 생활하고 나면 빠듯하여 겨우겨우 그날그날을 살아갈 수 있었다. 하지만 물가는 하루가 다르게 오르고 순도 학비도 인상되면서. 생활은 말 못하게 어려워졌다. 모산 댁도 나섰다. 광주중심지에 있는 대인시장 입구 노상에서 몇 가지 안 되지만 채소류를 놓고 노점장사를 시작했다.

아침에 서방 간이정류장에 가면 광주외곽농촌에서 아낙네들이 가지, 호박, 풋고추, 열무, 등 싱싱한 채소를 가지고 나오는데 그런 채소류를 비교적 싼 값으로 구입해서 대인시장입구 노상에서 소매를 하면 하루에 300~400원 벌이는 되었다.

여름에야 생활비가 덜 들지만 겨울엔 연료비 때문에 살림살이는 더욱 빠듯했다. 구공탄 한장에 40원 하는 것도 하루에 최소한 3장은 태워야 방에 들어가면 온기를 느낄 수 있었다. 밖에서 종일 숨이 턱에 닿도록 일하고 들어오면 방바닥이라도 따듯해야 다리 뻗고 잠이라도 잘 수 있어 절약에도 한계가 있었다. 날씨가 추우면 생활비는 더 많이 들고 일거리는 없어져 삶은 모래밭 걷기처럼 팍팍하고 막막했다. 그런 어려움 속에서도 고난을 이겨내고, 힘들수록 용기와 인내심을 키워주는 것은 순도의 학교성적이었다.

K 고등학교야 전남에서뿐만 아니라 전국적으로도 알려진 명문고등학교였다. K 고등학교에 갈 수 있는 코스는 광주중앙에 있는 S국민학교를 나와 S중에 들어가는 것이 K고등학교에 입학하는 정규코스로 알려졌다. K고등학교 재학생중 S중학교출신이 거의 60~70%였으니 시군에서는 수재라고 하는 학생들이 가는 학교였다. 광주 외의 시군에서는 1년에 한두 명만 들어가도 군내잔치를 한다는 소문이 있을 만큼 들어가기 힘든 학교였다.

그렇게 어렵게 시골에서 입학을 했다고 해도 성적이 상위구룹에 들어가기는 하늘에 별 따기란 말이 있을 정도였다. 설령 입학할 때 좋은 성적으로 들어온다고 하드라도 시간이 갈수록 광주시내출신 학생들에게 밀리기 십상이었다. 그러나 순도는 달랐다. 그렇게 이름 있는 K고등학교에서도 성적이 상위구룹에 속해 있으니 부모로서는 아무리 생활이 어려워도 어려운 것을 이겨낼 수 있는 힘의 원동력이 되었다.

순도는 순도대로 그 성적을 유지하기 위하여 피나는 노력으로 치열하게 공부를 했다. 모산 양반은 그런 아들을 생각하면서 종일 무거운 짐을 나르면서도 힘든 것도 잊고 보람을 느끼며 살아가고 있었다.

　사람이 살아가는데 좋은 일에는 그 무엇이 시기하듯 마가 끼고 어려움이 갈 길을 가로막아 시련을 안겨주는 것이 세상 일인가보다.

　모산 양반네가 광주로 나와 살면서 인생 막장 가장 밑바닥에서 근근이 살아가지만, 순도가 모범생으로 성적이 우수하니 고생도 오히려 보람으로 받아드리고 열심히 일을 했다. 그러나 그런 자부심이 오래 지속되지 못했다. 순도의 학교생활이 순탄하지 못했던 것이다. 1학년 때만 해도 드러나지 않았던 시기심이 2학년에 올라가서는 심해져 그를 파멸의 길로 몰아가고 있었다. 성적이 전 학년 10위 안에 들면서 시기와 견제로 어린 순도가 이겨내기엔 너무도 가혹했다.

　수업시간에 적극적으로 수업에 임하면서 선생님에게 서슴없이 질문하고 선생님의 질문에 답하는 등, 열심히 공부하는 태도가 선생님들의 인정을 받으면서 시기와 질투는 더욱 심해졌다. 수업이 끝나고 쉬는 시간이나 방과 후에는 아무이유 없이 시비하고 싸움을 걸어와 집단행패를 당했다. 날이 갈수록 순도는 견디기 힘들었다.

　사춘기소년이 심리적으로 예민한 시기에 학급에서, 학년에서, 심지어 상급생까지 가세하여 왕따시키는 것을 이겨내기에는 어린 순도에게 너무도 가혹한 일이고 무거운 돌덩이였다. 누구하나 손 잡아주는 사람도 없었다. 그 때마다 학교에 신고하기도 어렵고, 신고한다 해도 학교에서 해결해주지 못했다.

　그렇다고 집에 와서 부모님께 말씀 드린들 막노동하는 아버지가 어찌할 수 없음을 안 순도는 혼자 끙끙 앓기만 했다. 그래서 말은 못하고 고민 고민하면서 하루하루를 버텨 학교생활을 해나가고 있었다.

　그렇게 적극적이고 명랑했던 순도가 집에 와서 말수가 적어지고 소극적이며 의기소침해가고 있었다. 부모는 하루하루 날 품팔이나, 애 닳아

진 노점장사에 지쳐 순도의 학교생활에 관심가질 여유가 없었다. 공부 잘 하고 학교에서 모범생이라는 것만 굳게 믿고 지내왔다. 그러는 사이 순도는 서서히 타락의 길로 빠져들고 있었다.

부모님이 순도만을 위하여 밤낮을 모르고 일에 열중하고 있는데 학교생활이 어렵다고 하소연하는 것은 부모님을 더욱 힘들게 할 것이라고 생각했다. 아직 방황의 사춘기에 자기 어려움을 털어놓을만한 사람도 없고 들어줄 사람하나 없으니 혼자 밤잠을 설쳐가며 고심할 수밖에 없었다. 순도는 끝내 학교생활에 실증을 느끼기 시작했다. 그러다가 탈선의 길로 빠져들어가고 있었다.

공부하는 그룹에서 함께 어울리지 못하고 불량학생들과 어울리면서 양 같던 성격이 언제인지 모르게 과격해지면서 절제를 못하는 문제아로 변해가고 있었다. 어쩌다 수업을 빼먹더니 그 횟수가 잦아지고 심지어 집에서는 학교간다고 나가지만 학교엘 가지 않고 불량배들과 어울려 터미널이나 시장가를 배회하면서 싸움질하고 촌에서 올라온 젊은 사람들에게 시비를 걸어 금품을 빼앗는 범죄행위를 저지르기 시작했다.

시골출신이라는 열등감을 극복하지 못하고 불평불만이 쌓이면서 사춘기반항의식과 욕구불만을 해소하는 방법을 불량배들에게서 찾고 있었다. 비뚤어지고 포악해져가는 것이 날로 심해졌다. 그러나 모산 양반 내외는 순도를 추호도 의심하지 않고 절대적으로 믿고 있었다.

가정에서나 학교에서 그의 빗나가는 행위를 바로잡아주는 사람이 없으니 고삐 풀린 망아지처럼 날뛰고 브레이크 없는 자동차처럼 위험천만하게 질주하고 있었다. 어머니가 싸준 도시락까지 가지고 학교에 간다고 하고는 아버지에게는 용돈을 받아냈다.

"날마동 용돈을 어디다 쓴다냐? 그렇게 돈을 쓰먼 내가 감당 못허겄다."

모산 양반은 못 마땅하면서도 순도가 달라는 용돈을 주지않을 수 없었다. 돈을 사정해서 달라는 것이 아니라 오히려 당당하고 맡겨놨다가 찾아가는 어투로 아버지를 윽박지르듯 했다. 순도는 용돈이 적다고 투정하기 일쑤였다. 불만이 가득 쌓인 표정으로 학교는 생각지도 않고 광주여객버스터미널로 향하고 있었다. 아버지가 광주역에서 일하는 것을 알고 광주역에는 얼씬도 하지 않았다.

  아침 등교시간이라서 큰길은 물론 골목길에도 등교하는 학생들로 길을 꽉 메웠다. 순도는 버스터미널 입구에서 서성이고 있었다. J고교학생인 인철이 먼저나와 있었다.
  "나왔냐?"
  순도가 먼저 손을 들면서 반갑게 말했다.
  "인자 오냐?"
  인철도 손을 들면서 맞아주었다.
  "춘수 자식은 안 왔냐?"
  "아직 안 나왔어. 자식 지가 몬자 안 나오고 멋헌다냐?"
  인철이 짜증 섞인 표정으로 춘수가 나오는 골목을 쳐다보면서 퉁명스럽게 말했다. 춘수는 S고 2학년으로 해남에서 올라온 학생이다. 인철은 고흥에서 유학을 왔다. 도시에 나와 생활하면서 누구의 간섭도 받지 않아 사춘기나이에 검은 유혹의 손길을 스스로 피할 수 없었다. 그들은 날이 갈수록 탈선의 늪으로 깊이 빠져들었다.
  "인철아. 오널 며칠이냐?"
  "3일."
  "인자 어쩔래? 학교에 안 갈래?"
  "가야제. 니얼언 우리 학교에 가야 허겄다."
  "그려. 나도 니얼언 학교에 갈란다. 우리 아부지랑언 나 학교에 잘 다닌종 알아."
  순도 또한 후회하는 기색이 역력했다.
  "에이, 학교가면 멋 헌다냐. 씨팔 학교에 가기 싫은디. 우리엄니 생각

허먼 안 갈수도 없고."

인철은 학교엘 무척이나 가기 싫은 표정이었다.

"야. 우리 이러다 나쁜데 빠지는 것 아니어?"

순도는 자신을 탓하고 있었다.

"야. 이 자식아. 이미 우리넌 불량학생이어. 어쩌면 영원히 학교로 돌아갈 수 없을넌지 몰라. 모르겠다. 되는대로 허는 수밖에 없잖혀?"

인철은 자포자기自暴自棄한 사람처럼 후회의 표정이 조금도 없어 보였다.

춘수가 교복도 입지 않고 모자도 벗은 채 헐렁한 반소매차림으로 옷자락을 펄렁거리며 걸어오고 있었다.

"인자 오냐?"

순도가 어서 오라는 손짓을 하면서 말했다.

"너그덜 일찍 왔냐?"

춘수가 웃으면서 가까이 오고 있었다.

"우리도 쫌 전에 왔어."

인철이 모자를 고쳐 쓰면서 대답했다.

오월의 맑은 하늘아래 곧게 뻗은 길옆 가로수가 연록의 잎을 피우면서 살짝 스쳐 부는 미풍에 가볍게 나풀대고 있었다. 햇살은 눈부시게 아스팔트 위로 쌀알처럼 쏟아지고 있을 때, 버스들은 쉴 새 없이 터미널을 들랑날랑하고 있었다. 여수에서, 장흥에서, 목포에서 올라온 버스들이 사람들을 내려놓아 시골 장 어물전처럼 붐볐다.

"아직 일른께 우리어디 가서 쫌 놀다 오자."

순도가 장소를 옮겨보자고 제안을 했다.

"어디로 갈까? 시방부터 멋 허기도 그른께."

인철이 고개를 수그리고 운동화 앞코를 쳐다보면서 말했다.

"양동시장 쪽으로 가자. 거그서 돌아다니다가 어디서 점심 묵고 오게."

춘수가 순도를 쳐다보면서 말했다. 순도가, 그러자, 하면서 책가방이 귀찮은 듯 아무렇게 둘러매고 앞장서서 양동시장 쪽으로 발길을 옮기기 시작했다. 학생복도 입지 않은 춘수는 행동이 자유로웠으나 순도와 인철은 조금 주저하는 듯 길 가양으로 붙어 걸었다. 충장로에 들어서니 오전 이른 시간인데도 사람들로 붐벼 서로 옷깃을 스치며 이리저리 몸을 비틀면서 걸어야 했다. 늦은 오후 시간이면 광주사람들이 모두 충장로로 쏟아져 나오는 것처럼 걸어갈 수가 없는 거리다.

"아이, 야들아! 우리 여그서 놀다 가자."

춘수가 뒤따라오면서 인철의 팔을 잡아끌면서 말했다. 그들은 그동안 충장로에서 살다시피 하며 자주 들려서 예사롭게 보이지만 농촌에서 처음 올라와 충장로에 들어서면 놀라지 않은 사람이 없다. 우선 많은 사람들이 웅성거리며 거리를 꽉 메우고 파도처럼 움직이는 것이며, 쇼윈도에 진열된 갖가지 패션과 전파상에서 울려 나오는 음악 등 시골에서는 상상도 못할 도시의 진풍경이 벌어지고 있었다. 충장로 3가에서부터 금남로를 건너 1가 쪽으로 걸으면, 구경만으로도 배고픈 것을 잊을 만큼 화려하고 현란했다.

그들이 충장로를 구경하고 양동시장으로 들어가는데 11시가 넘었다. 양동시장 역시 시골사람들의 시선을 끌기에 충분했다. 화려한 포목전에 진열된 형형색색의 고운 비단을 차곡차곡 보기 좋게 쌓아 진열해놓은 것은 시골 읍에서는 상상도 못할 광경이었다. 그 높이가 천장까지 닿아있었다. 깔고 벌렁 눕고 싶은 푹신한 이불이며 색동저고리, 풍만한 치마폭 속의 여린 여인의 마네킹은 사춘기 소년들의 마음을 사로잡았다. 가구의 거리, 철물점, 약초시장 등등, 말 그대로 없는 것이 없는 시장이었다. 할 일 없는 순도 등은 시장 골목을 샅샅이 누비고 다녔다.

골목을 빠져나와 광주천변 길을 걸어가고 있었다. 그때 군복을 검정색으로 염색한 작업복을 입고 머릿기름을 반지르르하게 발라 빗어 넘긴 20대 중반으로 보이는 청년이 걸어오고 있었다. 그들 앞으로 걸어오고 있는 청년을 본 인철이 순도의 옆구리를 쿡 찔러 눈짓을 했다.

그들 눈에 먹잇감이 나타난 것이다.

"형씨, 담배한 대만 빌립시다."

인철이 그 청년 앞으로 길을 막고 빤히 쳐다보면서 손을 내밀었다. 청년은 움찔하고 놀라며 발걸음을 멈춰 서서 인철을 바라보고 있었다.

"담배가 떨어져서 그런디, 담배 한 대만 주어."

인철은 반말 시비조로 말했다. 청년은 어이없다는 듯 인철을 물끄러미 쳐다보다가 어린 학생인데 말투가 너무 거친 것을 보고 성질이 돋는 듯하면서 조금은 위축되는 것같이 보였다.

"학생이 담배 피이워?"

떨리는 낮은 목소리로 더듬거리며 머뭇거리고 있었다.

그 때 순도와 춘수가 다가와 청년을 에워싸고,

"먼 일이냐?"

하며 인상을 쓰면서 순도가 물었다.

"담배한 대 빌리잔께 요렇게 머뭇거리고 있어야."

인철은 찡그린 인상으로 청년을 뚫어지게 쳐다보면서 말했다.

"어이, 학생이 먼 담배를 피워? 그러면 안 되지."

학생복을 입지 않은 춘수가 말린 듯이 말했다.

청년은 구원자를 만난 듯,

"학생이 담배 피우면 안 되지."

하면서 덩달아 나무랬다.

"씨팔, 못 주먼 못 준다고 허지, 무신놈의 말이 그리 많혀."

인철이 신경질적으로 행패를 부리려고 했다.

"어이 형씨. 야, 본께 성질 지랄같이 생겼구만. 하나주어서 보내지 그려."

춘수가 인철의 어깨를 툭 치면서 말리는 것처럼 말했다. 청년은 머뭇거리다가 주머니에서 파고다 담배 갑에서 궐련하나를 꺼내 주었다.

"불이랑 줘야제?"

인철이 담배를 받아 입에 문 채 불까지 요구했다. 청년은 마뜩찮고 가소로이 생각하면서도 한번 꺼낸 것 불이 없다고 할 수 없는 분위기에 성냥갑만한 하얀 지포 라이터를 켜 불을 붙여주었다.

"형씨, 나도 한대 주시오."

순도가 다가서며 손을 내밀었다. 청년은 어이없는 표정으로 순도를 쳐다보며,

"요새, 학생덜언 모다 담배 피는가? 학생이 담배피먼 안 되잖혀?"

하면서 머뭇거리고 있었다.

"나도 한대 주어보시지. 형씨, 쟈는 주고 나는 가만히 있다고 안 주는 거여?"

춘수가 반말 비슷하게 찔러보면서 손을 내밀며 요구했다. 청년은 하는 수 없이 다시 담뱃갑을 꺼내고 있었다. 이때 인철이 거만한 눈으로 쳐다보면서 말했다.

"형씨, 학생한테 담배주지 마. 그리고 요리 좀 와바."

하면서 옷소매를 끌어당겼다. 청년은 불길한 예감에 가슴이 뛰면서 머뭇거리고 있었다.

"요리 좀, 오랑께."

인철의 말소리는 거칠고 잡아당기는 옷소매가 곧 찢어질 것 같았다. 청년은 인철이 끄는 대로 끌려갔다. 으슥한 골목으로 끌려가던 청년은 갑자기 옷소매를 세게 뿌리쳐 인철의 손에서 빠져나와 도망치기 시작했다. 모퉁이를 막 돌아 나온 청년의 발을 순도가 걷어찼다. 청년은 나뒹굴며 넘어졌다. 순도는 쏜살 같이 달려들어 청년의 멱살을 잡고 일으켰다.

"어이, 담배 한대 돌라는 것이 고렇게 고까와 도망을 쳐? 아니꼬왔어? 너, 잘 걸렸다."

순도의 말투는 깡패들의 어투 그대로였다.

"어이, 웬만치 혀. 형빨 되는 사람을 고렇게 함부로 대허먼 못쓴 것이여. 살살 대해주어."

인철이 말리는 척 하면서 달려왔다.

"본께, 형씨 촌에서 온 것 같언디 놀래지 마. 우리 나뿐 놈덜 아니어. 깡패덜 맹기먼 욕보는디. 그렁께 조심혀야 혀. 근디 우리, 점심도 못 묵었은께. 점심 묵게 돈 쬐그만 주어."

상의 단추를 거의 풀어 재친 춘수가 건들건들하면서 거들었다.

"괜히 욕보지 말고 우리 서니 짜장이나 묵게 좀 주지."

인철이 다가서며 노골적으로 말했다. 청년은 겁에 질려 기가 죽어있었다. 벌벌 떨리는 손으로 지갑을 꺼내어 200원을 내주었다. 지갑에는 더 많은 돈이 들어있었다. 춘수가 청년의 지갑을 낚아챘다. 청년은 놓치지 않으려고 버둥거렸으나 느닷없이 잡아채는 바람에 힘없이 빼앗기고 말았다. 춘수는 지갑을 뒤척여 돈을 꺼냈다.

"어이, 학생 안되야. 꼭 쓸디가 있은게 사정 좀, 바 주어요. 나 돈 없으먼 큰일 난께 그려요"

청년은 울먹이며 사정을 했다.

"알았어. 우리가 무신 강돈종 알아? 점심을 못 묵어 배고파 그렁께 너무 걱정 허지마."

춘수는 얼마인지 모르게 몇 장 남기고 다 꺼내들었다. 지갑을 돌려주고 돈을 세어보니 백 원짜리 10장으로 1,000원이었다. 상당히 큰돈 이었다. 지갑을 건너 받은 청년은 안절부절 했다.

"가자, 점심이나 묵자!"

춘수가 앞장서서 시장 골목으로 들어갔다. 순도와 인철이 뒤따라갔다. 청년은 허탈해 하면서 서서 식식거려 숨을 몰아쉬며 그들의 가는 골목을 응시하고 있었다.

순도랑은 유유히 골목으로 사라졌다. 순도는 일주일에 하루 이틀은 학교에 가지 않고 광주여객 터미널이나 양동시장 또는 충장로 등을 배회하면 나쁜 짓을 자행하고 다녔다.

오후 5시가 넘어 학생들이 하교하는 시간이었다. 시내거리에는 많은 학생들이 오가며 붐볐다. 충장로를 걷다가 붐비는 거리에서 N고등학교 학생과 부딪쳤다.

　"야, 눈 똑바로 뜨고 다녀."

　순도는 눈을 치켜뜨고 부딪친 학생을 쳐다보며 큰소리로 고함을 쳤다.

　"야, 니가 와서 부딪쳤잖아. 앞을 보고 다녀야 허제."

　N고등학생도 높은 언성으로 항의를 했다.

　"이, 자식 봐라. 너, 요리 와 바."

　순도는 N고등학생의 손목을 끌어 잡아당겼다.

　사람이 한산한 골목으로 들어간 순도와 N고등학생이 싸움이 벌어졌다. 주먹질 발길질 닥치는 대로 주고받았다. 인철과 춘수가 따라와 N고등학생을 집단으로 두들겨 패기 시작했다.

　세 사람의 힘을 당할 수 없어 넘어진 N고등학생을 발로 짓밟으며 심하게 차고 있었다. 이때 N고등학생 3명이 쫓아왔다.

　"야이, 개 새끼덜. 너그덜 누구야? 잘 걸렸다. 맛 좀 보그라."

　편싸움이 벌어지면서 순도들이 밀리기 시작했다. 발길로 채이고 주먹이 날아와 얼굴을 가격하여 코피가 터지고 입술이 깨져 짐승잡아먹은 사자의 입처럼 피 범벅이 되어 입술을 푸푸 거리면서 피를 흩뿌렸다. 그사이 순도와 춘수는 용케 도망쳤으나 인철이 붙잡혀 죽지 않을 만큼 두들겨 맞고 초죽음이 되어 겨우겨우 도망쳐 나왔다.

　N고등학생들도 불량학생들로써 학동파로 소문난 학생들이었다.

　충장로일대를 휘졌고 다니는 깡패수준인데 순도가 잘못 건드려 큰 낭패를 본 것이다. 그들은 그 패싸움이 있는 후로 그들에게 앙갚음 하려고 이를 갈았다. 그렇게 기다리던 중 N고등학생 2명이 광주여객터미널에 나타났다. 순도는 눈에 쌍심지를 켜고 그 학생들 만나기를 바랐던 것인데 스스로 호랑이 굴로 멋모르고 기어 들어온 것이었다.

먼저 춘수가 시비를 걸었다.

"야? 너그덜, 나 모르겄냐? 잘 만났다."

그중에 키가 좀 큰 학생의 모자를 빼앗아 벗기고 옷자락을 끌었다. N고등학생은 세가 불리한 것을 눈치 채고 도망가려 하는데 한 학생을 순도가 한방의 발차기로 배를 걷어찼다. 발에 채인 학생이 "억. 아이고." 하면서 나뒹굴었다. 인철은 춘수가 붙잡고 있는 학생의 뒤쪽으로 다가가 뒤에서 귀뺨을 후려갈겼다. 실컷 두들겨 맞은 N고학생들이 겨우겨우 도망쳐 더는 쫓아가지 않았다. 그날은 순도들이 완승으로 싸움을 끝내 충장로에서 당한 분풀이를 덤까지 합쳐 갚아주었다. 순도는 학교는 제쳐놓고 불량학생으로 시내를 배회하면서 싸움질이나 하고 촌에서 올라온 어수룩한 사람이나 젊은이들에게서 금품을 갈취하는 완전한 깡패가 되었다.

어느덧 무더웠던 여름도 지나고 선들바람이 허리춤을 파고들어 찐득거리던 가슴팍이 고슬고슬해졌다. 순도 일행은 담양 쪽에서 들어오는 서방 간이정류장으로 갔다. 그곳엔 서방을 중심으로 놀아먹던 서방파가 있었다. 서방파 애들은 순도 일행이 자기구역을 침범하러 왔다고 시비를 걸었다. 순도 일행이 아무리 자기들이 놀던 지역이 아니지만 순순히 고본고분하게 물러날 애들이 아니었다.

"야, 너그덜 어디서 왔냐?"

작달막해도 눈가흉터자국으로 인상이 고약해 보이는 학생인 듯 아닌 듯 신분이 확실하지 않은 애가 다가오며 눈을 내리깔면서 말했다.

"대인시장 쪽에서 왔넌디, 왜 그려?"

춘수가 조금 아니꼬운 눈빛으로 쳐다보며 말했다.

"어이. 학생. 요리 좀 와 바.'

그중 학생복을 입은 175cm가 넘는 훤칠한 키에 얼굴도 반반한 학생이 순도를 불렀다.

"어찌 그려. 헐말 있으먼 여그서 허지."

순도 또한 순수하게 응하지 않았다.

"아니, 오라먼 오제. 먼 놈의 말이 그리 많혀?

키 큰 학생이 순도의 옷소매를 잡아끌며 골목으로 들어갔다.

순도는,

"이것 못 놔?"

하면서 그의 손을 확 뿌리쳤다.

"요것 바라. 너 맛 좀 바야겠다."

하면서 순도를 다시 잡아당겼다. 엉겁결에 순도는 끌려가고 있었다. 서방파 일행이 순도의 엉덩이를 발로 차면서 골목으로 끌고 들어갔다. 춘수와 인철이 그 광경을 보고 가만히 있을 리 없었다. 서방파는 다섯 명이나 되었다. 순도 일행은 좌충우돌 칼을 휘두르며 항거 했으나 중과 부족으로 그들에게 두들겨 맞고 있었다.

이때 호각소리가 나면서 경찰이 들이닥쳤다. 서방파출소에서 경찰 두 명이 나와 싸움을 말리고 그들을 파출소로 연행해 갔다. 순도 일행은 두서너 번 경찰서에서 폭력행위로 조사 받은 일이 있어 그동안은 학생 으로 훈방되었지만 불량학생으로 리스트에 올라있었다. 그런데 칼부림 까지 한 까닭에 곧바로 구속되고 말았다. 같은 광주시내지만 서방은 타 지 같아서 차별을 받는지, 아니면 서방파는 그동안 그리 큰 싸움은 없 었는지 곧 훈방되고 순도 일행은 재판을 받게 되었다. 순도 일행은 처 지가 모두 같아서 어디 손 써볼만한 사람도 없어 그대로 재판에 회부되 어 징역 6월에 집행유예 10월을 받았다. 그나마 아직 학생이라는 신분 때문에 크게 선처를 받은 것이다.

모산 양반은 너무도 실망이 컸다. 자식하나 잘 키워보겠다고 광주까 지 나와서 지게품팔이를 해왔는데 이렇게 깊은 수렁에 빠져버렸으니 그 실망을 말로 다 할 수 없었다. 그동안 너무 믿고 죽자 살자 일에만 쫓기며 살아온 것이 순도를 이 지경으로 빠져들게 했다고 생각하며 실의에 빠져들었다. 순도가 이렇게까지 타락한 것을 아는 것은 그가 경찰서에 구속 된 뒤에서야 알게 되었다. 그때는 이미 돌아올 수 없는 강을 건너버렸다. 집행유예로 풀려나기는 했으나 학교에서는 이미 퇴학처분을 해버렸다. 순도는 그렇게 재판을 받고 판사로부터 뉘우치라는 훈계를 들었으나 한낱 어른들의 잔소리로 들어 넘겼다. 아버지의 구구절절한 애원도 남의 집 개짖는 소리로 알고 귀담아듣지 않았다. 어떤 사람의 선도善導 말씀도 순도의 귀에는 간섭으로 들렸다.

아무리 타이르고 어르며 달래 봐도 소용없었다. 하는 일이 힘들지만 희망이 꺾여버렸으니 온전하게 살아가기란 이미 잔등을 넘어버렸다. 모산 양반은 그동안 광주로 나온 후로는 술을 거의 입에 대지 않았는데 순도가 사고를 치고 퇴학을 당하면서부터 술을 한두 잔씩 마시기 시작했다. 그렇게 술을 입에서 떼지 못하면서 술이 늘기 시작하여 한 푼 벌어서 두 푼 어치 술을 마셔대니 가정을 제대로 꾸려갈 수가 없었다. 모산 댁조차 심기가 불편하니 노점상이 제대로 되지 않았다. 가산이 기울기 시작했다.

순도는 크게 뉘우쳤다. 어린 마음이었지만 아버지가 술에 빠지면서 가정도 제대로 지탱해나갈 수 없어 하루하루 생활이 말이 아니었다.
늦은 후회지만 이미 순도의 장래는 고생문이 훤하게 열려있었다. 그렇다고 순도 자신이 직접 생활전선에 뛰어들기는 나이가 너무 어리고 또한 곧 죽어도 부모가 그를 막노동판에 보낼 수는 없었다. 순도는 고등학교에 복교하려고 했으나 받아주지 않았다. 그것이 더욱 그를 절망하게 했다. 순도는 정규코스는 아니지만 독학으로라도 고등학교학력을 인정받기 위하여 검정고시를 준비했다. 원래 머리가 명석한 터라 순도는 독학으로 고등학교 졸업 검정고시를 가볍게 합격했다. 일단은 고등학교 졸업 자격은 받았으나 그것으로 끝이었다. 대학에 진학할 형편이 아니었다. 어느 지방대학이라도 가서 열심히 공부하면 장학금으로 학업을 마칠 수 있다는 신념으로 대비를 하고 있을 때, 세상은 순도 편이 아니었다.

4

고난의 길

군 입대를 위한 신체검사를 받았다. 당년에 군에 입대하는 갑종이었다. 신체검사를 받은 6개월 만에 입영영장을 받았다. 순도가 군 입영영장을 받으면서부터 아버지는 돌이킬 수 없는 절망으로 빠져들었다.

일 나가는 것도 그만 두고 술로 해를 넘겼다. 밤이 되면 더욱 초상집 같았다. 모산 양반 내외가 말다툼을 하다가 흐느끼는 바람에 잠을 제대로 잘 수가 없었다. 순도가 영장을 받은 뒤부터는 거의 매일 일어나는 현상이었다.

천신만고 끝에 남의 몸을 빌려 얻은 자식이라서 잡으면 깨지랴, 놓으면 날아가랴, 품에 안고 키워왔는데 군대를 나가면 휴전상태이긴 하지만 목숨을 맡겨야하는 처지가 아닌가? 어떤 불의를 당할지 모른다는 몹쓸 생각에 잠을 자도 자는 것 같지 않고 밥을 먹어도 입맛이 떨어진 채 건성으로 살아가고 있으니 일손이 잡힐 리 없었다. 고향에 살 때만 해도 순도가 공부 잘하여 모범생으로 기대되는바 커서 더 잘 키워보겠다고 가산을 몽진해서 광주라는 대도시로 나왔던 것이다. 그런데 한해 두해 지나면서 도시생활에 적응을 못하고 친구들로부터 따돌림을 받으면서부터 비뚤어지기 시작하더니 끝내는 불량학생으로 전락하고 말았다. 패싸움이나 하고 칼부림까지 하다가 호적에는 주홍글씨로 낙인이

찍혔으니 재기불능의 부랑자가 되고 말았다. 부모로서는 얼마나 상심이 컸겠는가, 절망하던 모산 양반은 군대를 다녀오면 나아지려나, 하는 실오라기만한 희망의 싹을 가슴속에 키워보기도 했다. 그래서 순도가 군인가는 것을 신경쓰지 않았다.

돈이 많거나 사회적으로 능력이 있는 사람들은 수단방법을 가리지 않고 면제받으려했다. 그러나 모산 양반은 돈도 없고 연줄을 댈만한 사람이 없으니 군입대에 대해서 어찌할 도리가 없었다. 순도 또한 나이가 들어가면서 군대를 다녀와 심기일전하여 새로운 삶을 살겠다고 굳은 결심을 했다. 신체는 누구보다 뒤지지 않지만 시력이 극히 나쁜 상태였다. 왼쪽시력이 0.2정도로 거의 실명 상태였다. 오른쪽 시력이 0.8이라서 불편한대로 겨우 생활은 할 수 있었다. 그래서 돈을 쓴다든가, 연줄을 잡아 적극적으로 서댔으면 군대를 빠질 수도 있었다. 그런데 재력도 연줄도 없는 처지라서 서둘러보지도 않았다.

입영 날이었다. 순도는 부모님께 모처럼 큰절을 올렸다. 어머니 모산 댁은 자기 배 아파 낳은 자식은 아니지만 20년 넘게 가슴에 품어 키워오면서 미운 정, 고운 정, 다 들어 남의 자식이라는 생각은 추호도 없었다. 모산 양반이야 자기 핏줄이니 두말할 나위 없지만 모산 댁 역시 그에 못지않았다. 밤새 잠을 제대로 자지 못한 터라 눈은 생 고막 까놓은 것처럼 벌겋게 충혈 되어 있었다. 모산 댁은 순도의 절을 바로 받지 못하고 훌쩍거리고 있었다.

"그려, 몸 조심허고 잘 마치고 오그라!"

모산 양반 마지막 부탁의 말은 떨며 더듬거리고 있었다.

"아부지. 걱정 마셔요. 잘, 허고 오께요. 엄니가 자꾸 그러시먼 지 맴이 안 좋은께 얼른 그쳐요. 저만 가는가요? 대한민국 남자는 다 군복무를 혀야 해요. 그래서 먼 길 떠나는데 엄니 우는 것을 보고 가면 마음이 편허겠어요? 지도 마음이 아픈게 어서 울음 그치고 웃는 낯으로 보내줘요."

순도는 어머니를 진심으로 위로하며 달래주었다. 저렇게 착한애가 어떻게 학교적응을 못하고 친구 잘못 사귀어 나쁜 길로 빠져들었는지 이해가 되지않았다. 모산 양반은 순도가 너무 순진하고 얌전하게 인사를 올리는 것이 마음에 걸렸다.

"저, 가께요."

순도 역시 울컥 목이 메여 더는 말을 못하고 일어섰다. 모산 댁은 통곡에 가까운 소리고 울었다.

"어허, 이사람 누가 죽기라도 혔넌가? 자식이 큰 길 떠나는디, 웬 통곡이여? 얼른 끊쳐."

모산 양반은 모산 댁을 나무라면서 일어서 순도를 따라나섰다. 모산 댁도 옷고름으로 눈물을 찍어내며 일어서 따라 나왔다.

"나오시지 말고 그냥 계셔요. 나, 얼른 갈랑게요."

순도 역시 참으려고 애를 써도 나오는 눈물을 참을 수 없었다. 눈물이 앞을 가려 더듬더듬 신발을 찾아 신었다.

"집은 아무걱정 말고 니 몸이나 잘 챙겨 건강허게 댕겨오그라. 그러고 군대란 데는 고생허는 덴께 정신 똑바로 채려 잘 이겨내야 헌다. 그럴 수 있제? 암, 우리 순도는 잘 헐거여."

모산 양반은 순도의 등을 다독이며 떨리는 목소리로 위로와 격려를 했다.

순도는 머뭇거릴수록 더 애틋한 마음에 발길이 무거워짐을 느끼면서 빠른 걸음으로 걸어 나갔다. 모산 댁의 울음소리는 대문 밖으로 나와 골목까지 들려왔다. 순도는 어머니울음소리를 잊기 위해 걸음을 재촉하여 뒤도 돌아보지 않고 골목을 쏜살 같이 빠져나왔다. 어머니울음소리가 귓속으로 빨려들어 오다가 아련히 희미해졌다. 모산 양반 내외는 큰 길까지 나와 순도가 택시를 잡아타고 가뭇없이 사라질 때까지 물끄러미 바라보고 있었다.

입영집결지는 S국민학교였다. 학교정문 앞에는 입대하는 젊은이들로 길을 꽉 차게 메우고 있었다. 넓은 운동장에는 이미 많은 장정들이 모여 서성이고 있었다. 교실앞 화단너머로는 텐트가 연이어 처있어 그 앞으로 사람들이 웅성거리고 있었다. 각 시군구마다 입대자들의 접수를 받아 신분을 확인하고 집결을 시키고 있었다.

4월 중순 벚꽃이 거의 다 지고 마지막 남은 꽃잎이 한두 잎씩 미풍에 나비춤을 추고 있었다. 멀리 무등산자락에는 산 벚꽃이나 산 복숭아꽃이 연분홍빛으로 물 드린 채 봄의 끝자락에서 신록의 계절로 다리를 놓아 건너가고 있었다. 순도는 계림동 푯말이 붙어있는 접수대로 가서 참여했음을 확인 받았다. 확인이 끝난 사람 20명이 되면 동직원이 인솔해서 군軍에서 나온 호송병에게 인계했다. 호송병은 백색선이 유난히도 선명하게 둘리진 파이버를 앞으로 당겨써서 눈이 거의 가려 누군지 알아볼 수 없었다. 복장은 아침에 나오면서 다려 입은 듯 바지 앞 주름이 손을 대면 베일 것 같이 곧게 서있었다. 한 점 흐트러짐 없는 복장과 절도 있는 동작이 인상적이었다. 군에 입대하는 신출내기 장정들은 호송병의 자로 잰 듯한 절도 있는 동작과 옷매무새가 강렬한 인상으로 각인 되었다.

각 동에서 인수되어 현역 호송에게 인계된 장정들은 이미 사람이 아니라 숫자로 호칭되는 물건이었다. 한사람이라도 이탈이 없도록 여기저기서 호각을 불어대며 통제를 했다. 장정들은 이미 군인이 되었다. 호송들은 수시로 앉아 번호를 시켜 인원을 파악했다. 횡대로 10명씩을 세워 한줄 씩 앉거나 서면서 번호를 붙이게 했다.

10명 한 줄이 앉으며. 하나, 또 한 줄이, 둘, 셋…… 이렇게 앉아 번호 외치는 소리가 넓은 S국민학교 교정을 쩡쩡 울리고 있었다. 별의별 많은 사람들이 울긋불긋 색다른 옷을 입었으나 호송군인 휘하에 들어간 장정들은 호각소리 하나에 완전히 통제되어 한 점 흐트러짐 없이 일사

불란한 군인이되었다. 광주시뿐만 아니라 인근 군에서 올라온 장정들로 S국민학교의 넓은 운동장이 꽉 메워졌다. 오후 3시가 되어 장정들이 호송에게 완전히 인계 되었다. 호송들이 장정들을 인솔하여 광주역으로 걸어갔다. 많은 광주시민들이 연도에 나와 장정들의 행진을 향해 박수를 치며 환송해주었다. 광주역에는 이미 호송열차가 대기하고 있었다.

플랫폼에서 승차하기 전에 다시 한번 앉아번호로 인원을 파악 후 승차시켰다. 승차완료 신호에 따라 기차는 서서히 움직이기 시작하면서 높은 건물들이 뒤로 물러나고 광주시가지가 시야에서 사라지고 있었다. 진짜로 군대간다는 실감이 났다. 기차는 북으로 향하고 있었다. '인제 떠나는 구나!'하는 묘한 생각에 잠겨 순도는 가슴이 먹먹해온 것을 느꼈다. 따뜻한 부모의 품을 처음 떠나는 심정은 이미 길 잃은 양이 황야에서 어미를 부르며 헤매고 있는 심정이었다. 20년 넘게 부모님 품속에서 콩나물처럼 보호받으며 살아왔는데 세찬 비바람이며 뜨거운 햇살을 스스로 막아내야 하는데, 버티어낼 수 있을 지, 두려움이 순도의 가슴을 옥죄어오고 있었다.

광주를 출발한 기차가 장성을 지나 백양사입구에 이러서는 오르막길이라서 헉헉거리며 천천히 기어가고 있었다. 멀리 백양사 뒷산의 산 벚꽃이 만발하여 입영장정들의 장도를 웃음으로 바래주고 있었다. 들에는 갓 패 오른 보리이삭이 연록의 물결로 일렁이고 있었다. 전남의 경계를 지나 전북으로 들어서니, 이제 떠나는데 언제 올 것인가, 영영 오지 못하는 것은 아닌가, 하는 생각이 들면서 불안감이 시야를 흐릿하게 했다. 그래도 기차가 마을을 지날 때마다 많은 사람들이 나와 손을 흔들어 환송을 하거나 만세를 부르는 사람을 보면서 조금은 마음이 누그러지고 위안이 되면서도 정말로 사지로 들어가는구나 하는 느낌이 들었다.

그때 호송 한 사람이 통로를 통해서 좌석을 순찰점검하며 지나가고 있었다. 그 호송의 어깨에 걸친 백색 실띠가 치렁치렁 흔들리며 위압감을 주어 주눅이 들었다. 군인이란 이런 것이구나, 하며 숨소리조차 속으로 기어들어가고 있었다. 변소를 가려해도 호송의 허가를 받아야 했다.

　지정된 좌석에 석고처럼 굳은 자세로 앉아 이석을 할 수 없었다.

　새장에 갇힌 새의 신세보다 더 옴짝달싹 못하고 의자에 고정되어있어야 했다. 해가 설핏해지면서 연무대역에 기차가 멈춰 섰다. 하차를 하는데 한 줄 흐트러짐 없이 치례대로 좌석에서 일어나 호송의 명령에 따라 일사분란하고 질서 정연하게 하차했다.

　역 광장에 집결하여 앉아번호로 인원파악을 하고 통제를 더욱 엄격하게 했다. 30여분 걸어서 수용연대로 들어갔다. 해가 완전히 진 군막사는 을씨년스러웠다. 4월 중순의 싸늘한 밤공기가 허리춤으로 파고들어 몸을 움츠려들게 했다. 연병장에 도착한 장정들은 입버릇이 되어버린 앉아번호를 외쳐댔다. 임시 편성된 부대별로 밤공기를 가르는 앉아번호소리가 처량한 울부짖음으로 들렸다. 연병장주변은 불빛조차 희미해서 음산한 마음을 더욱 시리게 했다. 연단으로 한 장교가 올라와 간단하게 환영의 말을 하면서 그날 밤부터 수용연대 생활에 대한 설명을 개괄적으로 해주었다. 장교가 연단에서 내려가고 호송들이 중대별로 인도해서 중대본부 막사로 데려갔다. 본부 막사에서는 사병한사람이 신원확인을 했다. 신원확인이 끝난 사람은 50여 명씩 편성하여 한 막사로 들어가 침상에 걸터앉아 호송의 안내와 주의사항을 들었다. 그렇잖아도 찬 밤공기에 몸이 움츠러드는 데 냉기가 흐르는 마룻바닥이 침상이라고 하니 마음속 깊은 곳에서부터 한기가 우러나왔다. 너무도 생광스러운 침상에 엉덩이가 시려와 깜짝 놀랐다. 기차에서 주먹밥 한 덩이로 저녁을 때워놔서 시장기가 들어 뱃속에서는 쪼르륵 쪼르륵 하는 배고픈 신호에 잠이 들지 않았다. 그런데 찬물 한 모금 마시는 데도 호송에게 신고를 해야 하니 목이 말라도 참아야했다. 아! 이것이 군대로구나! 하고 느끼면서 마음이 더욱 움츠러들었다. 그렇지만 이를 악물고 3년의 고비를 버텨 이기고 돌아가야지, 하는 굳은 다짐을 했다.

자고 일어나니 온몸이 나무 등걸처럼 굳어있었다. 봄이라고 하지만 온기 한줄기 없는 마룻바닥에서 얇은 담요 한 장으로 깔고 덮었으니 한기가 뼛속까지 스며들어 깊은 잠을 잘 수 없었다. 하룻밤사이 구들방 따뜻한 아랫목이 간절했으나 그것은 이미 되돌아올 수 없는 먼 옛날 이야기 속의 아늑함이었다. 아무리 어려운 역경이라도 살려면 참아내야 한다는 경고의 서막이었다. 아침밥에 쌀알은 셀만큼 다문다문하고 겉보리가 80%였다. 보리 도정이 제대로 되지 않아 거무튀튀하고 귀가 살아있어 입에 넣으면 거친 보리귀가 입천장을 꾹꾹 찔러댔다. 반찬이라야 단무지 서너 쪽에 처음 보는 버터 한 덩이가 밥 위에 얹어있었다. 된장국이 나왔으나 그 맛이 단백하지 않고 달큼해서 입안이 개운치 않는데, 거기다 버터를 먹으니 속이 느글느글하여 비위가 상했다.

점심때까지 참을 것을 생각해서 억지로라도 밥을 다 먹었다. 먹은 밥그릇을 씻는데 녹아 붙은 버터가 찬물에 닿으니 굳어져 아무리 문질러도 씻기지 않았다. 늦서리가 내려 손이 시리고 소매 끝으로 스며드는 냉기가 가슴까지 파고들었으나 어디 가서 녹일 수 있는 온기라고는 냄새도 맡을 수 없었다. 모래로 식기를 여러 번 문지르고 씻어 겨우 버터 기름기를 씻어냈다.

철조망 밖에는 인근마을아주머니들이 빵이며 김밥 등을 이고 나와서 사먹으라고 손짓을 하는데 기간요원들이 절대 사먹지 마라고 경고를 내린 터여서 곁눈질만 했다. 아직 정식군인이 된 것은 아니지만 명령에 복종해야하고 자유행동은 이미 절대금지였다. 따라서 철조망 밖으로는 한 발자국도 나갈 수 없을 뿐만 아니라 손도 내밀지 못하는 영어囹圄의 몸이 되어있었다. 그 넘어는 자유의 땅으로서, 들어갈 수 없는 이국처럼 멀게 만 느껴졌다. 겨우 하룻밤 영내에서 잤을 뿐인데 긴장과 압박감으로 몸과 마음이 한없이 작아져 어디론가 도망치고 싶었다.

아침식사가 끝나기 무섭게 집합 호각소리가 여기저기서 아침공기를 들쑤셔댔다. 연병장에는 아직 사복의 장정들이 군인의 통제로 일사분란하게 움직이고 있었다. 전날 집결지에서부터 들었던 앉아번호가 벌써 귀에 딱지가 앉도록 들리기 시작했다. 인원파악을 하는 데는 앉아번호만큼 정확하고 신속한 방법은 없었다. 그래서 모였다하면 앉아번호를 시키는 것이다.

신체검사가 시작 되었다. 수용연대 신체검사는 군인으로서 신체조건이 맞는지를 판단하기 때문에 신체의 전 부위를 정밀검사 했다. 신장, 흉위, 체중 등 기초검사를 마치고 감각기관인 시력, 청력, 손가락 펴기를 검사를 한 다음에 폐 검사로 엑스레이 촬영을 했다. 순도는 시력이 애초에 좋지 않았다. 왼쪽은 0.2로서 물체 감별이 어렵고, 오른쪽은 0.8로서 불편하지만 생활은 할 수 있다. 실제로 시력이 떨어지는지 아니면 정상인데도 고의로 숨긴 것인지를 판별하기 위하여 정밀검사에 들어갔다. 눈에 약물을 넣었는데 눈이 부셔 햇빛에는 나갈 수가 없었다. 동공의 신축작용이 멈추게 되니 빛 조절이 되지 않아 밝은 곳에 나가면 눈을 뜰 수가 없었다. 다른 검사는 아무 이상이 없이 끝났는데 시력이 문제인 것이다. 2일간 눈에 그 시약만 투입해서 관찰하는 것이었다. 같이 입대한 사람들 중 신체에 이상이 없는 사람은 군번을 받고 정식군인이 되어 훈련소로 넘어갔다.

순도는 일행에서 떨어져 눈 검사결과를 기다렸다. 하루에 2회 점검을 받는 것 외에 하는 일이 없었다. 빈둥거리며 지내는 것도 큰 고역이었다. 원형철망과 가시철망이 이중으로 쳐진 울 밖은 바로 지적인데 철벽보다 더 높고 두터워 넘을 수 없었다. 그 철망 옆으로 다가가 영 밖의 풍경을 바라보고 있노라면 어디서 보고 쫓아오는지 늙은 할머니 젊은 아주머니 심지어 단발머리 어린 여자애까지 빵이나 김밥, 과자류를 가져와 사라고 졸라댔다. 영 밖의 물건은 아무것도 사서는 안 된다는 엄명이 내려져있었기에 설령 사고 싶어도 살 수 없었다.

그러니 울타리 옆으로 가는 것조차 막았다. 영 밖에는 곧바로 전답이 연이어 있었다. 논밭에서는 농부들이 갈고 씨 뿌리는 광경이 그렇게 정겨워 보일 수가 없었다. 방금 뛰쳐나가 함께 일하고 싶은 생각이 굴뚝같았으나 잡을 수 없는 뜬구름이고 헛꿈이었다.

갓 패 오른 보리이삭이 파도를 일으켜 일렁이는 풍경에 빠져 마음이 고향들녘으로 달려가고 있었다. 이역의 황야에 홀로 팽개쳐진 자신이 너무 애처로워 눈물이 핑 돌았다. 집 떠나온지 이제 겨우 이틀 지났는데 몇 년 아니 몇 십 년이나 된 듯 아련하기만 했다. 남녘의 먼 하늘만 바라보며 중대본부 앞 잔디밭에 앉아 다음 검사받을 시간을 죄수가 재판받을 날을 기다리는 심정으로 있을 때 함께 입대한 장정 3명이 정문 밖으로 나가고 있었다. 이상하게 생각하고 그들에게로 쫓아가 사연을 물어봤다.

"형씨들, 어디 가는 거요?"

"우리, 귀가명령 받고 집으로 가는 거요."

장정들은 교도소에서 풀려나는 사람처럼 희희낙락거리며 까닭을 묻는 순도를 비웃기라도 하는 낯빛으로 당당하게 자랑을 했다.

"집으로 돌아간다고요? 어찧게 되었어요?"

순도는 왈칵 쏟아지는 의문을 풀어낼 수가 없었다.

"신체검사에 불합격되어 돌아가는 거요. 왜 멋이 잘 못 되었어요?"

한 청년이 의기양양하게 비아냥거리며 말했다.

"어떻게 해서 불합격이 된 거요?"

순도는 더 자세한 내용을 들어보려 했으나 그들은 더 이상 대꾸를 하지 않고 정문을 나가버렸다. 순도는 의문부호만 가슴 한가득 안고 돌아서야 했다. 정문 밖으로 나가는 그들의 뒷모습이 그렇게 간절하게 부러

울 수가 없었다.

일과 이후 저녁식사가 끝나고 나면 자유시간이 주어졌다. 점호시간까지는 누구의 간섭이나 통제를 받지 않았다. 끼리끼리 안면이 있는 사람, 또는 이야기를 잘 한 사람 중심으로 내무반이나 언덕바지 잔디밭에서 이야기꽃을 피우면서 하루를 마감하고 있었다. 순도는 내무반에서 칠팔 명과 그날 있었던 사항을 중심으로 이야기를 나누었다. 낮에 귀가하는 사람들에 관해서 말을 꺼냈다. 서로 절친한 사이는 아니지만 한배를 탄 사람들이라서 대화는 쉬 이루어졌다. 군대 일에 대해서는 모두 관심이 많았다.

"형씨들, 낮에 봉께 집으로 돌아가는 사람들이 있던디, 어쩧게 나가는 종 아는 사람 있어요?"

"신체검사에 불합격해서 나간다고 허등만."

장성에서 그들과 함께 온 건장한 장정의 말이었다.

"멋으로 떨어졌다고 허든가요? 병무청에서 헐 때는 합격했을 것 아니요. 그런디 여그가 더 까탈스러울턴디 떨어진 것은 좀 이상헌 것 같혀요."

순도는 나가는 사람이 부러워 어떤 방법을 써서라도 나가고 싶었다. 더구나 눈이 안 좋으니 잘만 하면 그도 나갈 것 같은 생각이 들었다.

"그 사람은 평발이라고 하등만 그것이 이상혀. 어려서부터 항께 자라온 친군데 그동안 평발이라고 허지 않혔어. 글고 평발이면 병무청검사 때 떨어졌을 것 아니어? 그 때는 발견을 못혔넌가? 평발은 살다가 되는 것이 아니고 날 때부터 타고 난다고 알고 있었어. 아무튼 그 친구는 고렇게 혀서 불합격 되었디아. 아매 돈 좀 썼을 것이여. 그 사람 아부지가 소령인가로 제대혀서 시방언 장성 군청에 있거던. 또한 군에 아는 높은 사람이 있으면 나갈 수 있디아."

이야기하는 사람도 친구가 나가는 것을 좋다고 생각하는 것 같지 않았다.

순도는 더욱 호기심이 발동되었다.

"썽썽헌 사람도 돈만 있으면 빠져 나간다고? 얼마면 된다요? 누구 아는 사람 있어요?"

순도는 함께 있는 사람들을 둘러보면서 물었다.

"소문 같이 고론 말이 있넌디, 나도 남 말만 들었쓴게 얼매나 돈이 필요한지는 말을 안 허드라고."

말하는 그도 실망하는 눈빛이었다. 별 이야기가 많았다. 치질이 있어도 나가고, 무릎이 아픈 사람, 심지어 맹장수술 한 사람도 나간다고 하니 군대는 정말로 힘없고 돈 없는 사람만 가는가 싶어 돈 없고 백 없는 것이 너무도 한스러워 바위에 머리를 들이받고 싶은 심정이었다.

순도는 시력 때문에 손을 쓰지 않아도 불합격 될 것 같다는 생각이 들었다. 들리는 말대로 정상적인 사람도 돈만 쓰면 군대를 가지 않을 수도 있다는데 순도는 눈이 심하게 좋지 않아 3일째 정밀검사를 받고 있지 않는가? 일말의 희망이 눈에 보이는 것 같았다. 그는 크게 기대를 하면서 그 지루하고 고통스러운 검사를 감내하며 지냈다.

입대한지 5일 지났다. 일주일도 안 되는 짧은 기간이었는데 몇 년이나 지난 것 같이 언제 들어왔는가 모를 만큼 오래 된 것 같았다. 그날 아침식사가 끝나기 무섭게 집합 호루라기소리에 각 막사의 내무반 싸늘한 공기가 출렁거렸다. 연병장에 모인 장병들을 앉아번호로 인원파악을 하고는 세 사람을 호명하더니 중대본부로 가라고 했다. 나머지 인원에게는 훈련소로 입소하니 사물들을 챙겨 나오라고 했다. 중대본부로 호출된 사람들은 귀가조치를 받아 집으로 돌아간다고 여기저기서 두런거렸다. 조금 있다가 중대본부에서 사병한사람이 나와,

"장순도! 장순도."

하면서 빨리 중대본부로 오라고 했다. 많은 사람들이 두리번거리고 있었다. 아마 순도를 마지막 귀가조치 받는 사람이라고 생각하고 있었다.

순도는 분명 자기 이름을 부르는데 꿈속에서 아득히 들리는 소리 같았다. 가슴이 뛰고 다리가 떨리며 허든거렸다. 귀에는 분명 이름을 부르는 소리가 들렸는데 쉽게 대답하며 나가지 못했다. 모든 사람의 시선이 누가 어디서 일어나는가를 확인하느라고 쥐죽은 듯 조용하면서도 눈빛들이 두리번거리다가 순도에게 시선이 집중되었다. 그러면서 와-하는 소리가 울려 퍼졌다.

기간사병이 빨리 오라는 손짓에 순도는 공중에 붕 뜨는 기분으로 중대본부로 빨려 들어갔다. 그 짧은 시간이지만 날개를 단 자유인이다. 하는 심정으로 어떻게 뛰었는지 모르게 중대본부사무실로 들어갔다. 숨을 헐떡이며 중대본부로 들어서니 순도의 눈 검사를 맡았던 군의관이 자기 앞으로 오라는 손짓을 했다. 분명 시력 때문에 불합격 된 것이 틀림없다고 자신만만한 생각이 들었다. 순도가 군의관 앞 의자에 앉으니 군의관은 신체검사 표를 책상에 놓고 무어라 설명을 했다. 그때까지도 순도는 조금도 의심 없이 불합격자라는 생각에 변함이 없었다. 그러나 군의관 태도는 근엄하게 순도를 쳐다보며 낯빛이 약간 굳어있었다. 군의관의 설명은 불합격이 아니라는 설명이었다. 안경으로 시력을 교정할 수 있어 안경이 나갈 테니 훈련소에 가서 안경을 받으라는 설명이었다. 순도는 하늘이 무너지는 충격을 받았다. 차라리 기대나 하지 않았으면 충격이 그렇게 크지 않았을 것이다. 넋 나간 사람처럼 정신이 멍해졌다. 나가보라는 말도 들리지 않았다. 물어볼 것이 많은데 입이 굳어버려 말이 나오지 않았다.

"어서 나가봐"
하는 소리에 아무 말도 못하고 놀란 듯 일어서 맥이 쭉 빠진 채 연병장으로 나와 장정들이 모여 있는 곳으로 걸어가고 있었다. 여기저기서 수군대고 있었으나 순도 귀는 꽉 막혀있었다. 순도는 정신을 잃은 사람처럼 사지를 축 느린 채 걷고 있었다.

"귀가 안 허고 왜 도로 오냐? 돈얼 안 썼구만"

하는 소리가 여기저기서 수군거렸으나 순도는 듣는 둥 마는 둥 하며 몽유병자처럼 대열로 들어와 앉았다.

이내 호송병이 나와 앉아번호로 인원을 다시 파악했다. 훈련소로 들어가는 도중 대열을 잘 맞춰 흩어지지 않도록 각별한 주의사항을 설명하고 출발신호 호각을 불었다. 대열은 서서히 호송군인의 인도에 따라 움직이기 시작했다. 중간 중간 호송들이 대열을 인도하며 호각을 불어댔으나 발을 맞추는 사람은 거의 없었다. 군대의 행진이라기에는 너무도 힘이 빠져있었다. 늙은이들의 걸음걸이 같고 패잔병 같이 맥이 없어 보였다. 아직 민간복장이라서 그런지 군인다운 모습이 전혀 보이지 않아도 조금도 이상하게 생각되지 않았다. 3Km 쯤 걸어서 ○○연대 연병장으로 느린 대열이 빨려 들어갔다. 마지막 대열이 도착하면서 곧바로 앉아 번호 인원파악으로 훈련소생활은 시작되었다.

다시 호명으로 불러내 중대편성을 했다. 순도는 5중대 3소대에 편성되었다. 소대별로 내무반이 지정되었는데 육군상병이 나와 내무반장이라고 자기를 소개하고 훈련소를 졸업할 때까지 자기와 함께 생활한다며 내무반생활에서 지켜야 할 사항을 설명해 주었다.

내무반에 들어가니 불이 꺼져있어 어둠침침한 것이 어느 낡은 창고에 들어온 것 같았다. 그곳이 훈련소 생활하는 동안 먹고 자는 생활관이었다. 너무도 낯설어 섬뜩한 기분이 들었다. 퀴퀴한 냄새가 짙게 배어 낯선 이역의 수용소 같았다. 침상은 수용연대와 똑같았다. 중앙에 통로를 중심으로 양쪽으로 마루를 놓아 그 마루 위에 담요를 깔고 자는 것이었다. 벽에 붙여놓은 선반이 있는데 칸칸을 막아 개인관물대로 사용했다. 개인의 자리가 지정되고 관물이 지급되었다. 담요, 군복, 배낭, 군화, 수통, 작업모, 철모와 소총까지 지급 받고 군복으로 갈아입으니 명실상

부 군인이 되었다. 집에서 입고 온 옷이나 실발 등 개인용품을 집으로 보낸다며 간단하게 편지를 쓰라고 했다. 갑자기 편지를 쓰려니 무슨 말을 해야 할 것인가 생각이 나지 않았다.

나누어주는 편지지 한 장을 다 쓸 수가 없었다. 그래서 간단한 인사말만 썼다.

【 부모님 전 상서

어머님 아버님 잘 계신지요. 저는 오늘 훈련소에 입소했습니다. 입고 온 옷 등 사물私物을 보냅니다. 저는 건강하니까 걱정은 하지 않으셔도 됩니다. 이만 줄이겠습니다. 다음에 또 편지 하겠습니다. 안녕히 계십시오. 아들 순도 올림 】

편지지에 눈물이 떨어져 글씨가 번졌으나 종이가 없어 그냥 봉투에 넣어 사물과 함께 꾸렸다. 겨우 일주일 지났는데 몇 달이나 지난 것 같은 생각이 들면서 부모님이 보고 싶고 집이 그리워 눈물이 마르지 않았으나 그 간절한 생각은 표현하지 못했다. 이제 진짜로 군인이 되는구나 하는 생각에 앞일이 캄캄했다.

사물 부치는 일이 끝나고 이내 내무반장은 담요 개는 법부터 관물정돈 방법을 상세히 가르쳐주며 앞으로 그 규격에 맞게 정돈하라고 누누이 강조했다. 한사람이라도 관물정돈을 제대로 하지 못하면 소대원 전체가 기압을 받는다며 엄중히 경고했다. 내무반장의 경고 이후로 그렇게 팔팔하고 발랄했던 젊음이 누에가 번데기로 탈바꿈 하듯 주눅 든 수동 인간으로 변해버렸다. 관물정돈 3분 전. 집합 5분 전을 시작으로 연속되는 명령에 숨이 멎을 듯, 속된 말로 뒤보고 화장지 처리할 새 없이 눈에서 번갯불이 번쩍번쩍 튀어야 살아남을 수 있었다. 첫날 일과는 훈련소 생활의 기본 수칙과 취사, 청소, 시설이용, PX 사용과 앞으로 훈련에 임하는 자세 등의 내무교육으로 매워졌다.

밤 10시 살벌한 점호가 끝나고서야 하루가 마무리되었다. 아무리 졸려도 취침명령 없이 잠자리에 들 수 없었다. 취침명령이 떨어지면 소대원 일동이 '취침'하고 외치며 잠자리에 들어간다. 퀴퀴한 발 냄새가 코를 찌르는 담요를 끌어 덮으면 그래도 하루의 끝자락에서 깊은 잠에 빠져들 수 있어 어쩌면 훈련소 생활에서 가장 행복한 시간이었다. 입소 첫 1주일 동안은 제식훈련이 교육의 전부였다.

아침식사가 끝나면 곧바로 집합해서 연병장으로 학과출장을 나갔다. 제식훈련이야 학교시절 학교에서 배운 것과 별 차이가 없어 어려움은 없었다. 다만 탱탱 가문 봄날 햇살은 따갑게 등허리에 내리꽂히고, 간간이 부는 바람은 땀을 씻어주기는커녕 연병장을 핥아오면서 먼지를 일으켜 숨통을 틀어막았다. 팥죽 땀을 흘리며 50분 동안을 꼬박 반복훈련을 받고 나서 10분간 꿀맛 같은 휴식시간이 주어진다. 그렇게 1주일 동안 제식훈련교육이 끝나고 다음 단계인 사격훈련이 이어진다.

무거운 M1 소총을 들고 사격의 기본자세와 동작을 익히는 훈련이다. 무척이나 힘들고 무릎과 팔꿈치가 벗겨져 피가 흘렀다. 군대생활이야 한순간도 단체를 떠나서는 생각할 수 없는 것이 기본 철칙이다.

그 단체생활이란 개인의 독자적 생각은 일분일초도 허용되지 않았다. 어느 한 사람이라도 단체에서 일탈하는 행동을 하면 소대면 소대, 중대면 중대전체가 기합을 받았다. 특히 사격예비훈련이나 실지 사격은 규율이 엄격하고 통제와 질서가 요구되기 때문에 불가피하게 물리력으로 관리를 받았다. 어느 때는 너무 지나치게 통제를 하는 터라 반발심이 울컥울컥 치솟아 오르기도 했다. 탈영이나 더 심하게는 죽고 싶은 생각이 들기도 했다. 그렇게 고된 사격예비훈련을 마치고 직접 실탄사격에 들어갔다.

1주일간 총을 만지며 다루었지만 실탄사격을 한다는 것은 두려움에 떨지 않을 수 없었다. 긴장된 상태에서 사격을 잘하여 합격한 사람은 기껏해야 열 명 중 여섯 명 정도였다. 절반 가까운 사람이 1차 불합격을 받았다. 그 다음 불합격자를 기다리고 있는 곳은 혹독한 기합 장이었다. 순도는 시력이 안 좋으니 불합격은 예정되어 있었다. 시력이 원체 좋지 않아 탄착점은 물론 커다란 탄착 판까지 희미하여 조준이 불가능 했다. 실탄 3발 중 탄착 판에 겨우 한 발을 맞췄다. 그 결과 뒤에 할 일은 뼈가 녹아나는 기합이었다.

군인이 총을 쏠 수 없을 만큼 눈이 좋지 않은데도 순도는 군인이 된 것이다. 너무도 억울했다. 수많은 사람들이 수단 방법을 가리지 않고 군데를 빠졌는데, 배경 없고 돈 없어 군대에 오게 되었다고 생각하니 너무 억울하고 원통하기까지 했다. 그러나 어찌하랴, 이것이 돈 없고 도와줄 사람 없는 불쌍한 백성들의 운명이다. 말없이 받아들이고 고통을 감내해야 했다. 그러나 고통만으로 끝나는 것이 아니고 고문관이 된 것이다. 중대에 돌아와서도 중대장의 특별취급을 받았다. 무능 훈련병으로 천형 같은 낙인이 찍히고 말았다.

이어지는 사격훈련은 순도에게는 지옥 바로 그것이었다. 피할 수 없는 노릇이었다. 오직 고되고 참기 어려운 기합이 불합격을 대신했다.
그래도 시간은 흘렀다. 사격을 잘 하겠다고 이를 악물고 다짐했지만 타고난 운명을 떨쳐낼 수는 없었다. 중대장의 주선으로 영외에서 안경을 구입하여 써 봐도 교정되지 않는 시력 때문에 이어지는 사격 때마다 불합격은 예정되어 있었다. 그 결과 무능 훈련병취급을 받으면서 인격조차 망가졌지만 다행히 시간은 멈추지 않아 6주간의 훈련이 끝나고 신병훈련졸업을 맞이하게 되었다. 훈련소를 졸업하고 배출대를 거쳐 전방 XX보충대로 떨어졌다.
보충대생활이란 소속이 없는 하루살이생활이어서 언제 어디로 팔려

갈지 운명의 여신이 하늘을 떠다니다 콕 찍어가는 기분이었다. 시시각각 호명으로 어디론가 부대를 배속 받아 떠나간다. 훈련소에서 함께 온 지인들이나 동기생은 하나 둘 팔려나갔다. 순도는 그것도 운명인 듯 보충대에 혼자 남게 되었다. 물론 날마다 새로 들어오는 보충병과 한 이불 덮고 자더라도 통성명하고 인사 나눌 새도 없이 헤어지는 일이 일상이었다. 보충대생활이란 편하기는 했다. 하는 일 없이 밥만 먹고 대기하고 있어야 한다. 언제 부를지 모르기 때문에 멀리 갈 수도 없어 내무반에서 무료하게 이름 부르기를 무작정 기다려야 한다.

7월 초순 장마기에 들어 비가 연일 계속되고 있었다. 짙을 대로 짙어진 나무숲에서는 비에 젖어 우러난 진초록 물이 질척질척 흘러내리는 것 같아 음산하기까지 했다. 부대 옆으로는 철길이 있어 밤이나 낮이나 수시로 기차가 드나들며 목청껏 질러대는 기적소리에 깜짝깜짝 놀라면서도 순도의 마음을 향수에 빠져들게 했다. 저 기차를 타면 고향으로 내려갈 수 있다는 부질없는 생각이 들면서 무인도에 표류한 것처럼 심한 고독감으로 무엇에 쫓긴 듯 초조했다.

그렇게 불안전한 생활로 전전하며 또 1주일을 보냈다. 날마다 하늘이 내려앉을 듯 비를 쏟아 부우며 개일 줄을 몰랐다. 순도는 비 맞은 수탉처럼 어깨가 축 처진 채 기가 빠져있었다. 매에 쫓기는 꿩처럼 웅크린 채 아침 식사를 하고 내무반으로 들어가는데 집합하라는 호각소리가 울렸다. 병영 안을 시퍼렇게 날이 선 억새 잎이 살을 에는 듯 휘젓고 다니는 것 같았다. 중대본부 앞 좁다란 마당으로 정신없이 뛰어가 집합했다. 기대 반 걱정 반 심정으로 집합했는데 제일 먼저 순도를 호명했다. 1주일을 애타게 기다렸는데 드디어 팔려가게 되었다. 가는 곳을 알려주지 않아 어디로 가는지 방향조차 알 수 없이 불안정한 심리상태 속에 호출된 12명이 군용트럭에 올라탔다. 비를 막기 위해 차광막으로 완전히 덮어씌웠다. 병력을 싣고 가는 차들은 날씨가 좋아도 차광막을 쳐 밖을 볼 수 없었다.

전방으로 가는지, 후방으로 빠지는지, 행선지를 알지 못하는 미지의 땅으로 팔려가고 있었다. 워낙 비가 세차게 내려 하늘이 어두운 데다 차광막으로 덮인 트럭의 짐칸 속은 서로의 얼굴을 알아볼 수 없을 만큼 어두웠다. 그 어둠 속에서 숨을 죽인 채 3시간을 달려 도착한 곳은 강원도 어느 깊은 산골이었다. 인솔 장교의 설명으로는 휴전선이 코앞이라 잠시 총성만 멈추었을 뿐 전시나 다름없는 긴장 상태에서 한시도 방심해서는 아니 된다고 경고를 했다. 빗속을 헤치고 달려와 임시 짐을 푼 곳은 XX사단 보충대였다. 하고 많은 부대 중에서 최전방으로 배속되어 온 것이다. 함께 입대한 사람들 중 운 좋은 사람들은 훈련소 배출대를 떠나면서 후방이나 근무여건이 좋은 부대로 갔으나 순도는 막장으로 떨어진 것이다. 운명으로밖에 달리 설명할 수가 없었다.

돈 있고 연줄있는 사람은 전방으로 가지 않는다는 소문이 공공연히 나돌았다. 순도는 그런 소리를 들을 때마다 너무도 서럽고, 비애감에 빠져 통곡이라도 해야 할 것 같았다. 그러나 어찌하랴, 이 땅의 힘없고 돈 없는 사람은 참고 견디는 것만이 사는 길이다. 그런 신념을 가지고 스스로를 이겨내야 한다고 다짐했다.

빗줄기는 조금 가늘어졌으나 짙은 비구름으로 어둑어둑하여 음산하기까지 했다. 밤이 되면서 몸과 마음이 더욱 위축되었다. 비 오는 날 산중의 어둠은 칠흑의 수렁이었다. 그런 어둠을 헤집고 귓속을 파고드는 인민군의 선전방송은 무슨 소리인지 확실하게 들리지 않아 지옥에서 들려오는 귀신들의 울부짖음이었다.

순도는 중부전선 최전방 민간인을 구경할 수 없는 비무장지대 수색대에 근무하게 되었다. 같은 사단 내에서도 본부나 일반부대는 민간인 구역에 있어 휴일 외출도 가능하지만 그곳은 독수리눈으로 응시하는 보초가 있을 뿐 사람 냄새를 맡을 수 없는 살벌한 곳이었다. 그러니 군기가 셀 수밖에 없다. 적이 코앞에 있는데 일분일초라도 방심했다가는 언제 누가 코를 베 갈지 모르는 전선에서 긴장을 풀겠는가, 흔히 XX로 밤송이를 까라면 까야하고 박으라면 박아야 산다는 말이 일상어였다. 맨손으로 집을 짓고 나무를 해다 땠다. 그는 제대할 때까지 시력 때문에 남보다 더 많은 고생을 했다. 밤눈까지 어두워 야간 보초는 물론 야간 산악 훈련이 있으면 말할 수 없는 어려움이 있었다.

그렇다고 예외를 인정받거나 눈 나쁨에 대한 사정을 봐주는 것 없이 정상적인 사람과 똑같이 보초 서고 훈련을 받았다. 한순간도 예외 없이 한 국민으로서 국방의 의무를 성실히 수행했다. 그렇게 엄한 군기를 지키면서 33개월의 군대를 무난히 마쳤다. 오직 신체하나 건강한 것이 군대생활을 별 탈 없이 마칠 수 있어 축복이라면 축복이었다.

순도는 군 생활에 적응을 잘 한편이었다. 고등학교 시절에는 친구들로부터 왕따를 당하면서 학교생활에 적응 못하고 비뚤어지면서 정상으로 고등학교를 마칠 수 없었다. 사귀는 친구들조차 불량학생으로 그들과 함께 어울리면서 타락의 함정에 빠지고 말았다.

그렇게 정신을 못 차리고 방황하다가 군대에 입대하면서 단체생활과 엄격한 규율에 힘은 들었지만 그 고난을 극복하면서 정신을 차려 새로운 사람으로 태어나게 되었다. 최전방 수색대는 군기가 세고 규율이 엄했지만 전우들 간에는 따뜻한 정을 나누었다. 훈련소에서는 사격을 못하여 고문관 취급을 받았으나 수색대는 고립된 그들만의 생활에서 누구를 왕따시킨다든가 특정한 사람을 홀대하지 않았다. 또한 사격이 특별훈련 시에만 있어 사격 못한다고 기합을 받지도 않았다. 오직 전우애 하나로 고된 수색대 생활을 이겨나갈 수 있었다.

5

재활의 꿈

제대하여 집에 돌아오니 집안이 말이 아니게 어려움에 처해있었다.

아버지 모산 양반은 중병을 앓고 있었다. 그동안 과음이 이어지면서 간 경화증으로 얼굴은 숯검정처럼 검게 타 있었고 피골이 상접되어 거동조차 어려웠다. 그런 상태에서도 술만 찾으니 집안이 제대로 되어갈 수가 없었다. 그렇게나마 모산 댁이 노점상을 해서 겨우겨우 입에 풀칠을 해가고 있었다. 그런 형편이니 병원에 갈 엄두도 못하고 약값조차 제대로 댈 수 없어 병세는 더욱 악화되고 있었다.

순도는 제대하면 한번 잘살아보겠다고 단단한 각오로 집에 돌아왔는데 집안 형편은 이미 둑이 무너져있었다. 그때까지 경험해보지 못한 고난의 현실이 그를 기다리고 있었다. 태산이 그의 어깨를 짓누르는 것 같았다. 음습한 검은손이 그를 절망의 계곡으로 끌고 가는 기분이었다. 그렇다고 그대로 주저앉아 있을 수는 없었다.

지난날 학창시절 타락의 늪에서 허우적거릴 때 주변의 모든 것들이 자기에게 어떠했다는 것을 혹독하게 경험해놔서 두 번 다시 타락의 수렁에 빠지지 않겠다고 다짐했다.

그리고 군대생활의 고난을 극복하는 정신으로 어려움을 이겨나가겠다고 단단히 각오를 했다. 순도는 모든 것이 자기 책임이라는 것을 통감하게 되었다. 몸은 건강하고 육체적 능력도 누구 못지않아 마음만 먹으면 호랑이라도 잡을 것 같은 자신감이 있었다.

　시국이 시끄러워 정치적으로 온 나라가 평온한 날이 없었다. 대학생들의 데모가 나날이 이어지면서 광주시내는 체류 탄 냄새로 해가 지고 날이 샜다. 특히 군에 있을 때는 광주민주화운동으로 많은 사람이 희생된 것은 북한군이 침투해서 일어났다고 알고 있었다. 그런데 제대해 와 보니 광주사람들 누구 하나도 북한군침투가 있었다는 사람은　없었다. 군인 쿠데타세력이 정권을 탈취하기 위하여 광주를 희생양으로 삼았다고 스스럼없이 말을 하고 다녔다.
　다른 지방에서는 입도 뻥긋 못하는 군부독재의 엄혹한 시절에도 광주사람들은 그 원한의 분을 사기지 못하여, 그 계엄령보다 더하랴 싶은 생각으로 거리낌 없이 말을 하고 이었다. 순도는 그때서야 광주사태가 아니라 광주민주화운동이라고 말하는 광주사람들과 같은 생각을 가지며 울분이 터졌다. 도대체 나라를 다스린다는 것이 무엇인가, 정치를 하는 목적이 무엇인가, 한 개인이나 특정 집단이 권력을 유지하고 그들의 영달을 위하여 국민에게 희생을 강요해도 된다는 말인가, 어찌 한 나라가 어느 특정 개인이나 집단을 위하여 존재해야 하는가, 말로는 민주주의를 표방하고 현실은 독재를 자행하고 있으니 이는 분명 국민이 나서 혁파해야 할 일이라고 생각했다.

　순도는 군에서 광주사태에 대한 선전과 정신교육을 받아왔으나 맘속에서는, 이래서는 안 되는데, 하는 저항의식으로 젊은 피가 끓었다.
　그러나 군에서는 단 한마디라도 잘 못하는 날에는 그날로 인생이 끝장난다. 죽으나 사나 함구하고 벙어리가 되어 살아왔다.

그런데 제대하고 나니 학생중심으로 날마다 저항데모가 일상화되고, 도시는 체류 탄 냄새로 숨을 쉴 수가 없어 끓는 피를 주체할 수가 없었다. 당장 데모현장으로 달려가 함께하고 싶은 충동이 불길처럼 용솟음쳤다. 그러나 현실은 그를 허락해주지 않았다. 정의가 무엇이고 바른 정치가 무엇이며 민생이 어쩌고 하는 것은 순도에게는 실속 없는 의협심이고 퇴색된 이념의 사치였다.

  세상살이가 정의감만으로 살 수 있는 일이 아니라고 여겨졌다. 목구멍에 넘어갈 것이 없는데 한가하게 민주주의를 부르짖고 정의를 말한다고 누가 밥 먹여주는가, 밥이 정치고 법이다. 밥을 얻기 위해서는 정의니 민주주의니 하는 것은 한낱 사치품으로, 순도에게는 그림의 떡이었다. 당장 몇 푼의 아버지 약값이 절박했으나 순도는 맨주먹이다.
  돈도 없고 경험도 없는 처지에 무엇을 해보려고 했으나 손에 잡히는 것은 아무것도 없었다. 누구에게 지원을 청하거나 자문하나 받을 사람이 없었다. 자신의 가장 큰 의지 처인 아버지가 사경을 헤매는 터라 더욱 막막하기만 했다.

  항해하다가 배가 난파되어 나무 조각하나 붙잡고 절해고도에 홀로 버려진 처지 같았다. 그렇다고 하늘만 쳐다보고 있을 수는 없었다. 맨몸으로 헤엄을 쳐 섬을 탈출하다가 물에 빠져 죽는 한이 있더라도 탈출하는 방법을 찾아야 했다. 먼저 쌀밥 보리밥 가릴 겨를 없이 무슨 일이라도 해서 목구멍에 풀칠이라도 해야만 했다. 순도는 죽을 각오로 발 벗고 나서야겠다고 다짐하고 또 다짐했다. 건설공사장을 나가기도 하고 시장에 나가 막일도 해봤다. 그러나 돌아온 것은 몸이 으스러지는 고통뿐 아버지 약값도 제대로 마련하기 어려웠다.
  두드리면 열린다고 했지만, 말처럼 쉽게 문은 열리지 않았다. 의욕이 상실되어 주저앉고 싶을 때가 한두 번이 아니었다. 그때마다 혹독했던

전방 비무장지대 군대생활을 상기시키며 마음의 회초리를 들어 각성하고, 군대에서 다짐했던 초심을 불러일으켜 세웠다.

　일 있는 곳이면 원근을 가리지 않고 찾아다녔다. 하늘이 내려다보고 있었을까, 버리지는 않았나 보다, 육체노동일망정 일정하게 일할 수 있는 직장을 얻게 되었다. 광주변두리에 있는 풍년도정공장에서 일할 수 있게 되었다.

　가대기 군으로 벼나 쌀가마를 어깨에 메고 운반하는 일이었다. 10여 명이 고정 가대기꾼으로 일을 하는 것이다. 오랫동안 그 일을 해온 사람은 나이 50이 넘은 사람도 쌀가마 다루는 솜씨가 능숙하여 별로 힘들지 않고 들메고 운반을 했다. 그러나 젊은 순도는 힘은 팔팔하지만 그들을 따라다니기가 무척 힘들었다. 가대기 노동이란 요령만 익히면 이내 해낼 수 있는 일이다. 순도는 처음엔 힘으로만 하려다 고생은 배로 하면서 애를 먹었는데 요령을 터득하고 일에 적응하면서 얼마든지 해낼 수 있었다. 날품으로 일을 하면 일당은 더 받을 수 있으나 고정적으로 일정한 수입이 없어 생활이 어려웠는데 도정공장에서 일하면서부터는 고정된 수입이니 그에 맞추어 살면 그런대로 살아갈 수 있었다. 또한 공장에서 부산물로 나오는 새끼며 왕겨 등을 얻어 땔감으로 사용할 수 있어 겨울을 나는데 방이 절절 끓도록 따뜻하게 살 수 있었다.

　늙고 병든 아버지를 모시는데 따뜻한 방보다 더 좋은 곳은 없다. 도정공장에서 열심히 일하면서 도정기술도 배우고 공장의 운영관리도 익혀 사장으로부터 두터운 신임을 받았다. 머리가 좋은 편이라서 일을 익히는데도 남보다 빠르고 진일 궂은일 가리지 않고 솔선하여 처리함에 따라 입사경력이 3년밖에 되지 않았는데 공장장에 취임할 수 있었다.

　아버지도 주기적으로 병원을 다니고 꾸준히 약을 복용함으로서 더는 악화되지는 않았다. 도정공장은 농사의 풍흉에 따라 경영에 큰 영향을 받았다. 가뭄으로 대 흉년이 들어 정부수매가 잘 이루어지지 않았다. 따라서 도정원료곡이 많지 않으니 공장가동률이 아주 저조하여 공장운영에 어려움이 많았다. 순도는 그 어려움을 타개하기 위하여 사장을 설득하여 보관업을 시작했다. 창고시설이 열악한 시절이라서 시설만 좋으면 보관물량 확보에 아주 용이했다. 창고만 있으면 큰 비용이 들어가지 않고도 보관료는 고정되어있음으로 수익 면에서 도정보다 나은 편이었다.

정부양곡보관은 집중성, 교통의 편리성을 감안하여 관리가 용이하도록 운영하기 때문에 도시가 유리한 조건이었다. 따라서 농촌 곳곳에 흩어져 보관된 양곡을 시내 쪽으로 이관하는데 풍년도정공장 보관시설이 가장 우수하여 가능한 많은 물량을 보관할 수 있었다. 그 몫을 순도가 해냄으로서 도정공장이 원활하게 운영되면서 순도의 신임이 더욱 두터워졌다. 때마침 벼 신품종이 농가에 보급되어 농업혁명이라고 할 만큼 많은 수확량이 생산되었다. 따라서 정부양곡 수매물량이 충분하여 도정공장은 덩달아 연중 쉴 새 없이 돌아가게 되었다. 순도는 도정공장에 온힘을 다 바쳤다. 도정공장이 밤낮 없이 돌아가니 다른 곳에 마음 쓸 시간이 없었다. 몸은 고되어도 월급이 뒷받침되니 지치거나 힘들어하는 기색 없이 열심이 일할 수 있었다.

6

허깨비를 쫓아서

"야? 왜, 잠 못 자고 그러고 있냐?"

이모도 잠들지 못하고 뒤척거리고 있었다.

"이모. 지 어찧게 혀야 산다요? 촌에서는 뼈 빠지게 일혐선 살아도 겨우 밥 묵는 것 베끼 못혀요, 인자 애기덜 핵교에 들어가야 허는디 어쩌야 헌다요?"

혜숙의 한탄스런 넋두리였다.

사촌이모는 남원에서 작은 구멍가게를 하다 전주로 올라와서 지물전을 하는데 장사가 잘 되었다. 독재타도를 외치는 데모로 나라가 시끌시끌하지만 도시는 계속 발전되면서 거축경기가 좋아 장판이나 지물장사가 호황을 누리고 있었다. 사촌이모네 아들 결혼식이 있어 전주에 오라왔다가 하룻밤 자게 되었다. 이모는 이불속에서 혜숙의 손을 잡으면서 "아야. 젊디나 젊은 니 손이 이거 머냐? 땔 나무꾼 손이구나. 고상이 많은가부다."

이모는 애초에 혜숙이 어려서부터 어머니 없이 자란 것을 안쓰러워하면서 애정을 가졌었다.

"그려요. 눈만 뜨먼 논밭에 나가 흙속에서 일얼 혀야 허니께 별 수 있 깐디요."

"농사넌 많냐?"

"많기넌 머 많혀. 논 열마지기인디, 일 년 쌀 수무가마니 되신허게 찧어. 밭에서 나는 두태가 좀 있지만 도로 밑천, 도로 밑천 험선 살아요. 그려도 빚언 없은게 괜찮혀. 요새 같언 봄에 지 양식 묵넌 사람이 얼매 안 되아요. 우리는 지 동 대고 사니께 배고프던 않혀. 없넌 사람언 모심고 그런 일 혀주기로 고지 내 묵고 안 그러먼 샛거리 쌀 내 묵고, 농사 지어 샛거리 본자 이자 갚고 나먼 묵을 것이 없어 또 고지 내묵고⋯⋯ 그럼선 살아요. 겨우겨우 목심 부지허고 사는 것, 이모도 알잖혀요?"

혜숙은 어려운 농촌의 실상을 이야기했다.

"조, 서방언 건강허냐? 일도 잘 허고?"

"그 사람 일 하나는 잘 혀. 그렁게 살제. 일도 못헌 남편 믿고는 못 살아요."

"아야. 생각 한 번 혀바라. 농사 그까지껏 고만 두고 요런 도시로 나와 살먼 그보다넌 낫을 것이다."

"이모! 그럼사 오직 좋아. 그런디 이런 도시 와서 멋 혀묵고 산다요? 기술이 있던지 배운 것이 많던지 혀야제, 그냥 무턱대고 나왔다가 멋 헐 것이 있어요?"

혜숙의 실망 어린 한탄이었다.

"요론데 오기만 허먼 헐 일 많혀야. 몸만 성허먼 집 짓넌 공사판 일거리넌 얼매던지 있다드라. 농사보다넌 고될란지 모르지만 그려도 돈벌이넌 된께 묵고 살 수는 있어. 한번 생각 혀 바라."

이모는 살살 바람을 불어넣었다.

"요론대로 나온다고 허먼 방 한 칸이라도 얻어야 헝께 우선 몬자 돈이 있어야 헐 것 아니요? 그리고 시엄니랑 시동상이 있넌디 어쩌고. 시엄니랑 항게 올라오먼 방 두칸얼 얻어야 허잖혀요? 시방 같으먼 생각도 못혀바요."

이모 말을 듣고는 도시로 나오고 싶은 마음이 솔깃해졌다.

그러나 밀쳐간 돈은 없고, 기껏해야 소 두 마리 키운 것이 전부인데 그것 가지고는 가당치 않을 것 같았다.

　"시방 당장은 아니라도 두고 생각혀 바. 아그덜이 핵교 들어갈 때가 되었당게 무신 대책을 세워야 헐 것 아니냐?"

　이모는 진지하게 권유했다.

　혜숙은 집에 돌아와서도 몇 날 몇 칠을 두고 생각하고 또 생각했다. 이모 말대로 전주에 나가기만 하면 춘호는 공사판에라도 다니고 본인은 식당 같은데 나가서 일하면 농사짓는 것보다 몇 배 낫다고 하는 말에 귀가 솔깃했으나 원체 형편이 되지 않아 괜한 뜬구름 잡는 헛꿈이라고 생각했다. 더구나 시어머니와 시동생 춘보랑 함께 나오려면 단칸방으로는 살수 없으니 괜한 호기심으로 생각 되었다.

　그렇다고 시어머니랑 시동생을 남겨놓고 자기 식구만 떠난다는 것도 못할 일이었다. 아무리 생각해도 모든 조건이 맞지 않았다. 그러면서도 전주로 나온다는 생각을 떨쳐버리기에는 미련이 남아 밤마다 생각에 잠겨 잠을 설쳤다.

　"여보. 얘기좀 허게요."

　혜숙은 깊이 잠든 춘호를 흔들어 깨웠다.

　"먼, 얘기여? 잠와 죽겠구만. 나중에 혀."

　춘호는 귀찮다며 돌아누워 버렸다.

　"꼭, 헐 말이 있어. 고만 좀 자."

　혜숙은 춘호를 다시 흔들며 잠을 자지 못하게 했다.

　"무신 말? 어디 혀바. 나 듣고 있응게."

　"우리, 전주로 나가먼 안 되까?"

　혜숙은 깊이 숨겨둔 비밀을 내밀하게 이야기 하듯 머뭇거리는 목소리로 말했다.

"머어-? 저주로 나가자고? 꿈도 꾸지마. 사람이 눌자리 보고 다리를 뻗어야제. 아무 대책도 없이 전주로 나가서 살자고? 나 참, 기가 차서."

춘호는 한칼로 무 자르듯 못 간다고 잘라 말했다.

"나, 며칠 전에 전주 이모네 결혼식에 갔다 왔잖혀. 그 때 이모가 얘기 허는디 나가면 살 수 있디야. 평상 요론 산중에서 고상 허고 살아야 혀? 우리 동네만 혀도 젊은 사람 몇이나 있어? 다 서울로, 광주로 나갔잖혀. 우리라고 나가지 말라는 법이라도 있어요? 그렇게 우리도 한번 생각혀보자. 평상 이러고넌 못 살 것 같혀"

"글씨, 나간 것도 좋지만 나가서 살 방도가 있어야 허제. 나는 아무 엄두도 안 나. 되지도 않헐 일 이모가 꼬셨구만?"

"이모가 꼬신다는 것이 무신 말이여? 말이면 다 말인종 알아? 이모넌 우리가 고상허고 산께 생각혀서 허는 말인디, 당신언 고렇게 배끼 말 못혀? 인자 종영이도 올해 일곱 살이어. 여그서넌 핵교가 멀어 올해넌 못 가고 내년에나 가야 허잖혀? 도시넌 일곱 살이면 가는디, 우리 아들들이나 고상 않허고 살게 우리가 길얼 터야 혀. 고렇게 허술허게 듣지 말고 진지허게 생각 혀 보게요."

혜숙은 응석 섞인 말투로 사정을 했다.

"당신이 잘 혀바. 나넌 당치 생각이 안 난게. 어서 잠이나 자자."

춘호는 조금도 진진하게 듣지 않고 남 일처럼 건성으로 들었다. 그러면서 잠을 못자 안달이 나는 사람처럼, 잠, 잠. 하면서 말을 잘라버렸다.

혜숙은 눈만 뜨면 그 생각하다가 큰 결단을 내리려고 전주 이모네 집을 다시 찾아갔다. 저주 중앙시장 내에 있는 이모네 가게는 사람들이 웅성거렸다. 이모는 손님들과 이야기 하느라고 정신이 없어 혜숙이 오는 것도 모르고 있었다. 혜숙은 우두거니 서서 이모 장사하는 것을 바라보고 있었다. 한 무리 손님들이 도배지와 장판 등을 사가지고 나간 뒤에야 가게 안으로 들어섰다.

"이모. 나, 왔어요."

혜숙은 인사를 하며 가게 안으로 들어갔다.

"혜숙이 왔냐? 엇그제 왔다 갔넌디, 어찌 또 왔어? 먼일 있냐? 그리 밀치고 앉거라."

이모는 의외라는 표정이었다.

"놀로 왔어요."

"그려? 항가허냐? 농사일 바쁠턴디. 필시 너 먼 일 있는 거구나."

이모는 지난번에 이야기 했던 일로 온 것을 깜박 잊은 듯 했다.

"이모, 장사 언제 끝나요? 이모허고 긴히 얘기 할 것이 있는디오."

"그러냐?. 인자 손님 없어. 니가 왔은게 일찍 문 닫을란다."

이모는 가게를 마무리하고 집으로 갈 채비를 했다.

해가 지고 땅거미가 들면서 도시는 전등불빛으로 휩싸여 어두워지는데도 대낮 같았다. 가게들마다 켜놓은 백열등이 여기저기서 눈을 부릅뜨고 밤을 지키고 있었다. 이모는 어둑발이 들면서 가게를 닫고 혜숙과 함께 집으로 돌아왔다.

"이모. 저, 이모한테 타업 좀 헐라고 요렇게 불시에 왔어요."

"저번에 이야기 헌 것 말이냐? 깊이 생각혀봤냐? 조서방이랑, 식구들이랑 항께 타업혀 봤어?"

이모는 그제야 혜숙이 온 내력을 짐작하는 것 같았다.

"집에 니러가 생각혀보고 말얼 꺼내 봤넌디, 조서방이 펄쩍 뜀선 놀래더라고요. 어려울 것 같은 생각이 들면서도 한번 사정이나 알아볼라고 왔어요. 곰곰이 생각혀본께 이모 말이 옳은 것 같아요. 촌에서 죽도록 고상험선 농사 쪼께 짓고 살아봤자 맨날 그 팔짜일 것 같혀요."

"무신 대책이라도 시웠냐? 돈도 없담선."

"방 얻을 돈이 없어요. 그려서 말인디, 이모네 놀고 있넌 뒷방 우리가 와서 살먼 어쩔까?"

"그 방? 거그넌 헛방으로 허수세 넣놓고 산게 너무 심난허고 작아야. 애기가 둘이나 된담선 그 쫍은 데서 어찔게 산다냐? 어려울 턴디."

"우선은 그냥 몸만 와서 살랑게 잠만 자먼 되야. 이모, 나 좀, 도와줘요!"

혜숙은 간절하게 사정을 했다.

"그냥언 못 살아. 벽이라도 발라야 형께, 고것은 알아서 혀라. 내가 말 빼놓고 니가 사정 허는디 못헌더고 허겄냐? 불편혀도 와서 살라먼 살아 바."

이모는 흔쾌히 허락해주었다.

"이모. 고마워요! 지가 많이는 못혀도 방세넌 쬐끔이라도 생각얼 허께요."

"그냥 와서 살아. 너한테 돈 받고 방 내놓겄냐? 걱정허지 말고 와서 열심히 살아바."

혜숙은 이모한테 큰 은혜를 입어 마음 한 구석에 부담을 느끼면서도 무척 고마웠다. 그녀는 단걸음에 집으로 내려와 식구들에게 이모네 방을 얻었다는 이야기를 했다.

원순은 아무속내도 모르고 있었다. 춘호가 어머니에게 언질을 해주었다.

"우선 엄니가 잠깐 동안 춘보허고 살아야겄어요. 가덜 애미가 전주가서 바람이 잔뜩 들었넝개벼. 못 말리겄어. 전주가서 형편이 나사지먼 엄니랑 전주로 가서 함께 살게요."

춘호는 어머니와 춘보, 일곱 살배기 종영을 남겨두고 자기 내외만 나간다는 것이 무척 죄스러웠으나 아내 혜숙의 고집을 꺾을 자신이 없었다. 그래서 어머니에게 양해를 구한 것이다.

"머어-? 너그덜 전주로 나간다고? 살림살이넌 다 어쩌고. 나도 젊어서넌 혼자 농사 다 지었다만, 인자넌 춘보허고 둘이는 못혀. 그리고 종영이럴 어찌게 키운다냐? 그런디 모든 것 다 내팽겨치고 너그덜만 가분다고? 바람이 들어도 큰 바람이 들었구나!"

원순은 너무 갑작스런 말에 충격을 받았다.

"올 농사넌 거의 다 지었은게 지가 왔다 갔다 험선 거들고, 인자 춘보도 먼 일이던 헐 수 있잖혀요? 소도 춘보가 충분이 키울 수 있어요. 힘들어도 멈니가 쬐끔만 거들어주면 수월헐 것인게요. 우리가 몬자 가서 자리 잡으면 엄니랑 춘보랑 전주로 가게요."

"너그덜이 이미 다 맘 정해놓고 말허는디, 내가 말린다고 들겄냐? 너그덜이 그렇당게 한 번 혀보그라."

원순은 하는 수 없이 마음에 없는 승낙을 했다. 춘호와 혜숙은 얇은 여름이불 한 채와 밥그릇, 숟가락 등 기본적인 살림도구를 챙겨 전주로 떠났다.

원순은 허전하다 못해 비참한 생각이 들었었다. 아들 둘 믿고 청춘을 다 받쳐 살아왔는데 늘그막에 부엌에 들어가 찬물을 묻히고, 새삼스런 살림을 다시 해야 하니 처량한 신세가 되었다. 당장 소 밥 주고 꼴 베어다 밑자리 깔아주는 일이 무엇보다 힘든 일이었다. 춘보는 다른일 해야함으로 소 키우는 일은 원순의 몫이었다. 하루만 풀을 깔아주지 않으면 쇠똥 속에 파묻고 말 것 아닌가? 큰 구렁망태로 두세 망태는 베 와야 소죽 끓여주고 밑자리 깔아주는데, 열일 다 제쳐놓고 그 일만 해도 하루해가 짧고 버거웠다.

혜숙은 전주 이모네 뒷방을 치우고 벽은 흙이라도 감추게 제일 싼 도배지로 도배를 하여 살림을 차렸다. 아무리 간단한 살림이라지만 솥단지를 걸려면 준비가 만만치 않았다. 우선 주방기구로 바가지며 함지박, 식칼, 도마, 양동이 등을 구입해야 했다. 또한 땔감도 마련해야 한다. 고향에서야 산에 나무가 지천이니 땔감걱정은 하지 않았다. 도시에서는 나무를 땔 수 없으니 연탄을 구득해두어야 한다. 돈 몇 푼 가져온 것 살림도구 장만하느라고 거의 다 써버렸다.

춘호는 처 이모부를 통해서 아파트공사장에 나가 일을 할 수 있었다. 혜숙은 둘째 종섭을 업고 남의 일이 있는 데로 나가 일을 했다. 그러나 하루하루 일을 찾아 나서보지만 알감이 날마다 있는 것이 아니었다.

여러 날 생각 끝에 이모와 상의하여 알아본 화장품 외판원은 아이를 업고 가정집을 방문하여 판매할 수 있을 것 같았다.

화장품 대리점을 찾아가 외판원으로 써줄 것을 부탁했더니 보증금 20만원을 내야 한다고 했다. 하는 수 없이 이모네에게 사정을 했다.

이모네야 하루 판매액만 해도 십만 원이 넘으니 그 정도는 융통해줄 수 있었다. 이모에게 사정이야기를 하니 짬, 짬, 하고 망설이다가 빌려주었다. 혜숙은 그 고마움을 잊지 않고 이자를 꼬박꼬박 드리겠다고 다짐했다. 보증금을 내고 3일간 간단한 화장법과 화장품 품질에 대한 교육을 받은 뒤 대리점에서 구색을 갖추어 담아주는 화장품가방을 들고 본격적으로 판매에 나섰다.

그동안 너무도 쉽게 살아온 것 같았다. 농사일이 고되고 힘든 일이지만 외판원의 정신적, 육체적 고통은 비교가 되지 않았다. 아기를 업은 채 무거운 화장품 가방을 들고 고샅을 누비고 다니는 일은 중노동이었다. 대문이 열려있는 집이 거의 없어 대문 앞 초인종을 누르면 짜증스러워하며 문을 열어주지 않았다. 그런 일을 당하고 나면 다른 집 초인종을 누를 용기가 나지 않았다. 대문을 열어준 집에 들어가면 노인들만 있어 화장품을 사라는 말조차 꺼내기가 민망스러워 머뭇거리다가 머쓱하게 나오기를 수없이 반복했다. 운 좋게 젊은 여인들이 여러 명 모여앉아 뜨개질 하는 집에라도 들어가면 대박일 때도 있었다.

춘호는 파김치가 되어 들어왔다. 너무 피곤해서 손발 씻는 것조차 귀찮아했다.

"여보. 헐만혀요?"

"너무 심들어 못헐 것 같혀. 농사지면서 등짐 허는 것언 놀고 묵기여. 벽돌 지고 3층 4층 올라댕기기가 너무 어렵고 어찌나 심이 팽기넌지 어쩌야 헌디야?"

지친 춘호가 후회스러워 하고 있었다.

"인자 첨잉게 그려. 여그 사람덜언 어찧게 헌디아. 쬐금만 참고 혀봐요. 나도 종섭이 업고 집집을 더터 다니기가 여간 심드는 것 아니여. 허지만 당신 생각험선 댕긴게. 우리 함께 참자."

혜숙은 불평 섞인 투정을 애교와 응석으로 받아넘기며 참아내자고 당부했다.

처음 시작한 한 달은 무척 힘들었으나 춘호와 혜숙이 번 돈을 계산해 보니 제법 쏠쏠했다. 이십 만원이 조금 넘었다. 생활비 쓰고 십오만여 원 정도는 저축할 수 있었다. 논농사 열 마지기 붙여봤자 쌀 20여 가마니, 그 금액이 100 만원이 채 되지 않았다. 그런데 일은 힘들다고 하지만 전주에서 한 달 일하면 생활비 하고 15만 원정도 저축이 되니 농사 짓는 것보다는 훨씬 나았다.

석 달 정도 전주에서 살면서 도시생활에 어느 정도 적응되어가고 있었다. 춘호도 공사판 일에 요령이 생기고 적응을 잘 해가고 있었다.

다만 삼복지절이라 더위와의 싸움이 참으로 견디기 힘들었다. 농사일이야 더울 때는 그늘에서 쉬고 더위가 한물가야 논밭에 나가 일을 하지만 공사판은 아무리 더워도 오전 오후 한 번씩 새참 먹는 30여분이 쉬는 시간의 전부였다. 그래도 일당이 팔천 원이니 한 달에 20일만 일해도 농사일에 비하면 큰돈이었다. 혜숙도 말주변도 늘고 사람 대하는 태도가 좋아지면서 매상이 늘었다.

혜숙은 비오는 날에도 쉬지 않고 일할 수 있었으나 춘호는 쉬는 날이 많았다. 몸이 편하면 입도 편하다고, 공사판 한곳만 다니니 일의 진행에 따라 쉬는 날이 많아 여러 곳을 찾아다니며 일을 했다.

정말로 뼈가 으스러질 만큼 힘들었다. 처서가 지나면서 날씨가 제법 선선해졌다. 건축공사 일이야 겨울에도 땀을 흘리지만 그래도 서늘해진 날씨는 일하기에 한결 좋았다.

춘호는 지정된 일이 없었다. 기술을 요하지 않는, 힘만 있으면 할 수 있는 일은 아무거나 생긴 대로 했다. 말 그대로 잡일이었다. 그런데 잡일만을 하면 힘은 많이 들면서도 품삯은 낮았다. 춘호는 틈나는 대로 여러 일을 배우는 의미에서 이것저것 해봤다. 미장도 해보고, 벽돌 쌓기, 철근배관, 콘크리트 타설 등, 가리지 않고 적성에 맞는 일을 찾아 배우려는 욕심에서 했던 것이다. 다만 목수일은 해보지 못했다.
목수가 쓰는 여러 연장을 빌려 사용하기가 어려웠다. 그렇다고 연장을 직접 구입해서 연습하는 것은 무리일 뿐만 아니라, 그 가격이 만만치 않아 그만둘 수밖에 없었다. 또한 설계도를 읽고 해석해야 하는데 그것이 하루 이틀에 익힐 수는 일이 아니었다.

건설공사 일이란 어느 것 하나 수월한 일이 없었다. 특히 목수일은 손재주가 타고나야 하고 정밀을 요하는 일이었다. 여러 건축공사 일중에 그래도 미장이나 벽돌 쌓는 일을 배울 수 있을 것 같았다. 벽돌 쌓기는 수평을 맞추는 것이 중요한 기술이었다. 벽돌은 잡부가 날나다 주니 힘이 많이 들지도 않았다. 미장까지 곁들이면 시멘트 일은 거의 할 수 있었다. 춘호의 기술은 날로 달라졌다. 따라서 일거리도 안정적으로 많아졌다.

추석이 가까워지고 있었다. 추석엔 밀린 임금도 다 받을 수 있는 기회였다. 일거리는 추석 연휴동안 못할 일을 앞당겨 했다. 오후 새참을 먹으면서 목도 마르고 몸도 피곤해서 막걸리 두 잔을 마시고 일을 시작했다. 벽돌을 쌓는데 잡부가 모자라 벽돌을 져 올리는 일도 춘호 몫이었다.

술김에 벽돌을 무리하게 많이 짊어지고 비계다리 층계를 돌고 돌아 올라가는데 2층까지는 무난하게 올라갔다. 3층에 올라가는데 지고 있던 벽돌 짐이 허물어지면서 휘청거리다 난간으로 밀려나 추락하고 말았다. 공사판이 발칵 뒤집혔다.

지금까지는 사고가 없었는데 운 나쁘게 춘호가 당한 것이다. 추락하면서 비계다리에 부딪치고, 떨어지는 벽돌에 맞아 선혈이 낭자했다.

얼굴이 찢기고 온몸이 할퀴는 등, 성한 데가 없었다. 땅에 떨어지면서 팔뚝 골절상을 입었다. 불행 중 다행인 것은 생명에는 지장이 없었다. 즉시 병원으로 이송되어 응급처치와 골절된 팔에 깁스를 마치고 나니 죽지는 않았구나, 하는 생각이 들었다.

죽을 뻔한 사고였는데 생각보다는 중상이 아니어서 20여 일만에 퇴원을 했다. 그러나 당분간 공사판 일을 할 수 없었다. 그나마 산재로 판정받아 병원비는 들지 않았다. 어느 정도 재해보상비를 받게 되어 혜숙이 얻은 화장품 판매수익과 합치면 당분간 생활은 할 수 있었다.

그런데 한번 골절된 팔뚝이 힘을 쓰기엔 무리였다. 춘호로서는 힘을 쓰지 않는 일을 해야 하는데 공사판 말고는 일할 곳이 없었다. 그렇다고 가진 자본이 없으니 장사도 할 수 있는 일이 아니었다. 전주로 나온 지 7개월 만에 그대로 살아갈 수 없어 돌아가야 했다. 송충이는 솔잎을 먹어야 한다고 했던가, 그들의 부푼 꿈은 일장춘몽으로 일 년도 못 되어 접어야만 했다.

7

진달래 빛 구애

삼월로 접어들면서 날씨가 하루가 다르게 풀리고 있었다. 우수가 되면 대동강 물도 풀린다고 했는데 경칩이 지났으니 강물은 풀리고 산하 여기저기서 봄내음이 울어나기 시작했다. 봄이라고 하지만 앞산 절벽 밑이나 그늘진 바위틈엔 잔설이 남아 쇠눈이 되어 비를 몇 번 맞아도 녹지 않고 얼음덩이로 남아있었다. 아침저녁으로는 골짜기를 스쳐온 산바람이 아직 남아있는 겨울의 본색으로 옷깃을 여미게 했다. 음력 정월 그믐께 밤공기는 쌀쌀해도 쾌청한 날씨에 별빛만으로도 젊은이들의 가슴을 설레게 했다. 춘보의 나이 서른 살을 넘겼다.

결혼이 늦었다. 노총각이란 별명이 그에게 꼬리표로 달려 장가 못간 것이 크나큰 창피였고 무능한 사람으로 취급되었다. 결혼을 서둘지 않는 것이 아니었다. 산업화도시화에 따른 도시바람이 불어 젊은이들이 도시로 나감에 따라 농촌에 남아있는 처녀들이 거의 없었다. 간혹 집안이 완고하거나 형편상 남아있는 사람이 있기는 하지만 농촌총각과 결혼하려는 처녀가 거의 없었다. 더구나 교통이 불편한 산중은 말도 꺼내지 못했다. 춘보는 도시로 나가 하찮은 직장에라도 취직을 해서 결혼할 요량으로 광주로 나갔다.

그러나 학력이 없고 기술도 없는 처지에 취직을 한다는 것은 여간 힘든 일이 아니었다. 집 짓는 공사판 막일은 마음만 먹으면 더러 일할 수 있다고 하지만 그런 공사판 다니며 도시 여자를 만난다는 것은 모래밭에서 잃어버린 바늘 찾기였다. 더구나 형님 춘호가 전주로 나가서 공사판에서 일하다가 사고를 당하여 일 년도 못 채우고 돌아온 터라서 공사판 일이 마음에 큰 부담이 되었는데 춘보 역시 잘 풀리지 않았다.

삼년간을 고생고생 하면서 여자 만날 기회를 찾았으나 그 누구도 그를 거들떠보는 사람은 없었다. 춘보는 설을 쇠러 왔다가 도시에 있어봤자 어떤 가능성이 없을 것 같아 광주로 가지 않고 집에 주저앉았다.

노총각의 가슴은 맹수에 쫓기는 사슴처럼 불안한 생각이 가시지 않고 있는데 무상한 봄은 빨리도 오고 있었다. 이십대를 넘기고 서른 살이 되고 말았다. 꽃피고 새잎 돋는 희망의 계절 봄은 노총각의 마음을 아는지 모르는지 하루가 다르게 변하고 있어, 춘보의 마음을 더욱 설레게 했다. 집에서 농사나 짓고 있으면 장가 드는 일은 물 건너갈 것이 뻔했다. 그렇다고 도시로 나가 삼년간 겪어본 경험처럼 돈 없고 변변한 직장 없는 사람은 어디에 발붙이고 살아갈 방도가 없었다. 막노동 하는 사람이 결혼을 한다는 것은 신분을 속이거나 하면 몰라도 쉽게 여자를 만날 수 있는 허술한 세상이 아니었다. 칠흑같이 어두운 봄밤이지만 오랫동안 밖에 있다 보면 은모래 빛 별들의 속삭임에 아슴아슴 앞을 분간할 수 있었다.

최자영 집에는 사랑채와 별채가 있었는데 고샅 끝 쪽에 별채의 들창문이 나있었다. 그 창 너머가 자영의 방이다. 자영의 방에서 희미하게 새나오는 불빛으로 사람이 그 방에 있다는 것을 알 수 있었다. 춘보는 창문 앞에서 안다성의 노래 '사랑이 메아리 칠 때'를 낮은 휘파람으로 불렀다. 그 때 자영은 베게 수를 놓고 있었다.

방에서는 아무 기척이 없었다. 쥐 쫓아가는 고양이 걸음으로 가만가만 창밑으로 걸어가 창문을 두드렸다. 자영은 깜짝 놀라 바늘로 손을 찔렀다. 방안에서는 쥐죽은 듯 조용했다. 춘보는 다시 창문을 두드렸다.

자영은 하던 일을 멈추고 창문 쪽으로 와서 살며시 창문을 열고는,

"누구여. 누가 이 밤중에 넘 창을 두드려? 미순이냐? 그냥 들어오지. 대문이 쟁겨있어?"

하면서 대문으로 들어오라고 했다.

김미순은 자영과 초등학교를 함께 졸업하고 집에서 부모님 가사 일을 도우며 도시로 나가지 않는 유일한 친구다. 자영과 미순은 먹을 만큼 사는 집안이라 부모들이 완고해서 객지로 나가지 못했다.

"나요. 자영 씨. 나, 춘보."

춘보는 속말로 속삭여 말했다.

"누구? 아니, 춘보 씨가 어쩐 일이여?"

자영은 움찔 놀라며 가슴이 두근거렸다. 아버지 최학수가 아는 날에는 머리를 다 뽑힐 일이었다.

이 때 고샅 저 아래 쪽에서 인기척이 들렸다. 최학수 영감이 마실 나갔다 돌아오고 있었다. 춘보는 혼비백산하여 고양이 담 뛰어넘듯 재빨리 고샅 뒤쪽으로 도망쳐 다행이 학수영감에게 들키지 않았다.

춘보는 뛰는 가슴을 움켜쥐고 집으로 와버렸다. 한참동안 가슴을 진정시키고 잠자리에 들었으나 잠은 천리 밖으로 달아나버렸다. 춘보는 기왕 마음먹은 것 어떤 어려움이 있어도 자영과 사귀겠다고 밤을 새며 다짐했다. 춘보는 밤이면 자영의 창문을 두드렸다. 반응이 없었다. 불을 켜놓고 있다가도 창문을 두드리면 불을 꺼버려 닭 쫓던 개 지붕 쳐다보는 처지가 되었다. 춘보는 그렇다고 실망하지 않고, 포기하지 않으려고 낮이나 밤이나 다짐하고 다짐했다.

그러나 낮에도 바깥출입을 거의 하지 않는 자영을 만난다는 것은 여간 어려운 일이 아니었다. 더구나 깐깐하고 완고하기로 이름이 나있는 최학수 자영 아버지에게 발각이라도 되는 날엔 자영과 만나는 것은 물론 마을에서 살아가기도 어려운 터였다. 그런 사정을 아는 춘보로서는 조심 또 조심해야했다. 그러면서도 하루하루 지나가면서 마음이 초조해 밤잠 설치는 것이 하루 이틀이 아니었다.

미순도 도시로 나가지 않고 마을에 남아있으나 춘보는 왠지 모르게 자영한테 마음이 끌렸다. 학교 다닐 때부터 춘보는 자영을 마음속에 품고 있었다. 십리가 다 되는 학교 길에 비가 내려 강물이 불을 때는 업어서 건네주고 손을 잡아주면서 가까이 지내온 터라 오랫동안 마음속 한자리에 들어앉아 잊어본 적이 없다. 다만 자영 집안이 대대로 마을에서 인심을 얻지 못하고 그 아버지 최학수 영감이 보통사람과 달라 결혼을 생각하기에는 쉽지 않은 일이었다. 그러나 결혼이 늦어지면서 자영에게 마음이 쏠리기 시작했던 것이다. 더구나 자영 또한 농촌에서 맘에 드는 혼처가 나서지 않아 여자로서는 결혼이 늦어지는 바람에 애를 태우고 있는 터였다.

춘보가 자영을 적극적으로 사귀려고 마음먹은 지 한 달여가 흘러갔다. 앞산에는 진달래가 불타고 벚꽃이 눈송이처럼 흩날리던 4월 중순 하늘이 마련해준 기회가 왔다. 자영이 한복으로 곱게 차려입고 외출을 나왔다. 장엘 가는 것이다. 그것을 알고 기회다 싶어 춘보도 열일을 다 제쳐두고 장엘 나갔다. 장날엔 많은 사람들이 가기 때문에 춘보와 자영 단둘이 만나다가 마을사람 눈에 띄기 쉬웠다. 마을사람들 눈에 조금만 이상한 낌새가 보이면, 그 소문은 맞바람에 솔 연기 퍼져나가듯 일시에 온 마을로 퍼지게 된다. 자영은 수놓을 색실과 수판-모란꽃나무 밑에 암탉이 병아리와 놀고 있는 그림을 판 박은 비단 쪽-을 사려고 서울포목점을 향해 가고 있었다. 수놓는데 필요한 재료나 수판을 찍어주고 완성된 수를 사주는 등, 수에 대한 모든 것을 서울 포목점에서 취급했다. 춘보는 자영이 그 집으로 갈 것이라는 짐작에 앞질러 서울포목점 골목에 가 있다가 자영 앞으로 나가 섰다. 자영은 움찔 놀라 발길을 멈춰 섰다.

"장에 왔어요?"

춘보가 자영 앞에 서서 웃는 낯으로 먼저 인사 겸 말을 걸었다.

"오빠도 장에 왔네."

자영은 얼굴이 빨개지며 수줍은 표정으로 약간 고개를 숙이면서 말했다.

"거그서 헐 일 많아요? 시간이 오래 걸릴까? 나, 여그서 자영 씨 나올 때까지 기다리께. 어서 들어가 살 것 사가지고 나와요."

"멋, 헐라고 만날라고 혀? 그냥 가요. 넘덜 보면 어쩔라고. 나 시간이 많이 걸린께 기다리지 말고 그냥 가요."

자영은 춘보가 만나자는 제의에 난감한 표정을 지으며 피하려고 했다. 춘보는 자영의 입장은 생각하지 않고 체면불구 자영을 만나야겠다고 마음속으로 다짐을 했다

"알았어. 어서 들어가요."

춘보는 자영이 포목점으로 들어간 뒤 가게 옆에서 기다리고 있었다.

난장가게가 밀집되어있는 중심지보다 비단 전 골목은 붐비지 않았다. 시간은 열한시 반을 지나 점심때로 들어가고 있었다. 자영이 들어간 지 한 시간이 지났는데도 나오지 않았다. 춘보는 기다리기가 지루하여 애꿎은 담배만 피워대고 있었다. 자영은 일부러 춘보를 피하기 위하여 시간을 끌었던 것이다. 거의 한 시간 반이 넘어서야 자영이 녹두 색 책보에 무엇을 두툼히 싸들고 나왔다. 춘보는 자영이 놀라지 않게 천천히 의연한 걸음으로 다가갔다.

"멋얼, 그리 많이 산다고 오래 걸려요? 기다리다 죽넌종 알았어요."

춘보는 다정한 목소리로 나지막이 말했다.

"시방까지, 여그 있었어요?"

"기다린다고 혔잖혀? 일 다 혔제? 다방에 가서 차나 한 잔 허게요."

춘보는 자영이 든 책보를 빼앗듯 잡아당기며 이끌었다.

"괜찮혀. 안 무건게 지가 들께요. 그리고 차넌 먼 차를 다 혀요?. 지는 그냥 갈랑게요."

자영은 극구 반대하며 보따리를 가지고 약간 실랑이를 벌렸다.

"오랜만에 만났응게 야그도 좀 허고, 그럴라고 요렇게 기다렸어. 암말 말고 그냥 따라와요."

춘보는 자영이 싫어하는 것은 아랑곳하지 않고 힘으로 끌다시피 했다. 자영은 춘보의 완고한 고집에 끌려 따라올 수밖에 없었다.

시장을 벗어나 장에 나온 사람이 많이 오지 않을 옥천동쪽에 있는 대림다방으로 들어갔다. 다방으로 들어가니 미등이 드문드문 켜있어 어둠 컴컴해서 무엇이 어디 있는지 분간이 어려워 발을 더듬거리며 자리를 찾았다. 남쪽창문 옆 구석자리에 앉았다. 장날인데도 사람들이 많지 않았다. 앉자마자 마담이 보리차를 들고 와 컵에 채워주면서 차 주문을 받았다.

"커피요 자영 씨는 머 헐래?"

"저도요."

마담은 커피 두 잔을 주문받아 주방에 대고 커피를 시켰다.

"자영 씨! 내 말 좀 들어봐요. 나, 인자 집에 있음선 성님허고 함께 농사럴 헐라고 혀요. 도시 나가봉께 나같이 재주 없넌 사람언 아무것도 헐 것이 없더라고. 그래서 여그서 살기로 혔어요"

춘보는 소곤소곤 작은 소리로 자기 처지를 솔직하게 털어놨다.

"……."

자영은 춘보의 말을 듣고도 가타부타 아무 말도 하지 않았다.

"그려서 말인디……훌훌 돌아댕기다 집에 있을랑게 답답허고 그래서 자영 씨랑 야그 좀 함선 살고 싶어. 누구허고 이야기 나눌만한 사람도 없잖혀요?”

“그러다 누가 보먼 어쩔라고요. 우리가 만나고 댕긴다고 소문이라도 나먼 울 아부지가 가만 않있어요.”

자영은 걱정 어린 표정을 지으면서 춘보의 제의를 거절하였다.

“나도 알아. 그렁께 잘 혀야제. 자영 씨 맘만 있으면 내가 잘 허께 미리서 걱정부터 허지마요. 동네서넌 아조 모른 체 허고 만나지 말고, 오널 같이 장날이나 만나도 되고. 글않혀요?”

춘보는 자영을 달래 듯 어르며 부드러운 말씨로 간절하게 말했다.

“하여턴 소문 나먼 큰일인께. 오늘도 누가 안 보았넌가 몰라요. 가슴이 두근두근 형만. 난 몰라. 오널만 만나고 다음에넌 만나지 말아요. 그리고 오널도 지금 어서 집에 가게요.”

자영은 걱정하면서 이후로는 만나지 않겠고 말했다.

“알았어. 그것언 내가 알아서 헐랑게 자영 씨넌 너무 걱정 말고 만나지 말자는 말언 허지마요. 참 정심 때가 지웠어. 어디 가서 간단이 정심이나 묵자.”

춘보는 마다하는 자영을 억지로 데리고 식당으로 들어갔다. 다방 뒷골목으로 들어와 주택가에 있는 닭곰탕 집이었다.

“이 집언 닭곰탕이 전문인디, 어뗘? 괜찮혀요? 투가리로 끓여 나온디나넌 괜찮혀서 왔어.”

“저도 괜찮혀요. 저넌 아무거나 잘 묵어요.”

자영이 처음엔 반대하며 만나지 않으려했으나 다방에서 이야기 하고부터는 마음이 풀어졌는지 식당은 순순히 따라와 마음을 놓은 듯 했다.

둘이는 점심을 먹고 서로 만나지 않는 사람처럼 각기 다른 방향으로 헤어졌다. 자영은 버스정류장으로 가고 춘보는 다시 시장으로 갔다.

자영은 그 길로 집에 오고 춘보는 시장 신집으로 가서 일할 때 신을 검정 농구화 한 컬레를 샀다.

나오면서 난장가게 잡화상에서 화장품도 같이 팔고 있어 면도 하고 바르는 남자용 스킨과 크림 로션을 하나씩 샀다. 여기저기 시장구경을 하다가 해가 설핏해서야 집으로 돌아왔다.

저녁밥을 먹고 나서 아버지가 자영을 불러 앉혔다.
"너, 오늘 장에만 댕겨왔냐?"
아버지는 자영이 춘보 만난 사실을 알고 있는 듯이 물었다.
"비단 집에서 수놓을 재료 좀 사가지고 그냥 왔어요."
자영은 움찔한 마음을 의식적으로 침착하게 진정시키며 말했다.
"저, 아래 춘보도 장에 갔다 온 모양인디, 갸랑 안 만났어?"
최학수 영감은 춘보가 장에 다녀온 것을 보고 혹시 자영을 만나서 무슨 수작이라도 했는가싶어서 따지려는 것이었다.
자영이네는 그녀의 증조할아버지가 전라감영에서 말직이지만 종구품 벼슬을 하다가 윗대 선산이 있는 시무골로 낙향했었다. 이 마을에 들어와 벼슬을 앞세워 권세를 누리면서 못할 짓을 많이 했다. 그러나 마을 사람들은 감히 그의 악행을 비판하거나 거역할 수 없었다. 특히 고리대금업을 하면서 높은 이자에 상환기간을 어기면 가차 없이 담보물을 처분하여 부를 축적했다.

시무골 뿐만 아니라 인근마을은 물론 방坊-지금의 면(面)-내를 상대로 고리대금 질을 하면서 지독한 구두쇠로 이름이 나있었다. 자영의 조부 최진일 또한 그 아버지처럼 고리대금 이자로 살아가면서 혹독하게 남의 재산을 많이 갈취했다. 특히나 일제가 실시한 세부측량을 할 때 남의 재산을 알게 모르게 빼앗아 자기 소유로 등기를 했던 것이다.
그 당시 사람들은 산지는 물론 전답까지도 경계가 명확하지 못한 채 대충 서로 양해하며 살아왔다. 그런데 부동산을 잘 못하면 세금만 많이 나온다는 관리들이 퍼뜨린 괴담에 자기 소유토지에 대한 관심을 별로 갖지 않았다. 그 결과 토지대장이 작성되는 과정에서 소유자가 불분명한 토지 중 큰 면적은 국유로 했지만 작은 면적의 산과 전답을 보조자로 일했던 자영의 조부 최진일이 자기소유로 등재한 것이다. 측량이 끝난 뒤 재산을 빼앗긴 마을사람들과 분쟁이 발생했으나 대부분 최진일이 승소하여 법적으로 자기소유임을 확실하게 인정받아버렸다.

최진일은 성격이 어찌나 까다롭고 인정라고는 없는 사람이라 그 누구라도 말다툼을 했다하면 느글느글하게 상대의 부아를 돋우어, 사소한 손찌검이라도 하는 날에는 고발당하여 곤혹을 치렀다. 그는 경찰의 밀정노릇을 했기에 순사들은 항상 그의 편이 되어주었다. 마을사람들은 그를 가급적이면 기피하며 살아왔다. 그렇게 마을에서 인심을 얻지 못했으나 재산이 있고 현금이 많은 터라 마을사람들은 울며 겨자 먹는 심정으로 그를 찾아가 아쉬운 소리를 하게 되었다. 그 집안은 선조들의 악행으로 벌을 받은 것인지 재력과 권세는 있지만 손이 귀했다.

외줄 타듯 아슬아슬하게 3대째 독자로 내려오다가 자영 아버지는 그것도 겨우 자영 딸 하나 두고 말았으니 대가 끊길 처지다. 그런 집안이라 친척도 없었다. 고단한 집안이지만 돈놀이를 하면서 마을사람들을 크게 도와준다는 자부심으로 큰소리 땅땅 치면서 살아오고 있었다.
자영 아버지 최학수 영감도 조부나 아버지 밑에서 그대로 보고 배워 선대에 뒤지지 않는 구두쇠로 깐깐한 성격은 둘째가라면 서러울 정도였다. 더구나 조부가 벼슬을 했다는 유세가 대단하여 양반입네 하며 거드름을 피우며 살아온 위인이다.

호랑이 같은 아버지라서 춘보와 만나고 다닌다는 사실을 아는 날에는 자영은 물론이고 춘보조차 온전할 리가 없었다. 더구나 춘보 집안이야 벌족하다고 하드라도 홀어머니 밑에서 넉넉한 살림이 아니라는 것을 누구보다 잘 아는 터에 자영과 춘보 둘 사이를 순순히 인정할 최영감이 아니었다.

"몰라요. 언제 만날 새가 있간디요. 저 혼자 장에 갔다 왔어요."

자영은 당황하는 기색 없이 차분하게 시치미를 뚝 뗐다.

"인자 너도 몸 조신허게 혀야 혀. 알았제? 혼기가 늦어진 여자가 장에 뽈뽈 혼자 댕기고 그러지 마랑게. 너그 엄니한테 말혀서 사다 달라고 허먼 헐것 아니냐?"

아버지는 자영을 앞혀놓고 조곤조곤 일장 연설하며 단단히 주의를 주었다.

"알았어요. 지가 누구럴 만나요. 걱정 안 허셔도 되요."

자영은 누구도 만나지 않는다고 아버지에게 다짐을 했다. 그러나 속으로는 걱정이 되었다. 춘보가 자주 만나려고 밤에도 찾아오고 장에 가는 날에는 어김없이 따라와 이야기를 하려고 할 텐데 자영은 불안하기 짝이 없었다. 문제는 자영 자신이 춘보 만나는 것이 싫지 않고 오히려 더 가까이 하고 싶은 심정이었다. 어려서부터 함께 자라면서 그의 속마음까지 아는 처지라서 멀리 하기가 쉽지 않았다.

춘보가 광주로 나갔을 때는 내심 아쉬움이 많았다. 짝사랑 하는 심정으로 그리워했는데 그가 돌아왔으니 은근히 사귀고 싶은 심정이었다. 그런데 아버지 때문에 주저하고 있을 뿐이다.

춘보는 자영을 만나는 방법에 대해서 많은 고민을 했다. 자영 아버지 최학수 영감의 성격을 잘 아는 터라 섣불리 만났다가 잘 못 되면 낭패를 당하는 것이 불을 보듯 뻔한 일이었다. 그래서 편지로 마음을 전달하는 것이 좋은 방법이라고 생각했다.

춘보는 아침 일찍 공동우물 가는 길목에 있다가 자영이 물 길러 나오면 그 순간의 틈을 타 메모지를 전해야겠다고 생각했다. 그리고 편지를 썼다.

❤ 보고 싶은 자영 씨에게.❤

 자영 씨! 봄은 무르익어 좋은 철인디 지난번 장에 다녀온 뒤로 문밖 출입을 하지 않아 무신 일이라도 있넌지 걱정 되네요. 자영 씨 보고싶은 마음 한시도 잊어본 적이 없는데 그림자도 볼 수 없으니 속이 타요. 생각허고 생각허다가 허는 수없이 진정한 마음을 전하고자 이렇게 글로 간단히 썼으니까 내 마음 알아주었으면 좋겠어요. 할 말이야 밤을 새우면서 해도 다 못할 터이지만 오늘은 긴말 안 하고 여기서 줄일게요. 잘 있어요. 또 전할게요. 안녕! 안녕! 안녕!

조 춘 보 보냄 ❤ ❤ ❤

 춘보는 편지를 쓰고 여백에 사랑의 표시인 하트그림을 정성껏 그렸다.

 아침 일찍 우물 나가는 길목에서 자영을 기다리는데 예상대로 자영이 물 길러 나와 만날 수 있었다. 두근거리는 가슴을 진정하면서 말없이 작게 접은 편지를 건네주었다. 누가 보고 있지나 않은가 주위를 살펴보니 마침 누구하나 나온 사람이 없어 안도의 한숨을 쉬었다. 자영도 말없이 접은 편지를 받아 얼른 오지랖에 숨겨 넣었다. 춘보는 눈인사만 하고 쫓기 듯 집으로 와버렸다.

 그 뒤로도 춘보는 마음속에 품고 있는 그리움을 구구절절 써서 우물길에서 전했다. 그러나 자영은 아무 의사표시가 없었다. 춘보는 많은 편지를 전했으나 자영은 단 한 번도 자기 마음을 전해오지 않았다.

 일방적으로 편지를 보내봐야 답이 없으니 속이 타며 답답하기만 했다. 직접 만나 속마음을 알아야겠다고 생각하고 밤을 기다려 자영의 방문을 두드렸다. 자영은 춘보임을 알아채고 창문을 조심스럽게 열었다.

 "놀래지 마. 나여!"

 춘보는 작은 목안에 소리로 말했다.

 "어찌 왔어? 조심혀야 혀. 울 아부지 올 때 되얏응게 헐 말 있으면 어서 혀봐."

자영이 속으로는 반가워하면서도 곁으로는 침착하고 감정을 억제하면서 사무적으로 말했다.

"편지로 얘기혔지만 직접 만나서 헐 말이 있는디 언제 만날 수 있을까?"

춘보는 조심스럽게 말했다.

"아부지가 출타허시거나 안 그러면 장에 간 날 만나게요. 다음 장날 고무네 집에 가신다고 혔어요. 거그 가시면 오랜만에 간께 자고오실 것 같혀요. 그 때 기다려 보게요."

자영은 말을 하면서도 누구에게 쫓기는 사람처럼 어서 가라며 인사말도 없이 창문을 닫아버렸다.

춘보는 자영의 말을 듣고는 먹먹했던 가슴이 뚫리는 것 같기도 했다. 그러나 조금 더 많은 이야기를 나누고 싶었는데 그냥 돌아서는 것이 너무도 아쉬웠다.

드디어 장날이 돌아왔다. 춘보는 장에도 갈 겸 자영 아버지가 장에 가는 것을 확인하기 위하여 일찍 동구 밖에 나와 있었다. 마을사람이 장에 가느라고 나오는데 최학수 영감도 함께 나오고 있었다. 춘보는 자영이 거짓말을 하지는 않았구나 하는 생각에 마음속으로 쾌재를 불렀다. 머뭇거리다가 장에 가는 마을사람들에게 공손히 인사를 올렸다. 자영 아버지 최학수 영감에게는 각별히 더 정중하게 일사를 올렸다.

"어르신 장에 가신가요?"

춘보는 고개를 깊이 숙여 배꼽절로 인사를 올렸다.

"너도, 장에 가냐?"

자영 아버지가 간단히 답례를 했다.

"예! 장에 좀 갈라고 나왔구만이라우. 일철이 나서 바쁘실 텐데 어르신은 멋 사로 가신기요?"

춘보는 최학수 어르신의 의중을 떠보려고 다시 말을 걸었다.

"일철이지만 머심이 있응게. 저 곡성 사넌 갸 고무네 바깥사둔 탈상을 지내거든. 그려서 거그 좀 댕기올라고. 너넌 멋 사로 가냐?"

"그러서요? 자고 오시것네요? 지넌 팽이랑 호맹이 같은 연장 좀 살 라고요."

춘보는 자영아버지가 분명히 자고 오는지 알아둘 필요가 있었다.

"모처럼 나간게 자고 올 것 같혀."

최학수 영감은 쉽게 대답했다. 이야기, 이야기하다가 일꾸지까지 걸어왔다. 십리 가까운 길을 걸어 나와야 차를 탄다. 전주에서 내려오는 버스가 도착했다. 많은 사람들이 한꺼번에 몰려들어 무질서하게 올라타면서 아수라장이 되었다. 노인이나 부녀자들은 뒤로 밀리고 비명을 지르면서 탔다. 춘보는 얼른 차에 올라 최학수 어르신의 손을 잡아 끌어 태웠다. 차는 탔지만 앉는다는 것은 생각도 못하고 사람들 틈에 끼어 숨쉬기조차 어려웠다. 차가 흔들릴 때마다 수초가 물살에 흔들리듯 온전하게 서 있을 수조차 없었다. 춘보는 자영 아버지를 보듬어 안아 보호해주었다.

"춘보가 나 때문에 고상 헌다. 요렇게 혼잡허고 흔들리는디, 늙은이들은 차도 못 타겄구만"

자영 아버지는 한숨을 길게 내쉬면서 춘보 등을 다독이며 고맙다고 했다. 춘보는 마음이 흐뭇했다. 최학수 어르신의 칭찬도 칭찬이지만 자고 온다는 것이 확실해졌으니 너무 좋아 가슴이 설렛다. 그날 밤 마음 놓고 자영을 만날 수 있다는 기대감에 몸이 하늘로 둥둥 떠오른 것 같았다. 또한 차를 타고 내리는데 도움을 주어 좋은 인상을 심어준 것 같아 더욱 미음이 흐뭇했다.

춘보는 장에 가서 농기구를 사가지고 지체 없이 집으로 돌아왔다. 집에 와서 일을 하려는데 몸이 풍선이 되는 듯 일손이 잡히지 않았다.

저녁에 자영 만날 생각만 하다가 해가 어떻게 넘어갔는지 모를 지경이었다.

 춘보는 저녁을 먹고 고샅을 위 아래로 서성거리며 어둠발이 내리기를
기다리는데 시간이 너무 더디게 흐르고 있었다. 땅거미가 들기 시작했다.
조금 떨어진 곳에 있는 사람을 분간하기 어려울 만큼 어둠이 짙어졌다.
봄철 상큼한 밤공기가 텁텁한 가슴을 시원하게 어루만져 주었다.
 춘보는 자영의 방 창문을 두드렸다. 희미하게 창문을 밝히고 있던 호
롱불이 꺼지며 어둠이 쏴하고 밀려왔다. 자영은 창문 두드리는 소리를
듣고 춘보가 온 것을 직감하고는 소리 없이 대문을 열고 살금살금 걸어
나왔다. 춘보는 혹시 어느 누가 지나가다 알아챌까 봐 벽에 딱 붙어있
었다. 자영이 대문을 나와서 춘보를 찾느라 두리번거리고 있었다.
 "나, 여그 있어. 요리와."
 춘보는 작은 소리로 속삭여 말했다.
 자영은 춘보 말소리를 듣고 그 쪽으로 걸어오고 있었다. 춘보도 자영
오는 쪽으로 닦아갔다.
 "나왔어요? 어서와."
 어둠속이라 얼굴은 또렷하게 보이지 않았다.
 "어디로 갈라고요?"
 자영은 긴장된 듯 말소리가 떨리고 있었다.
 "나 따라와. 동네에서넌 누가 볼랑가 모른께 비석골로 가게요."
 춘보는 자영이 뒤 따르게 하고 가만가만 앞서나갔다. 자영은 너 댓 발
자국 뒤 떨어져 따라오고 있었다. 어둠속에 오래 있어서 어둠이 얇아진
듯 비석골로 나가는 길이 더듬거리지 않아도 아슴아슴 눈앞에 열려있
어 걷는데 별 지장은 없었다. 그런데 비석골 길은 마을로 들어오는 큰
길이라서 혹시 사람을 만날런지 몰라, 그 길을 피해서 산비탈 오솔길을
택했다. 밤중에 젊은 남녀가 함께 가다 누구를 만나기라도 하면 일파만
파 소문이 날것이니 미리 피했던 것이다.

"질이 쫍고 비탈이 심헌께 조심혀요"

춘보는 자영의 손을 잡아주려고 했다.

"괜찮혀요. 나도 질 안께 기양 가요."

길이 원체 쫍아 두 사람이 손을 잡고 나란히 걸을 수 없었다. 자영이 손을 잡아주지 않아 춘보는 조금 멋쩍었으나 그대로 앞서 걸어가다가 편편한 마당바위에서,

"요리 앉거요."

하면서 자영의 손을 잡아 끌었다. 자영의 손은 밤공기에 차가워졌지만 솜사탕처럼 부드러웠다. 춘보의 손은 농사꾼 손이라 조금 억새고 투박했으나 혈기 왕성한 청년의 손이라서 따뜻했다. 자영은 처음 남자의 손을 잡아본 터라 어색했지만 따뜻함에 오래 잡혀주고 싶었다.

"손이 차네. 나가 꼭 잡아 주께. 괜찮제?"

춘보는 자영의 손을 꼭 잡은 채 엉덩이를 맞댈 만큼 가까이 끌어 앉혔다.

"요렇게, 나와 주어서 고마워요. 요새 헐 일 많혀?"

"아니오. 들일은 안 나가요. 집안에서만 헌께 별로 바쁜 것 없어요."

"내가 보낸 쪽지 봤겠지만 내 맘 알제? 나가 자영을 얼매나 좋아허는지."

"알아요. 저도 오빠 좋아허지만 아부지가 너무 무서 밖으로는 맘 놓고 한 발짝도 나올 수 없어요."

자영의 말 속에는 아쉬움이 깊게 배있었다.

"요렇게 만나다 소문나거나 누가 보기라도 혀서 자영 씨 아부지가 알게 되먼 큰 일 날 것인게 조심혀야 혀요. 그렇게 시간 오래 끌면 일이 날란지 모른디 어쩌면 좋아요? 자영 씨도 나허고 만나는 것 싫지 않지요?"

춘보는 자영의 속내를 살며시 떠봤다.

"오빠도 참. 나도 오빠 좋아헌께 나왔제. 글안허먼 멀라고 나온다요. 허지만 아부지가 무서워요."

"나가 직접 아부지한테 찾아가 말씀 드려보까요?"

"아직 안돼요. 그러먼 우리는 끝장이여. 아부지가 다른 아부지덜맹기

쬐끔만 자식심정을 알아주었으면 좋겄넌디, 울 아부지 얼매나 무섭다고요. 너무 완고혀서 남자 만난다고 입만 뻥긋 혔도 어느 다리가 부러질란지 몰라요. 아부지가 스스로 맴이 울어나야 허는디…….”

“글먼 어찔게 혀야 혀? 중매럴 넣보까요?”

춘보는 무엇인가 실마리를 풀어야 하는데 뾰족한 수가 없어 답답하기만 했다.

“생각 좀, 혀보게요. 너무 서둘다 들킬 수 있응게 조심혀야 혀요.”

“요렇게 아무 방법이 없넌디 그냥 기다리고 있을 수만은 없잖혀요? 직접 부딪쳐보는 것이 어떨까 싶어요.”

“아부지도 늦어졌다고 허는 것얼 보면 올 가을 쯤에넌 지 결혼 서둘 것 같혀요. 지가 허는디까지 혀 보께요.”

자영의 가슴속에는 확실하게 춘보가 들어앉아 있었다.

“알았어요. 그래도 요렇게 한 번씩이라도 만나야 혀요.”

“그것은 그려요. 지가 울 아부지 없을 때 연락허께요. 맘 같아서넌 날마동 만나고 싶지만 그렇게 헐 수넌 없잖아요?”

자영이 오히려 더 적극적인 생각을 갖고 있었다.

“알았어. 아쉬워도 헐 수 없제. 자영 씨만 믿고 기다리께요.”

춘보는 무어라 표현할 수 없는 희열이 솟구쳐 올라왔다. 가슴에서 맞방망이질이 일어나면서 주체할 수 없는 욕구가 불같이 피어올라 참을 수 없었다. 거의 무의식적으로 자영을 끌어안았다.

자영은 넉넉한 춘보의 품속에 안겨 몸을 맡겼다. 춘보의 맥박이 빨라졌다. 자영의 머리를 감싸 안은 손 사이로 부드럽고 매끌매끌한 머리카락의 감촉이 남성의 가슴에 더욱 뜨겁게 불을 질렀다. 가슴에 묻고 있던 자영의 머리를 뒤로 당겨 얼굴을 들려다보면서 자기 얼굴을 아주 가까이 마주했다. 어둠속에 어슴푸레하게 윤곽만 드러난 자영의 얼굴이 하얀 베일로 살짝 가려진 선녀로 보였다. 자영의 뺨에 가만히 입술을 얹었다.

자영의 숨소리가 격해지고 있었다. 춘보의 입술은 자영의 얼굴에서 입술로 옮겨지고 있을 때 자영은 스스럼없이 받아드렸다. 두 남녀 살 비빔은 불화로같이 뜨거워졌다. 머리를 이리저리 비틀며 작은 신음소리가 잠든 산자락 공기를 가볍게 흔들었다. 시간이 멎어있는 듯 동작이 거기에 멈춰있었다.

음력 삼월 스무날, 늦은 달이 떠오르는지 동녘하늘이 희부옇게 밝아지고 있었다. 자영은 달빛이 밝아지기 전에 집으로 돌아가야 한다고 생각하고 있었다. 그러나 달빛아래 청춘 남녀의 달콤한 살 비빔은 시간이 멈춰있는 듯 떨어지지를 않았다. 한참동안 거친 숨소리만 밤공기를 흔들다가 자영이 놀란 듯 몸을 풀었다.

"달이 밝아지는디, 집에 가다가 누구럴 만나기라도 허면 금방 알아볼 것인게 더 밝아지기 전에 인자 가게요."

자영은 마음이 조급해졌다.

춘보는 움켜쥔 얼굴을 떼면서 어둠을 꿰뚫은 뚜렷한 안광으로 자영을 쳐다보며 말했다.

"그려, 인자 니러가자. 오널 고마웠어요. 사랑해! 자영 씨!"

춘보는 자영의 손을 잡아 끌어 일으켰다. 자영이 일어나 치마를 털면서 옷매무새를 갖추었다.

"오빠는…… 우리가 머, 첨 만났는가? 어려서 학교 댕길 때부터 서로 좋아혔잖혀요. 나는 그때부터 마음속에 꼬깃꼬깃 오빠럴 접어가지고 댕겼어요."

자영의 숨김없는 애정표현이 춘보의 가슴을 찡하게 찔러왔다. 앞산 중턱까지 달빛이 내려오며 오솔길도 밝아지기 시작했다.

"자영이 몬자 앞에 가. 나는 찬찬이 뒤 따라가께요."

춘보는 자영을 앞서 보내고 바람만 바람만 잡고 멀찌감치 떨어져 따라갔다.

하루가 다르게 날씨는 풀렸다. 들에는 자운영 꽃으로 꽃방석을 깔아 놓았다. 겨우내 갇혀 살던 송아지는 제 세상을 만난 듯 이리 뛰고 저리 뛰면서 제 흥을 주체하지 못했다. 이 좋은 시절도 농촌에서는 꽃구경 나설 새가 없었다. 쟁기로 논밭 갈고, 봄 씨앗 드리기, 보리밭 관리 등으로 눈코 뜰 새가 없었다.

일은 고단하고 봄밤은 짧기만 해서 춘보는 자영을 생각할 겨를이 없었다. 이른 아침 논으로 나가는데 물 길러 나오는 자영을 만났다. 말없이 눈인사를 나누었다. 자영이 손을 내밀며 종이쪽지를 건너 주고 못 본척하며 샘가로 갔다. 춘보는 마음이 덜컹 내려앉았다. 너무 잊고 지나 자영이 섭섭해 하는 눈치였다. 춘보는 무슨 말을 해야 하는데 얼른 입이 열리지 않았다. 머뭇머뭇 하다가 그냥 삽을 들멘 채 지나쳐 논으로 나가면서 가볍게 인사말 겸으로 한말 하고 지나갔다.
"나, 논에가. 언제 한 번 만나게요."
춘보는 못자리 할 논에 물을 잡고 논둑을 삽으로 곱게 다듬어 물이 새지 않도록 논둑을 흙으로 발라 붙였다. 아침이 한참 기울어서야 일이 끝났다. 논둑에 앉아 자영이 건네준 쪽지를 펼쳐봤다.

[오빠! 요새 바뿌지요? 한동네 살아도 오빠가 너무 바뿐지 얼굴 보기가 어렵네요. 아부지가 전주 일가네 갈 일이 있어요. 결혼식에 갈 것 같아요. 돌아오는 토요일에 갔다가 일요일에 돌아오니까 토요일 밤에 만났으면 해요.]

자영의 쪽지는 간단하게 요점만 적어놓았다. 춘보는 미안한 생각이 들었다. 농사일이 바쁘다는 핑계로 너무 오래 아무 연락도 못하고 무심했던 것이 마음에 걸렸다. 미안해! 자영 씨, 미안. 요새 너무 바빠서 깜박 잊었네요. 용서해 주어요. 자영이 눈앞에 없지만 앞에 있는 듯 마음속 깊은 곳에서 울어나는 진심어린 사과를 혼잣말로 했다.

다음날 아침 춘보는 샘가로 나갔다. 마을아주머니 두세 사람이 물을 긴고 푸새거리를 씻고 있었다. 춘보는 머뭇거릴 수가 없어 아무 일 없는 듯 공동 샘을 지나가는데 먼발치에 자영이 나오고 있었다. 자영이 나오고 있는 쪽으로 다가가 말없이 비켜가면서 손을 내밀어 쪽지를 건네주며 지나갔다. 자영도 기다리던 차 춘보가 반가워 말이라도 한마디 하고 싶었지만 샘가의 아주머니들이 알아들을 것 같아 눈인사만 하면서 쪽지를 받아들었다. 자영의 가슴이 뜨거워졌다. 물을 건성으로 길어 재촉하여 집으로 왔다. 자영은 밥솥에 불을 때면서 쪽지를 열어봤다.

[토요일 밤 8시 반 쯤 비석골 마당바우로 나와요.]
자영은 얼굴이 확 달아오르며 피가 갑자기 도랑물이 흐르는 듯 울렁거리며 가슴이 두근거렸다.

토요일 밤, 자영은 어둑발이 들기를 기다려 대문을 빠져나오다 어머니를 만났다.
"야밤에 어디 가냐? 아부지 안 계신다고 밤에 돌아댕기면 안 되야. 얼른 돌아오그라."
어머니는 빨리 들어오라고 당부했다.
"수 놓는디 머 좀 물어볼라고 미순이한테 가요. 쫌 놀다 오께요."
"너무 늦지마."
어머니는 늦게 들어올까 봐 걱정이 되어 하는 말이었다.
"알았어요. 늦지 않을께요."
자영은 간이 콩알만 해지는 것 같았다. 그러나 어머니에게 나가는 것을 알리게 되어 오히려 잘된 일이었다. 두근거리는 가슴을 진정시키며 비석골 쪽으로 갔다.

산모퉁이를 지나가는데 좁은 밭 언덕길이라 발을 헛디딜까 조심조심
더듬거리며 걸어갔다. 산자락을 돌아서니 마을 불빛도 보이지 않아 사
방은 어둠에 휩싸여 가까이 누가 있어도 무엇인지 알아볼 수 없었다.
자영은 무서운 생각이 들었다. 밤에 홀로 산길을 걸어본 경험이 없는
터였다. 어렸을 적 어른들의 놀림으로 달걀귀신, 멍석귀신 이야기가 떠
오르며 온몸에 한기가 서린 듯 소름이 돋으면서 오금이 저려왔다.

  돌아가 버릴까 머뭇거리고 있는데 얼마 멀지 않은 마당바위 쪽에서
인기척이 들려왔다. 작은 소리로 중얼거리듯 노래를 부르는데 춘보의
목소리가 분명했다. 자영은 안도의 한숨을 길게 쉬었다. 무서움이 가시
고 나니 움츠렸던 몸도 풀리면서 마음에 여유도 생겨났다.

  춘보는 이미 와 있었다.
  "어디, 쯤이여?"
  자영은 가고 있다는 인기척으로 춘보에게 작은 소리로 말했다.
  "오고 있는거요? 좁은 밭꼬랑길 조심혀요."
  춘보는 반가워 가슴이 뜨거워지는 느낌에 감격하고 있었다. 자영이
가까이 갔을 때 춘보는 서서히 몸을 흔들며 작은 소리로 오기택의 고향
무정을 부르고 있었다.
  "몬자 왔어요? 나 무서서 죽는종 알았어요. 동네서 너무 먼께 산자락
을 넘을 땐 어찌나 무서웠넌디, 오빠 기척을 듣고 맘이 놓였어요. 오빠
넌 괜찮혔어요?"
  자영은 응석을 부리듯 아양 섞인 말로 인사를 했다.
  "나와 주어서 고마워요. 아부지넌 안계시능겨? 좀 놀다 가도 괜찮혀요?"
  춘보는 자영의 손을 잡아 끌면서 맞아주었다.
  "아부지 전주 가셔서 안 계셔. 그런디, 나오다 엄니를 만났넌디 늦지 마
라고 야단치듯 혔응게 너무 늦으면 지천 들어요. 오래 있을 수 없어요."
  "그려. 머 오래 있겄어? 얼굴 봉께 그것만도 좋아요. 그동안 아무 일

없었제?"

"도독질언 어쩧게 헌가 몰라. 밤에 몰래 나올랑게 가심이 두근거려서 혼났어요. 나오다가 누구라도 만나먼 머라고 혀. 다 큰 가시네가 밤에 헐일 없이 쏘다닌다고 소문 날 것 아니여? 꼭 도독질 허는 것 같혀요."

"그려. 조심혀야제. 그런디 죄진 것도 아닌디, 요렇게 도독으로 만나야 허는가. 자영 아부지 만나서 사실 야그 허고 자유롭게 만나먼 얼매나 좋겄넌디, 자영 씨 생각은 어떤기어?"

"지도 그러면 얼매나 좋겄냐 싶어요. 허지만 아부지가 알먼 나는 끝장이여. 그러고 오빠가 찾아와 말 헌다고 그냥 허락헐 아부지가 아닌게 걱정이제. 글 안 허먼 머시 걱정"

"너무 걱정 마요. 내가 어쩧게라도 혀 볼랑게. "

춘보는 자영을 가슴에 꼭 껴안으면서 위로해주었다. 두 사람은 한참 동안 말없이 쿵쿵거리는 가슴속 맥박소리를 서로 듣고 있었다. 춘보는 자영을 가만히 밀어 머리를 받쳐 들었다. 자영은 온 몸을 춘보에게 맡겨놓고 있었다. 자영의 머리가 뒤로 젖혀지고 춘보의 얼굴은 자영의 얼굴로 가까이 닦아가고 있었다. 어느새 두 사람의 입술이 포개지면서 가벼운 신음소리가 나직이 밤공기를 흔들었다.

불이 붙은 듯 서로의 입술엔 열기가 뜨거워졌다. 한참동안 정지된 채 고요가 흐르다가 쪼옥- 하는 소리가 나면서 떨어졌다. 어슴푸레 하지만 젊은 두 눈동자는 아주 가까이서 응시하며 눈썹하나 까닥하지 않고 눈으로 긴 이야기를 하고 있었다. 사랑해! 사랑해! 그들의 속마음은 하나가 되어 서로의 뇌리를 휘졌고 다녔다.

'이, 밤 이대로 함께 있고 싶어' 춘보는 속으로 간절히 외치고 있었다.

'오빠! 나 좀 꼭 껴안아주어. 오빠 품속이 너무 포근혀.'

자영은 속말로 되뇌이며 춘보를 꼭 껴안았다. 어둠속에 묻혀있는 두 사람은 시간 가는 줄도 모르고 말없이 껴안고 있었다.

춘보가 자영을 살며시 밀어 다시 얼굴을 비비며 뜨거운 입술이 자영의 입술을 찾고 있었다. 뜨거운 살 비빔은 무쇠라도 녹일 듯 뜨거웠다.

"오빠. 그만 가자."

자영이 너무 늦은 듯싶어 집에 가자고 했다.

"가까? 오널 정말로 좋았어. 고마워요. 그러나 다시 말 허지만 우리가 요렇게 도독으로만 만날 수 없잖혀요? 어찔게 허기넌 혀야 헐턴디……."

춘보는 헤어질 것이 아쉬운 듯 자영을 쉽게 풀어주지 않았다.

"그렇기는 허지만 너무 서둘지는 말아요. 잘 못허면 아부지 성질에 죽도 밥도 안 돼요. 요렇게 가끔 만나서 얘기허고 또 무신 방안도 생각혀 보게요."

자영도 조금은 걱정스런 생각이 들기도 했다. 그 길로 돌아와 각자 집으로 들어가는데 춘보야 아무 거리낄 것 없지만 자영은 내심 걱정이 컸다. 대문이라도 잠겨 있으면 어쩌나 하는 생각에 가슴이 두근거렸다. 대문과 어머니 계시는 안채까지는 상당히 멀어 밖의 소리가 잘 들리지 않는데 대문을 흔들고 큰 소리로 불러야만 안채까지 들린다. 그렇게 되면 이웃집까지 알려질 터였다.

춘보와 헤어져서 조마조마한 생각에 어떻게 왔는지 모르게 대문 앞에 이르렀다. 가슴을 조이며 대문을 살며시 밀어봤다. 삐그닥- 하는 작은 소리를 내면서 대문은 열렸다. 얼마나 다행한 일인가? 자영이 나가는 것을 안 어머니가 대문을 잠그지 않았던 것이다. 살며시 대문을 밀어 열었을 때, 쥐가 부스러기는 것 같이 작은 소리가 났기에 자영의 가슴이 콩닥콩닥 뛰었으나 누구도 눈치 채지 못했다. 자영은 가만가만 걸어 자기 방으로 들어갔다. 참았던 숨을 길게 내쉬며 방에 들어가 불도 켜지 않은 채 어둠을 더듬어 옷을 벗고 이부자리 속으로 들어가 누웠다.

그 만남 뒤로 춘보는 기회가 될 때마다 자영을 불러내 들에서 아니면 산자락에서 만나 사랑의 밀어를 나누었다.

봄이 무르익어 여름의 문을 두드리고 있었다. 5월의 훈풍이 뜨거운 젊은이 가슴을 식혀주는, 춥지도 덥지도 않는 시절 그들의 사랑은 날이 갈수록 뜨겁게 달아올랐다. 들에는 파라던 보리이삭이 노란 빛을 서서히 머금어가며 미풍에 파도처럼 일렁일 때 곱던 자운영 꽃이 진분홍 꽃잎을 날려 보내고 있었다.

드문드문 남은 연분홍 꽃 사이로 파란 꼬투리를 키워가며 흙살을 살찌우는 녹비綠肥로 들녘의 논배미를 곱게 수놓았다. 넓은 보리밭 한가운데서 종달새가 허공으로 높이 박차고 튀어 올라 사랑노래를 '지지고 복구고, 복구고 지지고' 하면서 흥겹게 지즐대고 있다. 갓 피어난 연두빛 나무숲엔 금빛 꾀꼬리가 세상에서 제일가는 미성으로 짝을 찾는 사랑의 계절이다. 소쩍새가 밤을 돋우어 피를 토하는 애절한 울음으로 산중의 밤은 깊이 잠들어 가는데 음력 4월 열 이튿 날 밤 달빛은 별빛을 삼켜버린 채 은빛 구슬을 쏟아 붓고 있었다.

춘보와 자영은 서로의 달그림자를 밟으며 비석골 보리밭 길을 걸어가고 있었다. 그들의 은밀한 만남을 시기하고 방해하는 그 무엇도 없었다. 오직 소쩍새가 배경음악으로 그들의 발걸음에 리듬을 맞춰주었다.

말없이 걸어가던 춘보가 보리밭두럭 평평한 곳에 앉으며 자영을 끌어안았다.

"오빠 달빛이 너무 고와요. 저 소쩍새는 우리의 만남을 축복해주고 있어요."

자영이 감미로운 목소리로 속삭이며 말했다. 월하미인이라고 했던가? 스물일곱 완숙한 여인의 얼굴은 만개한 모란이었다.

코가 시릴 만큼 진한 모란 향은 젊은 남성의 유혹을 받기에 충분했다. 은가루로 흩뿌린 달빛을 받는 자영의 자태는 디딜방아처럼 뛰는 젊은 청년의 가슴을 뒤흔들고 있었다.

달빛아래 만개한 모란꽃 여인을 바라만 보고 있겠는가? 기필코 꺾고야 말 것이다. 물살 센 여울물을 박차고 튀어 오르는 잉어 같은 춘보는 도덕군자가 아니다. 혈기 왕성한 서른 살 청년이었다. 참을 수 있는 임계점을 넘어버렸다. 춘보는 일순간에 야수가 되고 말았다.
봄이 가고 초여름에 들어설 때까지 뜨거운 밤의 만남이 두어 번 더 있었다. 그 뒤로 두 사람의 만남은 뜸해졌다. 바쁜 농사철이라 시간이 없을 뿐만 아니라 일에 지쳐 만날 여력도 없었다.

무더운 여름, 어정칠월이 그렁저렁 지나가고 논배미에선 만삭한 여인처럼 벼 이삭들이 퉁퉁 부풀어 패 오르기 시작했다. 낮 한때가 지나면 건들마가 겨드랑이 땀을 씻어주는, 말이 살찐다는 가을이 닦아오고 있었다. 춘보는 가을이 오기 전에는 조금 한가한 철이라서 그동안 소원했던 자영을 만나보고 싶어 쪽지로 만날 장소를 적어 자영의 방 쪽문 틈에 끼워 넣어두었다. 자영은 춘보의 쪽지를 보고도 가타부타 의사를 전해오지 않았다. 그동안 자영의 의사를 확인하지 않고 일방적으로 자기 뜻을 전하기만 했으나 만나는 약속은 그녀의 의중을 알아야 했기에 직접 자영의 방 들창문을 두드렸다. 한참 만에 들창이 열리며 자영이 고개를 내밀었다.
"오빠 왔어요?"
자영의 작은 목소리가 춘보의 가슴속 깊은 곳까지 파동으로 울려왔다.
"쪽지 보았지? 비석골 마당바우."
"알았어. 나가께요."
"믿는다."
춘보는 도망치듯 들창 밑을 빠져나왔다.
약속한 날 춘보는 설레는 마음으로 저녁밥을 먹은 즉시 어둠이 내리기 전에 비석골로 향했다. 그러나 가을날은 가뭄에 논 물 졸아지듯 짧아져 해가 넘어가기 무섭게 어두워졌다. 춘보가 비석골에 당도했을 때는 사람을 분간 못할 만큼 어두워졌다. 만감에 찬 심정으로 서있는데 달빛이 동녘하늘에 눈을 뜨듯 밝아지고 있었다. 추석이 지난 음력 팔월 열여드레 밤 느지막하게 떠오른 달빛은 산골짜기 골골을 채우고 있던 어둠을 쓸어내며 온 사방에 은빛 보료를 깔아놓았다. 밤공기는 시원하다 못해 서늘한 느낌이 들었다. 밤길이라 자영이 무서워할까봐 춘보는 오던 길을 오가면서 인기척으로 나지막하게 노래를 부르고 있었다.

떠오르는 달빛에 아련히 여인의 그림자가 움직이며 춘보 있는 쪽으로 오고 있었다.

춘보는 쫓아가 자영을 맞았다.

"나와 주어서 고마워. 무섭던 않했어요?"

춘보는 자영의 손을 잡아 인도해주었다.

"오빠가 인기척얼 허고 있어 괜찮았어요."

자영은 안정되고 편안해 보였다. 마당바위는 두 사람이 앉아있기에 알맞았다. 바위 난간에 두 다리를 늘어뜨리고 앉아 춘보는 자영의 손을 잡아 다리위에 올려놓았다. 자영의 손은 약간 차가웠다.

"손이 차네! 물 묻히고 일 혔어?"

춘보는 자영의 손을 감싸 안아 꼭 쥐면서 말했다.

"아니오. 밤이라 좀 쌀쌀혀요. 그렁께 손이 찬가벼. 오빠 손언 참 따숩네요."

자영도 춘보의 손을 꼭 쥐었다. 서로 잡은 손으로 말은 없어도 마음이 합쳐지는 의사가 소통되고 있었다.

"자영 씨! 여름동안 요렇게 만나지 못혀서 아시웠는디 어쩠어요?"

"지도 기다렸어요."

"우리 사랑허는 마음 빈헌 것 아니제? 올 가을엔 멋인가 달라져야 허겄넌디…… 어찔게 허먼 좋으까?"

춘보의 염려와 기대가 섞인 말이었다.

"나넌 몰라. 오빠가 알아서 혀바요."

자영의 대답은 짧은 한 말로 끝났다.

"기회 바서 아부지한테 우리 사이럴 말허고 허락얼 받아야 허것는디……."

춘보의 말속에는 걱정과 기대가 혼재해 있었다.

"그러다 아부지가 허락 안 허먼 우리는 어 게 혀야혀요? 그 때넌 고것으로 끝이고 말턴디……."

자영의 밀속에도 걱정과 설렘이 함께 묻어있었다.

한참동안 둘은 말을 잇지 못하고 달빛 쏟아지는 고요 속에 묻힌 채 강물에 떠내려가 듯 무심코 시간에 맡겨두고 있었다. 춘보는 갑자기 자영을 끌어안았다. 자영은 내 맡기듯 춘보의 품에 포근히 안겨있었다. 자영의 머리카락을 손가락으로 빗어 속살까지 더듬었다. 감쌌던 춘보의 손은 자영의 얼굴과 목 그리고 가슴까지 서서히 내려가고 있었다.

젖무덤이 뭉클할 때 자영은 움찔하며 놀랜 듯 했으나 춘보의 손을 밀어내지는 않았다.

"사랑해! 이래도 괜찮허제?"

춘보의 속삭임은 감미로운 솜사탕이었다.

"몰라. 잉……."

자영의 말씨는 약간 앙탈하듯, 쌰 부치듯 하면서도 알아서 하라는 허락의 분위기가 묻어나왔다. 춘보는 자영을 안아 일으켜 세웠다. 자영은 수동적으로 일어섰다. 춘보가 먼저 마당바위에서 아래 콩밭으로 뛰어내리고 자영의 손을 잡아 내리도록 도와주었다.

콩밭은 잎이 무성했다. 둘이는 그 안으로 들어갔다. 달빛은 휘영청 온누리를 은빛으로 분을 치려놓고 두 사람의 속삭임을 축복해주었다.

두 사람의 뜨거운 사랑의 불꽃이 콩 개비를 쓰러드려 놓았다. 콩대를 주섬주섬 추슬러 세워두고 달빛의 축복을 받으며 집으로 향했다.

"잘 가. 그러고 나 많이 생각혀줘요."

춘보가 자영의 귀에 가까이 대고 속삭이는 말이었다.

"오빠도."

하면서 자영은 홀연히 담장 밑 그림자 속으로 묻혀버렸다.

추수철이 되면서 날씨도 쌀쌀해지고 농사일이 바빠 만나지 못했다.

가을이 거의 끝날 무렵 자영이 쪽지를 보내왔다. 통상 쪽지는 춘보가 보냈었는데 자영이 보내는 것은 의외였다.

[오빠. 나, 먼일 났넌개벼요. 몸이 좀 이상혀요.]

이해가 될 듯 말 듯 짧은 내용이었다. 춘보는 너무 궁금해서 견딜 수가 없었다. 곧 바로 쪽지를 썼다.

- 다음 장날 장에 가게. 먼말인지 모르겠어서 그렇게 만나서 야그 허게요. 몸조심 허고.-

춘보는 밤잠을 잘 수가 없었다. 꿈자리가 사나운 것 같기도 했다. 무엇인지 명확하게 분간을 할 수 없는 사나운 짐승 같은 것에 쫓기는 꿈, 냇가 웅덩이에서 미꾸리가 움질움질 많이 있는데 맨손으로 훔쳐 잡는 꿈, 황소에게 쫓기다 떠받히는 꿈으로 매일 밤이 뒤숭숭했다. 춘보는 꿈자리가 너무 어수선해서 어머니 원순에게 꿈 이야기를 해주었다.

"아니, 니가 웬 그런 꿈얼 다 꾼다냐? 중매가 들어 올랑가? 그런 것언 삼시랑 꿈인디."

어머니는 의아해 하면서도 춘보 장가 드릴일이 불현듯 생각났다. 장가 들 나이가 과년했는데 너무 무관심한 것 같아 어미로서 죄책

감이 들었다.

"삼시랑 꿈? 고것이 멋인디요?"

춘보는 마음속으로 깜짝 놀랐다.

"그런 것 보고 태몽이라고 허는 것인디. 장개 갔으면 애기 있을 꿈이다."

어머니는 안타가워 하는 표정이었다.

춘보는 곁으로는 얼토당토 아닌 우스갯소리라고 생각하면서도 가슴 한 쪽에서 덜커덩 하는 소리가 들리는 것 같았다. 그렇다면 자영이 임신을 했단 말인가? 사실이 그렇다면 큰일 아닌가! 그렇게 생각하면서도 한편으로는 터져 나오는 웃음을 참을 수가 없었다.

단걸음에 뛰어가고 싶은 심정이었다. 자영을 얼싸안고 뛰면서 너털웃음이라도 웃어야 할 것 같은데 그러지 못하고 꾹 참고 내색도 못하는 것이 안타까울 뿐이었다. 그들은 약속한 대로 장엘 갔다. 마을사람들이랑 함께 가면서 자영과 춘보는 눈인사로 모르는 사람 대하듯 했다. 산중의 늦가을 아침은 쌀쌀해서 말할 때마다 입김이 담배연기처럼 뿜어 나왔다.

여름부터 연산에서 아침 버스가 다니기 시작했다. 지난 봄 만 해도 일 꾸지로 가서 차를 타고 시장에 다녔는데 버스가 다니니 얼마나 편리하고 편한지 말로 다 할 수 없었다. 일꾸지보다는 가까운 거리를 걸어 나와 버스를 타는데 하루에 3회 밖에 다니지 않아 오래 기다리기가 일수였다. 더구나 장날이라 너무 많은 사람으로 자리는 고사하고 서있기조차 힘들었다. 사람들 틈에 끼어 차가 움직일 때마다 함께 쏠려 여기저기서 비명소리가 들려왔다. 삼십 리가 다되는 길을 숨도 제대로 쉴 수 없이 시달리며 거의 한 시간 만에 순창읍에 도착했다.

사람들은 꾸깃꾸깃 쟁여져 있다가 차에서 내려 삼베옷 꾸겨진 것 같은 몸을 이리저리 흔들어 펴고는 시장으로 흩어져 갔다.

춘보는 자영에게 손짓으로 따라오라고 했다. 자영은 춘보와 멀찍이 떨어져 뒤를 따랐다. 터미널 옆 가게 앞으로 가서 누구의 눈빛이 없는지 살피고는 자영의 손을 잡으며 말했다.

"혼났제? 먼, 사람덜이 고렇게 많이 탔디아? 째여서 죽는 종 알았어. 자영 씨는 괜찮혔어요?"

춘보는 자영을 말로나마 어루만져 주었다.

"어ー쩌. 기양 참아야제 별수 있어요? 근디 어디 사는 사람인가 모르겄는디 늙수그레헌 남자한테서 아침부터 술 냄새가 어찌나 독허게 나던지 참을 수가 없어 혼났어요. 꼭 토헐 것 같혀서 죽을번 혔어요"

"그렸구나. 글고 장에 볼일 많이 있어요? 장 다 보는 대로 우리 몬자 만났던 옥천동 대림다방에서 만났으먼 허는디, 어쩌겄어요? 올 수 있제?"

"볼일이 별로 없어요."

"그러먼 열한시 반까지 만나까요?"

"저, 시계가 없넌디, 어쩧게 시간얼 알아요?"

"점방 같은데 보먼 시계가 있어. 대충 맞추어 와. 나도 시계 없은게."

"그려요."

자영은 골목길로 들어갔다. 춘보는 한참동안 자영의 뒷모습을 바라보고 서 있다가 다른 골목으로 들어서 시장으로 갔다. 춘보는 시장에 볼일도 없어 어정거리며 싸전이며, 어물점, 잡화가게를 돌아다녔다.

잡화가게 앞에서 보니 여인들의 용품이 많았다. 화장품으로 여러 종류가 있는데 어떤 것이 좋은 것인가 알 수 없었다. 춘보는 화장품을 잘 몰라 제일 좋다는 여자 화장품 세 가지를 하나씩 샀다. 어물전에는 어머니가 좋아하는 갈치가 많이 나와 있었다. 장사들이 사고 싶도록 입맛 당기는 선전에 춘호는 어머니가 좋아해서 사고 싶었으나 비린내가 날 것 같아 사지 않았다. 다방이나 음식집에 들고 들어가기가 민망할까봐 그냥 지나쳤다. 비단 전 골목을 지나는데 벽시계가 열한시 십 분을 가리키고 있었다. 춘보는 대림다방을 향해서 발걸음을 재촉했다.

  다방 안에 들어서니 대낮인데도 어둠침침해서 분간이 어려웠다. 한
참동안 서 있다가 눈을 두리번거려 보니 홀 안은 거의 텅 비어있다시
피 한데 서쪽 구석 테이블에 중년 남자 둘이 무슨 사업 이야기를 하는
지 조용한 말씨로 진지하게 대화하고 있었다. 춘보는 남쪽 창 쪽 비교
적 밝은 테이블에 자리를 잡고 출입문을 쳐다보며 자영을 기다리고 있
었다. 시간은 열한 시 사십 분을 가리키고 있었다. 열두시가 조금 넘어
서 자영이 들어왔다. 자영은 어둠침침하여 분간을 못하고 문 앞에서 두
리번거리고 있었다.
  "여그 있어"
  나지막한 말소리로 손을 흔들며 자영을 불렀다. 자영이 춘보를 보고
는 이내 그 곁으로 다가왔다. 자영은 책보에 싼 자그마한 보따리를 들
고 있었다.
  "멋, 샀어요?"
  "수놓을 것."
  자영은 춘보 맞은편에 앉았다.
  "차 한 잔, 혀야제? 머 헐래요? 난 커피 헐란디."
  "그려. 나는 멀 묵으까? 커피넌 안 좋다는디……."
  "어디가 안 좋아? 그러면 다른 것 혀요. 율무차로 혀요."
  "그려요."
  춘보는 마담을 보면서 커피와 율무차를 주문했다. 그들이 시장이야기
를 하는 사이 마담이 차를 들고 와 그들 앞에 조심스럽게 놓으면서 설
탕 그릇을 당겨 놓았다. 자영이 설탕 세 스푼을 타 저어서 춘보에게 주
고 자기는 율무차를 여러 번 저어 마셨다.
  춘보는,
  "이것, 받아"

하면서 종이봉투를 자영 앞으로 내밀었다.

"이거, 머에요?"

"별 것 아니어. 아까 장에서 봉께 화장품이 있어 사왔어요. 나넌 고런 것얼 모른게 괜찮헌 것잉가 모르겄네. 자영 씨 애쓴 것 축하험선 내 작은 선물잉께 안 좋아도 그냥 받아주어요."

"멋, 헐라고 이런 것얼 다 사요. 고마워요. 잘 쓸게요."

자영은 흐뭇한 표정이었다.

"별로지만 받아주어 고마워요, 우리 차 마시고 정심 묵우로 가자."

춘보가 커피를 마시면서 말했다.

"오빠, 머 묵을라요? 난 오빠 묵넌 것 아무것이라도 묵을께요."

"중국집에 가서 짜장 묵으까요?"

"그려요."

"우리 얘기넌 거그 가서 허게요."

춘보는 커피를 서둘러 마시고 일어섰다. 자영도 율무차를 물마시듯 서둘러 마시고 일어섰다. 춘보는 차 값을 계산하고 다방을 나와 중국음식점을 찾았다. 경찰서 앞에 두 곳이 있는데 한 모퉁이 돌아가 있는 중국집으로 들어갔다. 사천성 반점이라는 옥호에 붉은 색이 유독 도두라진 것이 중국음식점이라는 이미지를 강하게 떠올렸다. 문을 열고 들어서니 손으로 면발을 빼는데, 빨래처럼 길게 반죽된 밀가루 뭉치를 식판에 패대기치는 소리가 홀을 쩡쩡 울렸다. 홀은 어둠 컴컴한데 기둥마다 세로로 크게 쓴 가화만사성家和萬事成등 여러 붉은 글씨의 주련이 인상적이었다. 자영이 식탁 의자에 앉다 말고 표정이 일그러지더니 손으로 입을 막으며 헛구역질을 해댔다.

"왜, 거려? 속이 안 좋아? 멋얼 잘 못 묵어서 그려?"

춘보는 자영 쪽으로 가서 등을 두드리며 안정시켜주었다.

"괜찮혀요."

괜찮다고 하면서도 자영은 구역질을 멈추지 못했다. 다른 식탁의 손님들이 자영의 구토소리를 듣고 일제히 그들에게 시선을 집중시켰다.

"앗. 못 참겠네."

하면서 자영이 밖으로 뛰쳐나가버렸다. 춘보도 놀라 자영을 따라 나갔다. 자영은 홀에 들어서자마자 중화요리냄새가 심하게 역겨웠다.

밖에 나와 두어 번 더 헛구역질을 하다 멈추고 그렁그렁 눈가에 맺힌 눈물을 손수건으로 닦아냈다. 실상 구토하는 소리만 냈지 침만 억지로 배타냈다.

"아니, 왜 그려? 친 것이여? 아침 묵은 것이 인자사 탈이 난 것인가?"

춘보는 걱정스런 표정으로 자영의 등을 쓰다듬다, 두드리면서 진정시켜 주었다.

"혼났네. 왜 그런디야? 짜장냄새가 어찌나 비우상헌지, 죽어도 못 참겄어요. 죽넌종 알았당게."

자영은 그동안 몸에서 이상한 변화를 느꼈다. 매달 정기적으로 있던 달 보기가 두 번이나 없고 몸이 피곤한 것 같아 의심이 들었다. 뚜렷한 증후가 없어 반신반의하면서 혹시나 해서 춘보에게 만나자고 쪽지를 보냈던 것이다. 그런데 중국집에서 사단이 난 것을 보면 틀림없는 것 같았다. 속으로 춘보에게 말을 할까 말까 망설였는데 진풍경을 보여 버렸으니 말로 하는 것보다 더 확실하게 알려주게 되었다.

"왜 거렁겨? 몸에 이상이 있다고 허드만 그것이 사실인가? 각별히 조심 혀야 허겄어요."

춘보는 임신이 확실하다고 생각되었다. 갑자기 가슴이 두근거리는 것을 억제할 수가 없었다. 한편으로는 벅차오른 희열을 느꼈다. 아- 이것이로구나! 저렇게 허는 것이여. 아조 괴롭겄넌디. 속으로는 미묘한 감정이 교차되었다.

"중국음식은 안 되겠구만. 어디로 가까요? 묵고 싶은 것 있으면 말혀봐요."

춘보는 어르고 달래며 꼭 껴안아주고 싶었다.

"아무 것도 못 묵을 것 같혀요."

자영은 속이 완전히 가라앉지 않았다.

"그려도 멋이라도 묵어야 헐턴디. 갈비탕 어뗘?"

"갈비탕 말만 들어도 노린내가 나는 것 같혀요."

자영은 다시 건 구역질을 했다.

"그러먼 백반으로 허자."

"그려요. 백반언 괜찮을 것 같혀요."

그들은 백반전문집인 남원집으로 갔다. 농협 앞에 있는데 백반을 제일 잘 하는 집으로 소문이 나있었다.

그들이 함께 남원집으로 들어가니 평소에도 점심때는 손님이 많았는데 장날이라서 앉을 자리가 보이지 않았다. 두리번거리며 자리를 찾는데 혹시 아는 사람이라도 있을까 봐 조마조마 했다.

"너무 복잡혀서 안 되겄넌디. 다른 집으로 가지."

춘보는 앉지도 않고 자영을 대리고 나와 버렸다.

"아따, 그 집 손님 많네. 발하나 드려놀 디가 없네."

막상 중국집을 나오고 보니 갈만한 곳이 쉽게 떠오르지 않았다.

"다른 것 묵고 싶은 것 없어요? 요럴 때넌 엉뚱허게 묵고 싶은 것이 있다고 허두만."

춘보는 자영에게 먹고 싶은 것을 다시 말해보라고 했다.

"피창 국?"

자영은 한참동안 있더니 뜬금없이 순댓국이 생각난 것이다.

"괜찮허까? 나도 남새가 안 좋아 비우 상헐 때가 있었넌디, 다른 것 생각 난 것 없어요?"

춘보는 속으로 정말 엉뚱하다고 생각하며, 순댓국집으로 들어갔다가 또 비위가 상한다고 하면 낭패일 것 같아 주저주저하고 있었다.

"오빠, 나 고것 묵고 싶어요. 왜 진작 생각 못했제?"

자영은 입맛을 다시며 아주 구미가 당기는 표정이었다.

"그려. 자영이 묵고 싶은 것 묵어야제."

그들은 다시 시장 쪽으로 갔다.

"요, 근방에는 없을까?"

자영은 시장으로 가는 것을 싫어하는 표정이었다. 시장에 갔다가 춘보와 함께 다니는 것을 아는 사람이 보기라도 하면 입소문이 창호지에 묽은 먹물 번지듯 번질 것으로 생각 되었다.

"이 근방에넌 없을 거요. 장날인게 시장 안에 가면 난들가게에서 돼지 내장이야 돼지머리들을 넣고 푹푹 고와 끓이거든. 고리 가야 많혀."

"사람덜 많이 댕기는 그런데서 묵게요? 어찔게 그런데서요. 넘덜 보면 어쩔라고요."

자영은 불안한 생각이 들어 시장으로는 가기 싫었다.

"그러면 어디로 가요?"

춘보는 어정쩡했다. 시장 말고는 그런 순대집이 생각나지 않았다.

"입덧이란 것이 그런가? 아조 까다롭고 괴로운개벼."

자영의 얼굴이 파리해 보였다. 안쓰러운 자영을 보면서 더욱 사랑스러웠다.

"피창 말고 다른 것 생각나는 것 없어요?"

춘보는 자영을 쳐다보며 말했다.

"어디 강께, 돼지국밥집이 있둥만. 아까 들렸던 다방 뒷골목 성천가에서 본것 같혀, 고리 가보까요?"

자영이 돼지국밥집을 아는 것 같았다. 자영의 입덧은 유별난 것 같았다. 돼지국밥집도 들어서면 돼지냄새가 아주 역겨울 때가 있는데, 어찌 돼지종류 음식만 생각날까? 임신이라는 것이 보통과는 사뭇 다르게 엉뚱하다고 생각되었다.

"생각난다. 군청 미차 못 가서 성천 쪽 골목으로 나가먼 거그 있어. 그리로 가자."

춘보는 천변제방 옆에 있는 동산옥이 생각났다.

"아까 지 말헌 집이 거그같혀요."

자영의 말이었다.

터미널에서 곧바로 군청으로 가다 사거리가 나오는데 직진해서 강둑으로 가다 보면 동산옥이 있었다. 그 집이 오래전에 먹어본 것이 늦게야 생각났다.

이름값을 하느라고 그 집 역시 사람들로 붐볐다. 평소에도 자리가 없었는데, 장날이니 손님이 많을 수밖에 없었다. 동산옥은 한옥을 그대로 씀으로 홀은 없고 마루를 거쳐 방으로 들어가 여러 사람이 먹기 때문에 소란스러웠다. 다정한 연인이 오붓이 먹는 분위기가 아니었다.

오십대 늙수그레한 아저씨가 분주하게 오가면서 빈자리를 찾아 방으로 안내해 주었다. 춘보는 들어서자마자 확 풍겨오는 돼지냄새가 역겨워 건구역질이 날 뻔했는데 자영은 아무렇지도 않은 듯, 오히려 구미가 당기는지 입맛을 다시고 있었다. 춘보가 입덧하는 사람 같이 비위를 못 삭이고 있었다.

자영이 춘보에게 손짓을 하면서 작은 소리로,

"피창 있넌가 물어봐요."

순대가 꿀떡같이 먹고 싶은 것이었다.

"아자씨. 피창 있어요?"

"예. 있어요."

주인 말을 듣던 자영의 표정이 확 피면서 만족했다.

"국밥 두 그릇 잘 말아주시고, 피창-창자에 피를 넣어 만든 순대 한 접시 따로 주어요."

그들은 국밥으로 주문하고 안내해준 자리에 앉았다.

방안엔 여러 사람이 돼지국밥을 먹고 있는데 아는 사람이 없어 다행이었다. 사람들은 먹던 수저를 든 채 젊은 남녀가 들어오는 것을 보는 눈빛이 예사롭지 않았다. 특히 자영에게 시선이 집중되고 있었다.

　자영은 누가 봐도 처녀가 분명한데 젊은 남자를 따라오는 것이 보통 사이가 아닌 것으로 생각하는 것 같았다. 자영은 그들의 시선을 느끼면서 고개를 들 수 없었다. 고개를 숙인 자영에게 의심의 눈초리로 몸짓 하나 걸음걸이 하나에 눈총을 쏴붙였다. 춘보는 방안사람들 시선을 의식하고는 여동생으로 대했다. 자영 또한 춘보의 그런 언행을 짐작하고 있었다.

　"자영아. 물 좀 따라."

　춘보는 일부러 자영을 큰 소리로 불러 물을 따르라고 했다.

　"예, 오빠."

　자영도 친 오빠로 여기도록 스스럼없이 일부러 큰소리로 말하며 물을 따랐다.

　그들이 자리에 앉아 물을 따라 조금씩 마실 때 이내 국밥이 나왔다.

　춘보는 역겨운 냄새가 싫었으나 자영은 흡족한 표정으로 국밥을 수저로 휘휘 저어 안에 들어있는 곱창덩이를 한 입 가득 먹었다. 따로나온 곱창을 자영은 처음 먹어본 듯 새우젓에 찍어 달게 먹었다. 자영이 곱창을 아주 달게 먹는 것을 보고 춘보는 먹을 생각을 하지 않았다.

　순대는 그런대로 괜찮았으나 다른 내장은 잘 씻기지 않은 듯 돼지 분糞 냄새가 지독하게 역겨웠다. 춘보는 그 냄새를 참을 수 없어 코를 막고 있지만 구역질이 날려고 했다. 그러나 자영은 그 냄새가 오히려 입맛을 돋우는 듯 만족한 표정을 지으며 게걸스럽게 먹었다.

　춘보는 내장과 곱창을 건져 자영에게 넣어주었다.

　"많이 묵어라! 시장혔나벼."

　"아니여. 오빠 묵제 그려요."

자영은 말로는 마다하면서도 오히려 주지 않으면 섭섭하게 생각할 번했다. 표정이 아주 만족하고 있었다. 자영의 이마에서는 땀이 송골송골 베어나고 있었다.

"천천히 묵어라. 치허겄다."

춘보는 자영이 너무 급하게 먹는 것을 보고 탈이라도 날까 걱정스러웠다.

"오빠도 어서 묵어요."

자영은 말을 하면서도 먹는데 정신이 팔려있었다. 채면 불구하고 밥알 하나, 국물까지 깨끗하게 비웠다.

"맛있어?"

자영을 물끄러미 쳐다보며 대견스럽게 생각 했다. 저렇게 좋아하면서 참았구나, 하며 미처 챙기지 못한 것에 대하여 미안한 생각이 들었다. 가끔 함께 나와 사 주어야겠고 마음먹었다. 결혼을 했더라면 터놓고 먹고 싶은 것 사줄 수 있었을 텐데, 하는 생각이 들었다.

춘보는 식사를 끝내고 자영의 임신문제를 조용히 이야기 하려고 했으나 방안에 사람들이 너무 많아 시끄럽기도 하지만 분위기가 아니었다. 많은 사람들이 밖에서 자리 나기를 기다리고 있어 주인의 눈치를 봐서 식사가 끝나면 오래 앉아있을 수 없었다.

그들은 동산옥을 나와 강변 제방 길을 걸었다.

"우리 야그 좀 허고 싶은디 괜찮지?"

"그려요."

자영이 뒤따라오면서 흔쾌히 응해주었다.

강 건너 들판엔 늦가을 추수가 끝난 논배미들이 검은 살을 드러낸 채 쓸쓸하게 누워 있었다. 강변길가에 줄지어 서있는 늘어진 수양버들 가지들이 미풍에 하늘거리며 분주하게 잎을 털어내며 겨울 채비를 하고 있었다. 제방 안쪽으로는 기와집 틈새에 낀 작은 초가집이 옹색하게 웅크리고 앉아 서로 이마를 맞대고 밀치고 닥치며 한 치라도 더 땅을 차지하려고 다투는 듯 했다.

그 중에서도 마당이 널찍하고 기와지붕이 하늘을 차고 날나갈 듯 부잣집 풍미가 넉넉한데 수백 년 묵은 은행나무가 포도송이 같이 은행 알을 달고 버거운 듯 노란 잎을 한꺼번에 털어내 날려 보내고 있었다.

그 옆집 담장 너머로 모과덩이 같은 탐스러운 감이 가을의 풍성함을 이야기해주고 있었다.

"저 감 좀 봐! 하나 묵었으면 좋겠네!"

자영이 입맛을 다셨다.

"묵고 싶어? 이따 장에 가서 사주까?"

춘보가 자영을 쳐다보며 말했다.

"밥얼 많이 묵어서 아무 생각이 없었넌디, 저 감얼 본께 금새 묵고 싶어지네. 내가 미쳤넌가 벼."

자영은 혼자말로 중얼거렸다.

"고런 것도 입덧이지? 쪼끔만 참아. 내가 이따 장에 가서 사주께. 그나저나 임신이 확실허제? 우리…… 인자 어쩔래? 부모님 헌테 말 혀야제."

춘보는 자영을 애정 어린 눈으로 깊게 쳐다보며 살갑게 속삭였다.

"긍께 말이여. 나 죽는 것 아닌가 몰라. 아부지 알먼 다리몽댕이가 열 개라도 모지랄 것인디, 어쩌야 쓴다? 오빠가 책임 져요? 난 몰라."

자영은 응석을 하면서도 걱정스러워하고 있었다.

"글씨 말이여. 그래서 오널 함께 장에 온 것 아니어? 나 생각언 보모님 찾아보고 사실대로 말험선 우리 결혼하겠다고 터놓고 사정 혀야 헐 것 같혀요. 그 방법배끼 없어요."

"지넌 깝깝혀요. 자꾸 비우넌 상혔쌓제. 그러다 누가 알아챌 것 같혀서 하루하루가 바널방석에 앉거있는 것 같언디, 어찧게 혀야 헌다요. 참말로 걱정이어요."

자영은 답답한 심정으로 어찌할 바를 몰랐다.

"그렁께 방법얼 생각혀보자고. 내가 아버님 찾아뵙고 말얼 혀야 헐 것 같혀요. 아버님이 나널 어쩔 것이여? 야단맞아도 헐 수 없제. 매럴 때리먼 맞음선이라도 해결혀야제. 다른 방법이 없잖혀요?"

춘보는 걸기에 찬 말투로 자영에게 자신감을 보여주었다.

"아부지가 쉽게 넘어가줌사 먼 걱정."

자영은 아버지 성품을 잘 아는 터라 초죽음을 당할 것 같아 두려운 생각에 몸이 오싹 떨렸다.

"아버지인들 별수 있었어요? 임신까지 혔넌디 어떻게 혀? 너무 걱정 허지 마요. 내가 어 게라도 혀볼랑게. 언제가 좋을까? 한번 날짜나 생각혀 바요."

춘보는 진심으로 자영을 위로하고 안심시켜야 한다고 생각했다. 만약 어물어물 하다가 아버지의 심한 지천과 구박으로 스트레스를 받아 태아가 잘 못 되기라도 한다면 큰일 아닌가? 춘호는 한시가 급하고 초조했다.

"……"

자영은 묵묵히 걷고만 있었다.

"고렇게 혀. 나만 믿어요."

그들은 강변길이 끝나는 자리에서 시장으로 휘어들었다.

"오빠는 아무 때라도 괜찮허겠어요?

묵묵히 걷던 자영이 말 문울 열었다.

"그려. 자영이 날만 받으랑게. 어차피 한 번은 치러야 헐 일 아니어? 글않혀도 자영이 말 안 허먼 나 혼자라도 아버지 찾아가 정식으로 청혼 헐라고 혔넌디, 요렇게 생각도 안 헌 일이 생겼넌디 내가 책임지고 해결혀야제. 우리 사랑의 열매를 맺었은게 인자 한시가 급혀. 서둘러야 혀. 자영 혼자 마음 졸이고 있넌 것 나 못 참겄어요."

춘보는 자신의 심정을 가감 없이 자영에게 털어놨다.

"글먼, 지가 아부지 기분이 괜찮헌 날, 연락 헐랑게 준비허고 있다가 우리 집으로 와 아부지랑 단판얼 져봐요."

자영은 돌이킬 수 없는 일이 일어났으니 어떻게 해서 하루라도 빨리 해결하고 떳떳하게 결혼준비를 하고 싶었다.

진지하게 이야기를 하면서 걷는 동안 어느 새 시장으로 들어서고 있었다. 오후가 되어 시장은 오전처럼 많은 사람이 웅성거리지 않았다. 싸전 등은 한산했고, 어물전은 그 때까지 시끌벅적 했다. 어물전 앞 길 가에는 촌에서 나온 아주머니 두 분이 말린 고사리, 취나물과 당근, 시금치 등 채소, 그 옆에는 먹음직한 홍시를 차려놓고 노점을 보고 있었다.

"조것 사까? 아까 너무 집 안에 있넌 감얼 보고 묵고 싶다고 혔제?"

춘보가 노점상 앞으로 다가갔다.

"고만 두어요. 인자 안 묵고자요. 너무 썰렁헐 것 같혀 묵고 싶은 생각이 없네."

자영은 춘보를 잡아당기며 만류했다.

"인자 안 묵고 자? 하여간 변덕이 심허구만. 아조 자영이 닮은 개구쟁인가벼."

춘보는 농담조로 말했다.

"오빠도 참. 오빠가 개구쟁이제, 내가 그려?"

자영은 응석어린 어감으로 말했다.

"그려. 그럼 기양 가자."

그들은 노점상을 지나오다가 큰 잡화상 앞에 이르렀다. 춘보가 그 안으로 들어가니 자영도 따라 들어갔다. 가게 안에는 없는 것이 없었다. 사탕 종류를 비롯해서 과자류, 오징어포 등, 건어물류 뿐만 아니라 음료수와 주류도 여러가지가 진열되어 있었다. 춘보는 술 진열대 앞으로 가서 자영에게 물었다.

"아버지 먼 술 좋아허는 종 알아요? 아버지 뵈로 갈라먼 술이라도 한

병 가지고 가야 헐 것 아니여?"

"아부지넌 막걸리를 많이 잡수셔. 여그넌 막걸리가 없는가벼."

"처음 감선 막걸리 가져갈 수는 없잖혀? 정종으로 헐까?"

"정종이 먼 술인디? 그런 술언 한 번도 잡수시는 것 못보았어요. 허기사 아부지넌 싸디 싼 술만 일부로 챙겨 잡수셔요. 어쩔 때 선물로 소주럴 가져오먼 두고두고 아낌선 잡수셨어요. 정종언 안 바서 잘 모르지만 고것도 술인디 안 잡술라고?"

자영은 정종이 고급술이라는 생각에 마음속으로 그것을 샀으면 했다.

"그려. 정종으로 허자. 정종이 제일 고급술이여. 싫어허지넌 안 허시겄제?"

춘보는 두병짜리 길쭉한 종이상자에 들어있는 정종을 샀다.

"인자 집에 가야제? 머, 살 것 있어요? 내가 사주께."

춘보는 자영에게도 무엇이든 선물을 더 하고 싶었다.

"조- 것, 하나 사먼 안 되까?

자영은 손가락으로 가리키며 말했다.

"머요?"

"저-그 스르매-오징어-가 묵고 잡네!"

"그려. 고것 사자. 아조 한 축얼 띨까?

"한 축이 몇마린디오?"

"수무마리여."

춘보는 한축을 들고 나섰다.

"아니, 너무 많잖혀요? 비쌀턴디, 절반만 사요. 금방 묵고잡다가도 또 변혀. 저것도 시방언 묵고잡지만 니얼언 안 묵고 잘란지 몰라요. 그렁께 쬐끔만 사요"

자영은 오징어 반 축만 사자고했다.

"하여튼 못 말려!"

춘보는 혼자 군담을 하면서 자영의 말대로 오징어 10마리를 골라들고 그 다리하나를 쭉 찢어 자영에게 먹으라고 주었다. 자영은 군침이 입안 가득 고였다. 먹고 싶었는데 춘보가 주는 오징어다리를 주어 채면 불구하고 아작아작 씹고 있었다. 춘보는 술과 오징어 값을 계산하고 가게를 나오면서,

"맛있어? 어디 나도 하나 주어 바."

하면서 자영이 가진 오징어다리를 빼앗듯 찢었다. 건건 짭짤한 것이 맛있었다.

"요놈자식 뱃속에 있음서도 시상 모든 것이 다 뵈나벼. 아조 개구쟁이랑게."

춘보는 입가에 웃음을 멈출 줄 몰랐다.

"인자 가야제? 더 살 것 없어요?"

"없어요."

그들은 가게를 나와 약간 떨어져서 터미널 쪽으로 걸어 나왔다.

"오빠, 천천히 가요. 배가 땡긴 것 같혀요."

자영이 고통스런 표정을 지었다.

"왜? 배 아파?"

춘보는 뒤떨어져 오는 자영을 뒤로 쫓아가 염려스런 표정으로 등을 다독여 주었다.

"너무 싸게 강께 그런 것 같혀요. 좀 천천히 가요."

춘보가 등을 문질러주니 진정 되는 듯 누그러진 표정이었다.

"그려. 찬찬이 가께요. 깜짝 놀랬잖혀?"

춘보는 식은땀이 이마에서 뺨으로 자르르 흐르고 있었다. 터미널에 도착해 보니 차시간이 한 시간도 넘게 남아 있었다.

터미널엔 많은 사람들이 차를 기다리고 있었다. 대합실이 좁고 좌석이 부족해서 사람들 틈에 끼어 기다리는 것은 무척 힘들었다.

"가자. 저 앞 가게로 가 쉬고 있다가 시간 되면 나오게."

춘보는 자영의 손을 잡아끌며 길 건너 잡화상 가게로 들어갔다. 한가한 가게 안에 빈 의자가 있어 자영을 앉히고 차시간이 될 때까지 쉬었다.

"아까도 말 혔지만, 아부지 기분 좋운날 연락 주어요. 알았제?"

춘보는 다시 한 번 만날 날을 다짐했다.

"고렇게 헐랑게 그 때 와서 잘 혀야 되요."

자영은 춘보에게 눈을 맞춰 쳐다보면서 말했다.

오후 세시 사십분 차가 있는데 가게 뒷벽에서 똑딱똑딱 그네를 타는 추 시계가 세시 십 분을 가리키고 있었다. 차표를 미리 끊기 위하여 터미널로 나왔다. 터미널 안은 각 방면으로 가는 사람들로 콩나물시루가 되어있었다. 웅성거리는 사람 중에 혹시 마을사람이나 아는 사람을 만날까봐 조심스럽게 따로 떨어져 터미널로 들어가 차표를 끊었다. 그 때부터는 서로 모르는 사람이 되었다. 마침 마을사람을 몇 사람 만났으나 그들의 사이를 눈치 챈 사람은 없었다. 그들은 아무 일 없이 마을까지 무사히 돌아왔다.

일주일 남짓 지나서 자영에게서 쪽지를 받았다.

❤다음 장 이튼 날 저녁에 와요.❤

자영이 보내는 한 마디 쪽지 내용이었다.

자영 아버지 최학수 영감은 성격이 깐깐하고 치밀하여 빈틈이 없는 사람으로 남의 말을 호락호락 받아들이는 사람이 아니었다. 그러나 아무리 차돌 같은 사람일지라도 빈틈은 있게 마련이었다. 술을 좋아하는 성격이 하나의 허점이었다. 거나하게 취기가 돌면 성격이 호탕해져 누구와도 어울리고 술 인심만은 허랑한 사람이었다.

자영이 춘보를 부르는 날은 아버지 친구네 경사가 있는 날이었다.

연산 사는 친구 환갑날인데 그날은 틀림없이 술을 많이 마실 것으로 예상되어 춘보에게 아버지 만나러 오는 날로 잡아주었던 것이다. 춘보는 자영의 쪽지를 받는 순간부터 가슴이 뛰기 시작했다. 어쩌면 지금까지 살아오면서 가장 어려우면서도 가장 중대한 이을 해결해야 하는 운명의 날이라고 생각 되었다. 최학수 어른 앞에 가서 그 어른의 기에 눌려 말을 잘 못하거나 확실한 의지를 강하게 표하지 못하고 머뭇거리다가는 야단만 맞을 것 같았다. 많은 생각이 난마처럼 엉키며 명쾌한 답이 떠오르지 않았다.

'허지만 부딪치는 거여. 뒤로 물러설 자리가 없잖혀. 매럴 맞더라도 허는 수 없어. 자영의 임신 사실얼 알먼 반대는 못할 것이여.' 속으로 중얼거리며 스스로 위안을 했다. 그러나 무턱대고 임신 사실을 이야기 했다가는 진노할 것인데. 정말로 말을 잘해서 환심을 살 수 있어야 할 텐데 걱정이 태산이었다. 전쟁에 나가는 병사의 불안감 같았다. 자영 집을 찾아갈 날이 삼일 후인데 아득히 멀게 남아있는 것 같기도 하고 바로 코앞에 다가와 있는 것 같기도 했다. 그런데 아무 준비도 없이 맥놓고 있는 것 같아 불안하기도 했다.

그날이 돌아왔다. 아침부터 심장이 뛰면서 긴장이 고조되고 있었다. 마음을 진정시키고 할 말을 구상하기 위하여 들길을 걸려고 나서는데 예상치 못한 일이 눈앞에 닥쳐왔다. 고샅에서 최학수 어른을 만난 것이다. 풀을 빳빳하게 먹여 얌전하게 다림질을 한 두루마기를 입고 출타하고 있었다. 춘보는 덜컥 가슴이 내려앉았다. 무릎에 힘이 쭉 빠지면서 그 자리에 주저앉을 것 같이 오금이 떨렸다. 그러나 정신을 바짝 차리고 정중하게 인사를 올렸다.
"진지 잡수셨능기오? 어르신. 어디 좋은데 가신 가 봅니다."
한사코 태연한 척 하면서 공손한 어감으로 인사를 올렸다. 이렇게 아침에 한번 만난 것이 다행이라고 생각 되었다. 그 날 하루는 눈에 더 익을 터이니 먼저 인사를 올린 셈이 되었다.

"어디 좀, 가는디."

최학수 어른의 느릿느릿한 말이었다.

"조심히 다녀오셔요."

춘보는 아주 친근감 넘치는 어감으로 인사를 올렸다.

"연산에 친한 친구가 있는디 오널 그 사람 한갑날이어."

자영 아버지는 부드러운 말씨로 말했다. 춘보는 안도의 한숨을 쉬었다. 저녁에 만날 자리가 딱딱하고 어색하지 않을 것이라는 생각이 들었다. 그동안 어렵게 만 생각했던 어르신이었는데 아침에 말을 직접 하고 나니 따뜻하면서도 친절한 면이 있어보였다.

"그럼 재미있게 놀다 오시지요."

춘보는 고개를 깊이 숙여 인사를 올렸다.

"어어이-."

자영 아버지는 기분 좋은 표정으로 활개를 치며 걸어가고 있었다. 춘보는 하루 종일 걱정 반 기대 반 하면서 해를 넘겼다.

늦가을이라서 땅거미가 들면서 기온이 싸늘해지기 시작했다. 춘보는 저녁을 먹고 마음을 가다듬어 자영 집으로 갔다. 하루 종일 침착하리라 다짐했으나 막상 자영 집이 가까워질수록 긴장이 되면서 가슴이 두근거리기 시작했다. 그러나 헛기침을 하면서 한사코 마음을 진정시켰다. '걱정헐 것 없어. 아침에 인사 헐 때 맹기로 마음 가라앉히고 차분히 허면 될거여.' 속으로 되뇌면서 발걸음을 조심조심 내디디었다.

자영 집 대문 앞에 이르렀을 때는 다시 긴장감이 고조되면서 가슴이 뛰기 시작했다. 주먹을 불끈 쥐면서 힘을 내봤으나 그럴수록 몸이 오싹해지며 스스로 작아지는 느낌이었다. 대문 앞에서 한참동안 서있었다. 조금 진정되는 듯 했다. 대문을 밀쳐보니 잠겨있지 않았다. 대문을 조금 밀치고 집안 동정을 살펴봤다. 안방에서 자영 아버지 말소리가 도란도란 흘러나왔다. 집안 분위기는 조용하고 편안한 것으로 느껴졌다. 대문을 조금 더 밀치니 삐그닥- 하는 소리가 났으나 방안에서는 아무 반응이 없었다. 춘보는 조심조심 발소리를 죽여 가며 마당으로 올라 안방 토방에서 방안 분위기를 살피는데, 최학수 어른 내외가 앉아서 회갑 집 다녀온 이야기를 기분 좋게 나누고 있었다. 춘보는 헛기침으로 인기척을 냈다.

"어르신 기신가요?"

약간 떨리는 목소리였다. 방안에서는 갑자기 이야기를 멈추고 밖의 인기척에 귀를 기울이며 조용해졌다.

"어르신 기신기요? 저 춘본데요, 방에 들어가도 되까요?"

"누구요?"

하면서 자영 어머니가 방문을 열고 마루로 나왔다.

"안녕하신기라우? 저 춘봅니다."

춘보는 얼굴을 들어 자영 어머니를 쳐다보면서 인사말을 했다.

"춘보 총각이 이 밤중에 어쩐 일이여?"

자영 어머니는 뜻밖의 춘보를 보고 약간 놀라는 표정이었다.

"어르신 좀 만나 뵙고 드릴 말씀이 있어 왔구만이라우."

"그려? 그럼 어서 올라와요."

자영 어머니는 포근한 마음으로 맞아드렸다.

"누구 왔넌가?"

자영 아버지가 밖을 내다보면서 말했다.

"춘보 총각이구만이라우."

자영 어머니 말이 채 끝나기도 전에,

"어쩐 일이어? 어서 들어와."

하면서 자영아버지는 자리를 고쳐 앉고 있었다. 춘보는 조심스럽게 방으로 들어섰다.

"이, 밤에 어쩐 일이냐?"

자영 아버지는 의아한 눈빛으로 춘보를 쳐다보며 말했다. 춘보는 방으로 들어서 윗목에서 조금 머뭇거리고 있었다. 큰 절을 올려야 할까. 말까하고 있을 때

"어서 앉거라. 왜 그러고 서있어?"

자영 아버지는 어서 앉으라고 재촉을 했다.

"절 올리겠습니다."

하면서 춘보는 큰 절을 올리려고 했다.

"절언 무슨.....? 그러고 밤인디, 거그 그냥 앉기나 혀라."

최학수 어르신은 손을 저으면서 절은 사절하고 아랫목 자리를 치우면서 앉기를 권했다.

"저, 여그 앉그께요."

춘보는 허리를 약간 구부려 반절을 하고 그대로 윗목에 앉았다. 최학수 어른도 고개를 약간 구부려 답배를 했다.

"아니, 먼 헐말이 있냐? 긴한 일 같으면 니얼 밝은 대낮에 허제. 요렇게 밤에 왔어? 저것언 또 머시냐?"

자영 아버지는 기분 좋은 표정으로 물었다.

"어르신 입에 맞을랑가 모르것넌디, 술 한 병 가지고 왔어요. 반주로 한 잔 씩 드시라고요."

춘보는 막상 방에 들어가 얼굴을 대하고 말을 나누니 긴장감이 누그러졌다.

"아니, 멀라고 요런 걸 다 가지고 온다냐?"

자영 아버니는 영문을 몰라 더욱 의아하게 생각했다.

"돈이라도 필요허냐? 어찌 춘보가 아무 말도 없이 술을 가지고 옹께 내가 괜히 부담 가는디?"

자영 아버지는 금전 놀이를 하고 있어 혹시 돈을 빌리러 온 것 아닌가 하고 생각했다.

"어머니 잔 하나 가져 왔으면 허는디요. 어르신께 술 한 잔 들리고 싶

은데요.”

춘보는 술을 한 잔 권하면서 이야기를 해야겠다고 마음먹었다.

“아니, 그 양반 오늘 술 많이 자시고 오셨어. 그래서 잘자린게 더 잡수먼 안 되아. 나중에 잡수게 그냥 두어.”

어머니는 술상을 가져오지 않으려고 했다.

“어따, 이 사람아. 나 오늘 술 얼매 안 묵었어. 모초롬 춘보가 술얼 가지고 왔넌디 맛이나 보게 잔 가져와.”

자영 아버지는 명령하는 어투로 말했다.

“인자, 잘 자린디 술 마실라고요?”

자영 어머니는 못 마땅한 표정을 지으며 부엌으로 나갔다.

“가을 일언, 다 끝났냐?”

어르신이 기분 좋은 낯빛으로 물었다.

“예. 거의 끝났어요. 나락얼 좀 덜 홀탔구만이라우. 인자 집에 갔다논 것인게 걱정 없어요.”

춘보는 부드러운 분위기에서 이야기를 나누는 동안 자영 어머니가 간단한 술상을 차려 왔다.

“정종잉게 요것언 디워 마셔야 좋은디 어쩌실그라우?”

“아,그냥 한잔만 허지. 언제 디우고 멋혀.”

자영아버지는 술잔을 들고 그대로 따르라고 했다. 어르신이 내민 잔에 술을 반잔 쯤 따랐을 때,

“그만 그만.”

하면서 술 따르는 손을 막았다.

춘보는 술병을 상 밑으로 내려놓았다.

“너도 한잔, 혀야제.”

자영아버지는 잔을 권하고 직접 술을 따르려고 했다.

“저넌, 안 마실란디요.”

춘보는 극구 사양했다.

"아따, 한번 마셔바. 그려야 나도 마시제."

자영 아버지는 억지로 술을 권했다. 더는 사양할 수 없어 반잔 쯤 술을 받았다.

"어디 한번 마셔보자. 너도 마셔."

자영 아버지는 조금 마시고는 잔을 내려놓으면서,

"고급술이구만! 술 맛 참 좋다."

하면서 기분 좋은 표정이었다. 춘보도 몸을 한쪽으로 돌려 반쯤 마셨다. 분위기가 화기애애하면서 긴장감이 풀렸다.

"먼, 헐 야그가 있다고?"

어르신은 진지한 눈빛으로 춘보를 빤히 쳐다보며 말했다.

"어려운 말씀얼 올릴라고 왔어요."

춘보의 음성은 약간 떨렸다.

"멋인디 그려? 어서 말 혀바."

자영아버지는 호기심에 찬 표정이었다.

"요런 말씀 드려도 될랑가 모르겠어요. 너무 놀라지 마시기라우"

"아따 야, 먼 뜸얼 잔뜩드려. 어서 말 혀 보랑게."

춘보는 한참동안 말문이 열리지 않아 머뭇거리고 있다가 용기를 내서 입을 열었다.

"말씀, 올리겄습니다."

춘보는 다시 한참동안 숨을 고르고 있었다. 자영 어머니도 호기심을 가지고 조금은 긴장된 표정이었다.

"어서, 말 혀보랑께 그렸쌓네."

자영아버지의 재촉이었다.

"다름 아니라, 저, 저- 자영을 좋아헙니다."

최학수 어른은 춘보의 말을 듣고 얼굴색이 확 변하면서 술기운이 일시에 가신 듯 눈만 크게 뜨고 있었다. 자영 어머니도 귀를 의심한 듯 놀란 표정으로 춘보를 빤히 쳐다보면서 뭐라 할 말이 있는데 하지 못하고 있는 것 같았다.

"아조 어려서부터 자영을 좋아 혔넌디 인자 우리가 다 컸응게 부모님께 말씀얼 드려야 헐 것 같혀서 왔습니다. 여태까지 말씀 못 드려 잘 못된 것 용서 허시고 허락혀 주십시오."

춘보는 말문이 열리면서 막힘이 없었다.

"아니, 시방 머라고 혔냐? 자영얼 어쩌고 어쩌?"

어르신은 너무도 뜻밖이라 감정을 억제하지 못한 듯 얼굴이 붉어지면서 언성이 높아졌다. 그러면서 다그쳐 물었다.

"우리 갸넌 어쩌어? 니 혼자 맴이여? 이니먼 우리 애랑 같은 맴이여? 요론 야그 자영이랑 함께 헌거냐?"

"예, 아버님 우리 둘언 같은 맴이여라우. 아버님 좋게 바주셔요."

춘보는 몸을 한껏 나춘 자세로 간절하게 호소했다.

"요놈덜 바라! 니덜 몰래 만나고 댕겼구만. 괘씸헌 것덜. 소문이라도 나먼 챙피혀서 언쩐디야."

어르신은 부화가 고조되는 것 같았다.

"아버님! 진정허시고 생각 한번 혀주셔요."

춘보는 이미 엎질러진 물이 되고 말았으니 변명할 생각 없이 차분하게 말했다.

"머? 아버님? 어찌 내가 니 아부지냐? 요놈 아조 못 쓰것네."

자영 아버지는 분이 차오르는지 숨소리조차 가쁘게 몰아쉬고 있었다.

"어르신. 너무 그렇게만 생각허지 마셔요. 저, 잘 알지 않혀요? 저 자영이랑 잘 살 수 있어요. 잘 좀 봐주셔요."

춘보는 부드럽고 믿음성 있는 어투로 간절하고 설득력 있게 말씀을 올렸다.

"너그덜 아조 기정사실로 생각헌 모양인디, 안 되먼 어쩔라고 고렇게 자신 있게 말 허는 거냐? 너 아조 당돌허구나."

자영 아버지의 어투는 조금 부드러워지고 치밀어 오르는 부아를 참아
가고 있는 표정이었다.

"어버님 오해 마시고, 자영허고는 학교 댕길 때도 오빠 동생 험선 지
냈어요. 지가 그렇게 싫은기요? 저의 집은 형님이 있는게, 자영과 결혼
만 헌먼 아들노릇 잘 허께요. 몬자 말씀 드리고 허락을 받은 뒤 서로 좋
아혀야 혔는데 그리 못혀서 죄송험니다. 우리 이미 헤어질 수 없이 되
얏어요."

춘보는 간절하면서도 의미심장한 말까지 하면서 설득했다.

"가만이 생각혀보자. 아직도 동방예의지국이라고 허는디 젊은 것덜
이 부모 몰래 만나서 이러쿵저러쿵 허다니, 내가 너널 싫어서 허는 말
보다는 사전에 양가 부모가 서로 마음이 통해야 헌것 아니여? 부모 몰
래 저그덜끼리 만난 것이 어느 나라 법이여? 응? 이런 짓언 쌍놈덜이나
허는 짓 아닌가? 그리고 이미 헤어질 수 없다는 말언 무신 소리다냐?"

자영 아버지는 고성으로 나무라다가 목소리를 낮추어 말했다.

"아버님, 고것은 잘 못 되었습니다. 용서럴 빕니다. 그러나 인자 만난
것이 아니고 어려서부터 이무럽게 지내다 본께 그렇게 되었어요. 한 말
씀 더 드릴께요."

춘보는 말을 더 드린다고 해놓고는 입이 쉬 열리지 않은지, 머뭇거리
고 있었다.

자영 아버지도 속으로 다른 생각을 했는지 화를 삭이면서 입을 다물
고 춘보를 쳐다보고 있다가, 조금 진정된 목소리로 말했다.

"나 너한테 헐 말도 들을 말도 더 없는게 고만 가그라. 설령, 우리 애
랑 몰래 만나고 결혼헐 생각이 있으면 집안 어른을 통혀서 정식으로 청
혼얼 해오는 것이 옳은 처사지, 요렇게 불쑥 찾아와, 나 자영이 좋아혀요.
허먼 어느 부모치고, 아나, 그래라. 헐 사람이 어디 있다냐? 나 더 화나
기 전에 어서 가부러. 요렇게 무례한 짓이 어디 있어?"

자영 아버지는 일어서 밖으로 나가버렸다. 춘보는 더는 버티고 앉아 있을 수 없었다. 사실은 자영이 임신했다는 것을 확실하게 말하려고 했는데 그럴 소리가 나올까봐　미리 피하는 것 같았다. 사랑방으로 내려가는 자영 아버지에게 미쳐 인사도 드릴 새가 없었다.

　"이런 법은 없어. 오널 자영 아부지 많이 참았어. 암말 말고 어서 돌아가게."
　자영어머니가 사정하듯 춘보의 등에 대고 타일렀다.
　"어머니 미안혀요. 그럼 지는 그냥 가께요. 안녕히 계십시오."

　춘보는 더 할 말도 없고 말을 들어줄 사람도 없으니 하는 수 없이 일어서야 했다. 할 말을 속 시원히 다하지 못한 아쉬움에 허전한 마음을 안고 대문을 나왔다. 골목을 타고 찬바람이 쏴하고 불어와 춘보의 얼굴을 스쳐 지나면서 정신이 번쩍 들었다. 달도 없는 밤이라서 발걸음이 터덕거렸다. 자영 아버지를 설득하겠다고 호기 있게 찾아갔는데 자영의 임신사실은 말도 못하고 돌아왔으니 아쉬움이 컸다. 어쩌면 헤어질수 없다는 말에 짐작을 했으리라는 생각이 들기도 했다. 그래도 정식으로 부모들이 청혼을 하자는 말이 큰 여운으로 남아 기대되면서 찾아온 것이 헛되지만 않았다고 생각되었다.

　자영의 임신사실을 먼저 터뜨려버릴까? 아니면 자영 어머니를 통해 조용히 그 사실을 알아채도록 암시만 줄까, 아무리 머리를 굴리며 생각해도 묘안이 아닌 것 같았다. 그렇게 되면 자영만 곤란해지고 많은 지천을 맞을 것이며, 만일 소문이 퍼지기라도 하면 동네 사람들한테 멍석말이라도 당할 것 같았다. 그렇게 우세를 떤다면 낯을 두르고 다닐 수 없을 것이니 그것도 할 일이 아닌 것 같았다. 아무래도 자영 아버지 말씀대로 정상적인 절차를 밟아 하는 것이 옳은 순서일 것으로 생각 되었다.

춘보가 다녀간 이튼 날 아침 자영은 아버지 앞에 불려 앉았다.

"너, 이 애비한테 헐 말 없냐?"

자영 아버지는 자영을 앉혀놓고 좋은 말로 물었다.

"……."

자영은 아무 말도 못하고 고개를 숙이고 앉아있었다.

"어제 밤, 춘호가 왔다 갔넌디, 헐 말이 없냐 이 말이어. 너그덜 언제부터 만났어? 그리고 인자 도저히 떨어질 수 없다고 허드라. 고것이 먼 말이냐? 일 저질렀냐?"

아버지가 조곤조곤 따져 묻는 말에 자영은 쉽게 입이 열리지 않았다.

"어서 말혀바! 어찌게 된 일인가 말을 혀야 헐 것 아니냐?"

재차 다그쳐 물었다.

"예, 그동안 몇 번 만났어요. 용서……."

자영은 말을 채 잇지 못했다.

"아이, 너, 참말로 춘보럴 좋아허냐?"

어머니가 안타까운 심정으로 물었다.

"…… 예. 저 좋아혀요. 인자 못 떨어질 것 같혀요. 허락혀 주셔요."

자영은 어차피 말이 난 김에 가슴속에 품고 있던 심정을 숨김없이 말했다.

"참말이구만. 너, 요새 본게 몸이 이상 헌 것 같던디 왜 그러냐? 혹시……."

어머니는 눈치를 챈 것 같이 말했다.

"그런 것, 같혀요."

"멋이? 고런 일까지 있어? 너 못되어 묵었구나! 어쩔라고…… 어제저녁 갸가 허는 말에 혹시나 의심혔넌디, 고것이 사실이란 말이제?"

아버지는 한탄하면서 어쩔 수 없이 받아드려야겠다고 마음먹은 것 같았다. 깐깐하고 융통성 없는 천하의 최학수 영감이라기에는 너무도 너그러운 것이 놀라울 일이다.

"요렇게 된 것 소문이라도 나먼 큰 일인게 당신이 그 집허고 얘기 잘 혀서 서둘러."

어머니에게 서두르라고 말하고는 나가버렸다.

자영은 크게 한숨을 쉬었다. 야단을 맞아도 크게 맞을 것으로 생각하고 염려했는데 의외로 너그럽게 대하니 오히려 어리둥절했다. 그동안 생각했던 아버지가 아니고 인자함을 느끼면서 새삼스럽게 따뜻한 정을 받을 것 같아 감격스러웠다. 춘보가 다녀간 것이 효과가 있었다고 생각되었다.

춘보는 먼저 어머니에게 말씀드려 사람을 넣어 청혼을 해야겠다는 생각이었다. 잠을 설쳐가며 생각하다가 새벽에야 잠이 들어 늦잠에 빠져 버렸다. 어머니가 잠을 깨웠다.

"야. 춘보야. 어제밤 멋 혔간디 요렇게 늦잠얼 가는겨? 어서 일어나."

어머니는 언성을 높이며 춘보를 흔들어 깨웠다.

"으-응, 나 쬐끔만 더 자께요."

춘보는 이불을 머리까지 끌어 덮었다.

"아니, 자가 어젯밤 멋 혔을까? 어디 나갔다 와서 그냥 불 끄고 자는 종 알았넌디……."

어머니는 춘보를 깨우다가 방을 나와 버렸다. 농사 일이 대부분 끝나 딱히 할 일이 많은 것도 아니니 억지로 깨우지 않았다. 춘보는 마음 놓고 늦잠을 잤다. 잠을 깼을 때는 점심때가 다 되어가고 있었다. 주섬주섬 옷을 챙겨 입고 세수를 하고나니 정신이 들었다. 전날 밤 자영 집에서 일어난 일을 떠올리니 피가 역류하는 듯 얼굴이 달아오르며 가슴이 두근거렸다.

자영 아버지의 말씀이 생생하게 떠올랐다. 그동안 마을에서 나름대로 평판이 괜찮아 반대하지 않겠지, 하는 기대를 가졌으나 그것은 혼자만의 안일한 생각이었다. 하기는 어느 부모치고 면전에서 반대하지 않고 잘했다. 하는 사람이 얼마나 있겠는가? 이미 물은 엎질러졌는데 뒷수습을 아무 탈 없이 해내는 것은 순전이 자신의 책임이라고 생각되었다. 또한 자영이 느낄 심적 고통을 생각하면 하루라도 빨리 매듭을 지어야 한다고 생각 되었다. 뱃속의 아이에게도 좋지 않은 영향이 미칠 것이니 더욱 마음이 조급해졌다.

먼저 어머니에게만 살며시 말할까? 아니면 형이나 형수랑 식구가 한 자리에 앉아 사실을 이야기하고 의논할 것인가? 고민 고민 하다가 어머니에게 먼저 이야기해서 의견을 들어보고 나중에 형이나 형수에게 말하는 것이 옳을 것 같았다. 아직 여러 사람이 알게 되면 어떤 결과가 일어날지 모르는 일이니 가급적이면 조용히 시작하는 것이 좋을 것 같았다. 춘보는 집에서 이야기 하는 것 보다 단둘이 밭에 가서 이야기 해야겠다고 마음먹었다.

"엄니? 무시 밭에 안 가요? 나랑 무시 밭에 가서 버러지도 잡고 풀이 났으면 뽑아주게요."

농사가 다 끝난 판에 논밭에 갈 일이 없으나 김장채소는 아직 밭에 있어 김장할 때까지는 관리를 해야 한다. 그 핑계로 무밭으로 어머니와 함께 가야겠다고 마음먹었다. 그래서 점심을 먹고 나서 어머니에게 제안을 했다.

"어찌 때광스럽게 무시밭에럴 함께 가자고 헌다냐?"

어머니는 의외라고 생각하고 선뜻 나서지 않았다.

"무시 좀, 뽑아다 총각짐치도 당그고, 생채도 혀 묵으면 입맛 날 것 같혀서 그려요. 새 반찬 생각이 나서요."

춘보는 쉬 나서지 않는 어머니를 졸랐다.

"니 혼차 갔다 오그라. 무시 서너개 뽑을라고 둘이나 간다냐?"

어머니는 머뭇거리고 있었다.

"도련님. 무시 밭에 가서 무시랑 배추랑 좀 뽑아와요. 글안혀도 반찬이 없어 무시 밭에 갈라고 혔넌디 도련님이 갔다오셔요.”

형수가 마침 무밭에 다녀오면 좋을 요량으로 말했다.

“거바. 형수가 부탁허잖혀요. 그렇게 엄니랑 함께 가게, 어서 나서요.”

춘보는 형수 말이 반가웠다.

“그럼, 가자.”

어머니 원순이 따라 나섰다. 논밭에는 곡식을 다 거두어 들려가 텅 빈 채 늦가을 정취에 무엇인가 놓지 못할 아쉬움을 움켜쥐고 있는 듯 허전하게 느껴졌다. 소슬바람이 밭 언덕을 스쳐 오는 소리에 못 다한 그 무엇이 있는 듯 아쉬움에 마음이 스산해졌다. 오직 들녘 듬성듬성 초록 무늬가 선연하여 아직 생명이 남아있음을 알리고 있었다. 김장채소 밭엔 싱싱한 무청이 마지막 남은 생명의 오라기들을 붙잡아주고 있었다.

춘보는 무나 배추 뽑는 것이 목적이 아니었다. 밭 언덕에 망태를 깔고 앉으며 어머니를 옆에 앉도록 자리를 마련해 주었다. 어머니가 옆에 와 앉았다.

“엄니! 나, 엄니한테 아조 중요헌 일을 알려야 혀서 요렇게 일부로 함께 나오자고 혔어요.”

“야가, 먼 말얼 헐라고 이려. 헐 말 있으면 어서 허그라.”

원순은 약간 뜬금없다는 표정을 지으면서도 중요한 일이라는 말에 관심이 쏠렸다.

“엄니. 나가 헌 말 그냥 듣지 말고 신중허게 생각혀야혀요.”

춘보는 먼저 어머니에게 다짐을 받았다.

“먼디, 그려? 잘 들으께 어서 말이나 혀바.”

“엄니, 나 장개 갈꺼요.”

춘보는 거두절미 하고 단도직입적으로 말했다.

“으-응? 장개 간다고? 허기사 나도 올해넌 어쯬게 혀볼라고 마음묵고 있다. 인자 일도 끝났응게 서둘러 보마. 그런디 요새 요런 산중으로 시집온다고 허는 색시가 없디아. 걱정이다.”

"엄니, 그렇게 맘 묵었당게 말 허겄넌디 인자부터 지가 헌 말 잘 들어요. 나 저 위 땜 자영허고 결혼 헐라고 맘 묵고 있어요."

둘러대고 꾸미고 할 것 없이 사실대로 말했다.

"아니, 너, 그 자영을 마음에 두고 있다고? 자영 같으면 갠찬다만 아부지 최영감이 너무 꼬쟁이 같언디, 그 영감이 들어주까? 글고 그 집 돈은 좀 있다고 허지만 일가도 없고 어디 먼 데라도 집안이 없는가보더라. 우리 집안에서 어럳델이 안 좋다고 말 헐 것이다. 어찌 자영을 생각혔냐? 내가 좋은 자리 알아볼랑게 조금만 있어바."

어머니는 최학수 영감이 마음에 걸렸다. 더구나 무남독녀에게로 만약 결혼이 성사된다면 한동네 살면서 모른 채하고 살 수는 없는 일이다. 싫든 좋든 대릴사위가 되어야 할 것이다. 원순은 선뜻 마음이 내키지 않았다.

"먼, 부모가 상관 있다요? 서로 맘 맞으먼 되는 것이제. 부모까지 따지면 어디 장개갈 자리 있겄어요? 더구나 우리 동네 같언 산중으로 시집올 여자 없다고 허잖아요? 우리 서로 약속 혔응게 엄니가 반대혀도 소용없어요."

춘보는 노골적으로 어머니 생각은 아랑곳 하지 않았다.

"요새 아무리 지들만 좋아헌먼 된다지만 어찌 가품을 안 본다냐? 니 생각이 이미 정혔당게 그렇다만 결혼이란 것이 고렇게 맘대로 되는 것이 아니어. 요리 조리 따져보고 알아보고 허드라도 잘 못되는 것이 허다헌디 고렇게 밥 묵덧이 지망지망 허게 서둔 것이 아니여. 나가 시방 생각혀도 니 성 혼사 너그덜 맘대로 허라고 혔다가 얼매나 속상헌종 아냐? 또 우리 집안은 어른덜 허고 타업혀야 허는디 니 맘대로 되겄냐? 그렇게 우선 조금 기다려 바. 성급허게 정혔다가 괜헌 어려움 맨들지 말고. 또 그 쪽 사정도 알아바야 헐 것 아니여?"

어머니 설득은 쉬우리라고 생각했는데 쉽게 허락하지 않을 것 같았다.

이야기를 진진하게 하다가 무 뽑는 것을 잊어버렸다. 어머니와의 이야기는 길어지고 있었다. 해가 무척 짧아져 뒷산의 산그늘이 석양을 향해 서서히 내려오고 있었다.

"엄니. 지 생각 많이 혔어요. 글고 자영을 어려서부터 동생맹기 살아와서 다 아는디 속이 너그럽고 참 좋아. 여자 다른 것 없어요. 내 맘에 들먼 다른 조건은 생각 않혀. 그렁께 내일이라도 그 쪽 사정 알아보고 누구 시켜서 청혼해 주어요. 엄니 나 다른 데로는 장개 안 갈랑게. 자영이허고는 떨어질 수 없어요."

춘보는 어머니에게 최후통첩으로 말했다.

"금매, 니가 정 고렇게 생각허고 있다먼 하번 알아보마. 허지만 나넌 최영감이 영영 맘에 안들어. 친 사둔이 되먼 한동네에서 날마동 보고 살아야 허는디 너무 불편헐 것 같혀야."

어머니는 최학수 영감과 악연이 있었다.

전쟁 중에 피란 갔다 와서 먹고 살기 어려운 때였다. 최학수 영감 집은 식구가 적고 논마지기나 붙여먹고 사니까, 다른 사람 다 굶어 죽는다고 해도 그 집만은 어려움 없이 살았다. 더구나 최학수 영감은 젊어서부터 면내에 구두쇠로 소문난 사람이다. 장리 빚을 놓고 제 때 못 갚으면 이자에 이자를 붙이는 고리로 계산하고 갚을 때도 단돈 십 원 한 장 감해 주는 일이 없었다. 그렇게 몰인정하고 매몰찼지만, 사람들은 후일에 또 아쉬운 소리를 해야 함으로 그때를 생각해서 아무 말도 못하고 요구한 대로 들어주면서 살아왔다. 그가 그렇게 매정하고 후안무치한 사람이란 것을 알고도 원순은 급전이 필요해서 돈을 빌려 썼다가 씻을 수 없는 치욕적인 일을 당했던 것이다.

빚을 얻어다 쓰고 갚을 날자가 되었는데 돈이 없어 찾아가 연기해줄 것을 간곡히 사정했다. 그런데 그것을 기화로 삼고 그 대가로 음심淫心을 품은 것이다.

그 때 원순의 나이 삼십 중반의 나이에 혼자 어린 자식 대리고 사느라고 안 해본 고생이 없는데, 그 어려움을 기화로 유혹의 음심을 품은 것이다. 자영 어머니가 자영을 데리고 친정을 갔는데 그럴 줄 모르고 원순이 찾아가 기한을 연기해 달라고 사정을 하다가 당할 뻔한 것이다. 용케 그의 완력을 피할 수 있어 봉변은 면했지만 그 이후로 짐승만도 못하다고 여기고 피하면서 살아왔다.

원순은 곧바로 친정에 가서 오라버니에게 사정이야기를 하고 돈을 빌려와 갚아버렸다. 그 뒤로는 최학수 영감과는 서로 얼굴 마주칠까봐 피해 다니고 말도 안하다가 서로 아는 체 하면서 사는 것이 불과 얼마 되지 않았다.

원순은 그 일을 생각하면 자다가도 벌떡 일어나는 정신적 외상에 시달리며 살아왔다. 그래서 아무리 자영이 곱게 자라고 먹을 만큼 잘 사는 집이라지만 마음을 쉽게 열 수가 없었다. 그렇다고 그런 이야기를 춘보에게 말할 수도 없었다.

"엄니, 서둘러야 혀요. 내가 요렇게 엄니한테 간곡히 얘기 헌 것언 그럴만한 사정이 있는게 그려요. 꼭 혀야 혀요."

춘보는 강한 어조로 말했다.

"고것이 먼 말이다냐? 꼭 혀야만 헌다는 사정이 있다는 말이 아니냐? 무신 사정이 있깐디 고렇게 말헌다냐? 결혼이란 것이 생각헌 대로 되는 것도 아니고 또 설령 너그덜은 맴이 있다고 혀도 지 아부지가 보통 사람이냐? 너무 서둘지 말자. 내가 알아바서 헌데까지 혀보께. 너넌 차근히 기다리고 있어."

어머니는 서둘지 말자고 하지만 춘호로서는 한시가 급했다.

"엄니. 지가 웬만허먼 이러겄어요? 우리 사고 쳤어라우. 그렇게 남들이 알기 전에 정상으로 허는 것 맹기 헐라고 그려요. 내 이 심정 엄니 아니면 누구한테 말허겄어요. 내 사정 좀 알아주어요."

춘보는 사실을 이야기 해야겠다고 마음먹었다.

"사고럴 쳤다니? 쌈이라도 허다가 어디 다치기라도 혔냐? 글안허먼 사고란 말이 먼, 소리여?"

어머니는 놀란 표정으로 물었다.

"참, 엄니도. 우리가 몇 살인디 쌈얼 헌다요. 사고가 먼말인지 모르겄어요? 아, 있잖아요."

춘보는 얼굴이 빨개지며 머뭇머뭇 했다.

"에미도 모르게 너그덜 먼 짓 혔다고? 고것이사 젊은 것덜이 만나다 보면 그렇 수 있제. 잘 못헌 것이다만, 너그 둘이만 알고 입 다물먼 될 것 아니냐? 나 못 들은 것으로 헐랑게 고런 것 같으면 너무 걱정 말그라. 니가 정, 생각이 있으먼 아까 말대로 서둘러 볼랑게 잠잠히 있어. 알았제?"

어머니는 대수롭지 않게 생각하는 것 같았다. 춘보는 속이 터질 것 같이 답답했다.

"엄니 말대로먼 먼 걱정. 사고가 터졌응게 그러제. 지금도 못 알아들어요?"

"아니 그러면 애기라도 가졌다는 말이냐?"

"그려요. 그렁게 내가 서둘자고 허제. 소문나기 전에 정식으로 혼사를 치러야 자영이 부모도 괜찮제. 글 않허먼 자영이 얼매나 괴롭겄어요. 걱정얼 많이 허먼 태아도 안 좋다고 허둥만. 그려서 엄니한테 급허게 말헌거요."

춘보는 임신사실을 시인하면서 절박한 심정으로 어머니를 설득했다.

"애라이 썩을 놈! 고렇게 큰일을 저질러놓고 인자사 에미헌테 발등에 불이 떨어진게 말헌거여? 나넌 너럴 아조 착허다고 믿고 살아왔넌디, 인자 본게 너도 역시 그렇구나! 이러다가 에미 모르게 먼 일을 못 허겄냐? 가만히 생각혀본게 괜히 서글퍼진다."

어머니는 야단을 치면서도 한탄조로 자신의 비애감을 토로했다.

"인자, 엄니헌테 달렸어요. 다른 생각 말고 소리 안 나게 중매쟁이를 넣먼 그 쪽에서도 반대 못헐거요."

"그쪽에서도 요런 사실얼 아냐?"

"임신 헌 것은 아직 어쩐가 모르지만 우리 만나는 것은 내가 찾아가 말혔어요. 그렁게 자영 부모가 임신사실을 알기 전에 정식으로 허자고 자영이랑 얘기 혔어요."

"그려. 인자 알겄다. 헐 수 없게 생겼네. 당장이라도 서둘러야 허겄다."

원순은 최학수 영감과 젊어서의 악연을 생각하면 도저히 허락할 수 없는 처지지만 자식이 저질러놓은 것을 무턱대고 반대할 순 없게 되었다. 더구나 임신까지 했는데 모른 체한다는 것은 사람으로서 도리가 아니다. 내 핏줄을 어찌할 것인가?

"인자, 엄니만 믿은게 조용히 잘 해주어요."

춘보는 어머니에게 말한 것이 승낙이 떨어진 것으로 생각하고 한숨을 놓을 수 있었다. 그는 무밭으로 들어가 무를 뽑기 시작했다.

"두개가 붙어있거나 솎음질이 안 된 것 중에서 뽑고, 덜 큰 것을 뽑아야 헌다. 봄 넘새넌 금방금방 커난게 큰 것부터 뽑아 묵고, 가을 넘새넌 큰 것언 김장얼 혀야 헌게 작은 것얼 뽑아 묵넌 것이다. 잘 봐감선 뽑아봐."

어머니는 배추밭으로 가서 잔챙이 배추들을 솎아냈다.

원순은 큰 고민이 생겼다. 최학수 영감을 생각하면 도저히 마음이 내키지 않지만 자식이 저질러놓은 일을 어미가 되어가지고 반대할 수는 없는 노릇이었다. 이리저리 몸을 뒤척이며 밤을 새우다시피 했다. 우선 집안 어른들한테 먼저 타협을 해야 한다. 최 씨가 혼사할만한 성씨는 되지만 마을에서 대대로 인심을 못 얻고 살아온 집안이라서, 혼자 결정할 일이 아니었다. 며칠 동안 잠을 설쳐가며 생각하는 바람에 입맛조라 뚝 떨어졌다.

아침을 뜨는 둥, 마는 둥, 하고 집안의 상 어르신인 남원 당숙을 찾아갔다. 마침 아침을 느지막이 먹고 안방에 앉아계셨다.

"진지 자수셨능기요?"

 아랫목에 앉아계신 남원당숙에게 인사를 올렸다.

"질부 왔넌가? 어찌 요롷게 일찍 와. 먼 일 있넌가?"

 남원당숙은 웃는 낯빛으로 말했다. 그 때 남원 당숙모가 부엌에서 설거지를 마치고 치마 자락에 물 묻은 손을 닦으며 들어왔다.

"질부 왔넌가? 아침언 묵고?"

 남원당숙모의 말은 언제나 다정다감했다.

"막 숟구락 놓음선 왔어라우. 볼쎄 아침언 지벅 쌀쌀혀요."

"조리 아랫목으로 앉게. 거그 웃목언 썰렁헌게."

 남원당숙모가 아랫목 따뜻한 곳으로 앉으라 했다.

"괜찮여요. 여그도 앉글만 허구만이라우. 당숙모가 고리 앉거요. 저 그 웃춤에 최 씨네 있지요? 그 집 딸 자영이 다 컸넌디 춘보허고 한번 대볼까 혀서요. 지 생각언 최학수 어른이 동네서 인심을 못 얻어 좋게 생각허지 않혔넌디 춘보가 차꼬 말을 허네요. 그려서 당숙님헌테 타업 혈라고 왔어라우. 어쩌끄라우? 그냥 혀도 괜찮겠어요?"

 원순은 춘보 결혼에 대하여 전후사정을 말씀해 드렸다.

"그려? 허기사 자영 처자가 곱게 큰 것 같데. 질부 말마따나 우리가 고 집 사정얼 잘 알다시피 대대로 진지꼽쨍이 노릇을 혀서 선뜻 마음 내키지 않혀도 요새는 시상이 어디 그런 것 다 따지겠는가? 당사자 하나만 보고 헐 수 없을 것 같혀. 시상이 그런께 질부 생각대로 허게. 요새 처자덜이 산중으로넌 시집 올라고 허는 사람이 없다고 허등만. 앞으로 큰일이네!"

 남원당숙은 크게 반대할 것으로 생각했는데 아주 너그럽게 말했다.

"자영이 갸넌 지기 부모 안 타겼어. 조신허고 얌전헌데가 있어. 미너리감으로는 좋지만 저그 아부지를 보먼 선뜻 마음이 내키지 않헌게 사실이여."

남원당숙모도 반신반의 하면서도 그런대로 당사자만 보고 해도 된다는 입장이었다.

"지도, 당숙님이나 당숙모 생각허고 같혀요. 그런디 춘보가 서댄게 그냥 헐까 혀요. 춘호 여울 때 애묵어서 잘 좀 개려서 헐라고 혔넌디, 요새넌 도시바람이 불어서 처자덜이 촌으로넌 시집 안 올라고 허잖혀요? 더구나 우리 동네 같이 깊은 산중언 말도 못 꺼낸다니께요. 그러서 좀 더 알아보고 원만허먼 그냥 헐까 허네요."

"그려. 그전에넌 우리 동네가 산중이라고 허지만, 부촌이고 반촌이라고 소문이 나서 혼사가 여렵지 않혔넌디, 요새넌 시상이 달라져서 허는 수 없어. 요렇게 가먼 우리 동네 같언 산중 젊은 사람은 장개도 못갈 것이여. 시상이 요렇게 변헐줄 누가 알았넌가?"

남원당숙모도 같은 마음으로 걱정을 했다.

"그려서 지가 그려싼게 사람얼 넣볼라요. 인자 나이도 서른 살이 되어 너무 늦었어요."

"질부 알아서 허게나."

얼마 전까지만 해도 혼사는 꼭 가려서 해야 한다고 완강하시던 남원당숙이 세상 변한 것을 인식하고 마음을 탁 열어주었다. 원순 혼자 밤새 생각하면서도 결론을 내리지 못했는데 남원당숙의 적극적인 반대가 없을 뿐만 아니라 긍정적으로 생각하라는 말에 원순은 용기를 얻게 되어 큰 짐을 내려놓은 듯 마음이 가뿐해졌다.

남원당숙의 승인을 받은 터에 다른 어른들 의견을 들어볼 필요가 없을 것 같았다. 원순은 주저할 필요가 없었다. 먼저 중매를 넣으려는데 누구를 세울까? 그 집안하고 가깝게 지내는 사람을 보내야 쉽게 말이 통할 터인데 원체 마을에서 인심을 얻지 못하여 가까운 사람이 별로 없는 것 같으니 중매로 내세울만한 사람이 얼른 떠오르지 않았다.

최 영감네와 친하게 지내는지 잘 알지 못하지만 그래도 이웃에 살며 자주 만나다 보면 서로 말이 통할 것 같아 담을 맞대고 사는 안다물 댁이 생각났다. 그 집 역시 일가친척이 없고 최 영감네도 다르지 않아 알게 모르게 가깝게 지낼 것 같았다. 그리고 안다물 댁은 붙임성이 있어 누구와도 잘 지내는 편이라 말이 통할 것 같았다.

자영 입장을 생각하면 한시가 바빴다. 저녁을 먹고 어둑발이 들기 시작할 때 안다물 댁을 찾아갔다. 마을 위뜸에서 근근이 사는지라 대문도 없이 찌그러진 사립문이 쓰러질 듯 문설주에 기대고 서있었다. 집 또한 납작 엎디어있는 오두막이다. 자식들이 6명이나 되었지만 초등학교를 겨우 나오고 어려서부터 돈벌겠다고 도시로 나가 내외만 살고 있다.

자식들이 힘들어 번 돈으로 겨우겨우 살아가고 있다.

사립문을 밀치고 들어서니 개가 사납게 짖고나왔다. 원순은 놀라서 사립문을 닫고 밖으로 나와 버렸다. 사납게 짖어대는 소리에 안다물 댁이 방문을 열고 나오면서 개를 진정시켰다.

"나요. 헐 얘기가 있어 왔넌디, 개 땜시 못 들어가겠네요."

원순이 놀란 음성으로 말했다.

"역몰 떡? 어찌 이 밤중에 우리 집얼 다 온디야. 개가 물던 안혀요. 어서 들어와요."

안다물 댁은 개를 몰으면서 원순을 방으로 맞아드렸다.

"나, 부탁헐 말이 있어 왔어요."

안다물 양반은 아랫목 화로 가에서 볏짚 이삭줄기를 빼서 담뱃대 구멍에 넣어 담배 진을 닦아내고 있었다. 방에 들어서니 군불을 많이 땠는지 후끈하고 바닥은 뜨끈뜨끈 했다.

"오셨어요? 요리 앉그셔요."

안다물 양반이 아랫목으로 자리를 권했다.

"진지 잡쑤셨어요? 집에 기셨구만이라우. 밤에 불쑥 찾아와서 미안혀요."

원순은 안다물 양반이 그동안 별로 친숙한 사이가 아니어서 부담스럽고 어색했다.

"괜찮혀요. 요리 앉거요. 여그가 따순게."

안다물 양반은 엉덩이를 들어 문 앞 쪽으로 옮겨 앉으며 자리를 권했다. 방안은 담배냄새가 절여있는데다가 벽지도 거의 헐져있어 퀴퀴한 냄새가 방안 공기를 텁텁하게 했다. 더구나 방이 후덥지근해서 냄새는 더욱 심했다.

"안다물 떡허고 조용히 헐 얘기가 있어 왔넌디요."

원순는 단 둘이 있고자 했으나 안다물 양반이 있어 말하기가 껄끄러웠다.

"당신, 사랑에 안 가요?"

안다물 양반에게 자리를 비워달라고 했다.

"왜, 내가 있으면 안되요?"

안다물 양반은 나가고 싶은 생각이 없는 표정이었다.

"아니요. 그런 것언 아니지만……."

원순은 민망한 표정을 지으며 목안으로 기어들어가는 작은 소리로 말했다.

"알았응게, 담뱃대나 맞추고 나갔께."

안다물 양반은 담뱃대 속을 닦아내던 짚 오라기를 주섬주섬 한쪽으로 훔쳐놓고 담뱃대에 통과 빨부리를 꽂아 맞추어 조끼 주머니에 넣으면서 사랑방으로 나갔다.

"먼, 일인디 그려? 급헌 일이라도 생겼는가? 어서 얘기 혀봐요."

안다물 댁이 재촉하며 말하라고 했다.

"다른 것이 아니라 우리 춘보 있잖혀? 갸럴 여워야 허겄넌디, 중신 좀 서라고요. 어쩨? 말 한번 혀볼라요? 요, 옆에 자영이 있잖혀? 갸한 테 중신 좀 서달라고요."

"그려? 고런 사정이 있었구만. 헌디 내가 말 혀본다고 허지만 그 집 에서 어찧게 생각헐란지 몰라. 고 집언 묵을 만큼 산다고 많이 개릴턴 디, 나한테 욕이나 안 헐랑게 모르겠네."

안다물 댁은 못하겠다고 털지는 않았지만 마음속으로는 흔쾌히 받아 주는 표정이 아니었다.

"물런 최씨 어른이 워낙 꾀까닥스럽기넌 허지만 젊은 처녀총각 혼사 대보넌디 욕이사 허겄어요. 말 헌다고 다 되는 것도 아니지만 색씨가 욕심나서 말 한번 혀볼라고 그렇께 서둘러주먼 내 그런종 알아주께요. 나 안다물 떡만 믿을랑게 한번 말이나 혀주어봐요."

원순은 간곡히 부탁했다.

"그려. 고런 것 한 번도 안 혀봤넌디. 그냥 말만 한번 혀보제, 머."

"그러먼, 나 안다물 떡만 믿고 갈랑게 힘 한번 써줘요."

"그려. 역몰 떡이 일부로 이 밤중에 찾아왔넌디, 그냥 말겄어? 한 번 혀보께요. 밤질 조심혀서 가요."

"고런 것은 중간에서 말얼 잘 혀야 되는 것이여. 알아서 잘 좀 혀바요."

원순은 안다물 댁이 해보겠다는 말을 듣고, 한 가닥 실마리가 풀리는 것 같아 한시름 놓였다.

겨울 날씨 변덕을 알 수 없듯이 아침엔 쾌청했던 하늘에 먹구름이 몰 려와 세찬 바람이 불며 빗 낱이 들었다. 높은 산에는 눈발이 희끗희끗 비치고 있었다. 그런 때가 가강 을씨년스럽고 마음이 심란했다.

더 추워지기 전에 한해의 마지막 겨우살이 준비인 김장을 서둘렀다. 다른 해에 비하여 김장을 더 많이 했다. 춘보 결혼식을 올리려고 마음 먹고 잔치에 쓸 김장까지 넉넉히 준비했다.

안다물 댁은 자영이네 집에 가서 춘보와의 혼담을 이야기 하면서도 쉽지 않으리라고 생각했으나 이상하리만큼 수월하게 받아드려 오히려 의아하게 느꼈다. 하기야 자영과 춘보의 관계를 알지 못하는 안다물 댁으로서는 의아하게 생각하는 것은 당연한 일이었다.

결혼은 일사천리로 진행 되었다. 결혼 절차에 따라 춘보네가 먼저 사성四星을 격식에 맞추어 보내면서 신부 옷감을 예물도 함께했다. 사성四星을 받은 자영 집에서는 택일을 하여 혼서지와 함께 보내왔다.
양가에서는 결혼준비에 들어갔다. 원순은 그동안 힘닿는 대로 춘보 결혼 준비를 해 와서 부담이 버겁지는 않았다. 납채納采를 보내는데 신부의 옷감이며 폐물과 화장품등을 간결하게 준비했다. 혼인날은 음력 동짓달 초엿새 오시午時였다.

혼례일이 급하게 잡힌 탓에 서둘러야 했다. 신랑 옷은 그동안 길쌈으로 준비해 둔 무명 베, 명주 베 등을 가지고 손수 지었다. 재봉틀이 없으니 손바느질로 해야 하기 때문에 많은 시간이 요구되었다. 물론 일가 친척들이 내일처럼 도와주지만 원순으로서 역할이 너무 많아 버겁고 어려웠다. 며느리 혜숙이 있지만 이런 큰일에 경험도 없으려니와 솜씨도 별로 없으니 맡길 수 없었다.
거의 모든 일이 원순의 몫이었다. 신부 맞을 준비, 잔치준비 등 하루가 어떻게 넘어가는지 모르고 정신없이 서둘다 보니 눈 깜작할 사이에 혼례 날이 돌아왔다. 그동안 날씨가 좋아서 한 부조扶助 해주어 준비가 끝나고 춘보 장가 길을 무난하게 보낼 수 있었다. 이렇게 큰 대사 날 날씨가 쾌청하고 포근하여 그들의 결혼을 하늘이 축복해 준다고 생각했다. 이른 아침 정갈한 음식으로 조상님들께 명절 차례 지내듯 방에서 춘보 장가 길에 오른다는 고유제告由祭를 지냈다.

춘보는 한복으로 갈아입고 장가 길에 올랐다. 집안 어른들과 친구들이 따르는 장가 길은 젊은 사람의 선망이었다. 그들의 결혼식은 형식적인 것보다 현실에 맞게 치렀다. 근년부터 대부분 신식 결혼으로 치르지만 자영의 임신 등을 감안해서 무리 없이 행하기 위하여 전통혼례로 했다. 어쩌면 마을에서 전통혼례를 치르는 것이 마지막일지 모른다.

 신랑과 상객 그리고 함진아비와 함께 신부 댁, 즉 자영 집 가까이 갔을 때 신랑 대반對盤이 나와 안내했다. 우선 신부 댁으로 직접 가지 않고 안다물 댁으로 안내했다. 혼례 시간이 오시午時 즉 11시에서 오후 1시까지임으로 식 준비 동안 그곳에서 대기하며 마음의 준비를 하고 있었다.

 식은 12시 반에 거행되었다. 제일 먼저 함진아비가 오징어 가면 대신 얼굴에 그을음을 칠하여 우스꽝스럽게 하고 함을 지고 들어가 함을 파는데 심한 장난은 하지 않고 곧바로 전하고 나왔다.

 다음은 신랑이 기러기를 안고 신부 집 초례청으로 들어갔다. 초례청에 들어갈 때는 무개교無蓋轎를 타고 들어가지만 너무 형식적인 것은 하지 않기로 하였다. 마을에서 쓰던 가마도 없어져 타려고 해도 탈수가 없었다. 편법으로 춘보 친구들의 손으로 짠 손가마를 타고 들어갔다.

 초례청에 들어간 춘보는 전안례奠雁禮, 교배례交拜禮, 합근례合卺禮등의 순서로 혼례를 마쳤다.

 삼일 간을 처가에서 머물며 동상례東廂禮를 치르는 것이 하나의 절차였으나 최씨 집안사람들이 없어 하룻밤 자고 바로 신행길에 올랐다.

 전통혼례는 신행길에 신랑은 말을 타고 신부는 가마를 타고 오는 것이 상례였으나 가마도 없지만 한마을 가까운 거리여서 번거롭지 않기 위하여 걸어서 신행을 했다.

 춘호 춘보까지 두 아들을 결혼시켰으니 원순은 할 일을 다 한 듯 마음이 홀가분했다. 한편으로는 마음이 허전하고 주변에 있던 사람들이 사라져 버린 것 같이 외로웠다. 애지중지 키워온 자식을 며느리에게 빼앗긴 심정이었다. 고독의 깊은 산골짜기에 혼자 서있는 것 같았다. 전쟁으로 집안이 풍비박산되면서 20대 청상靑孀이 되어 피난살이의 고초와 한 끼 밥이 없어 전전하던 시절을 눈물로 살아왔었다. 그때 말 못할 여러 곤경을 이겨내면서 춘호, 춘보를 별 탈 없이 키운 것을 생각하면 소설을 써도 몇 권을 쓸 것 같았다. 이제 아들의 짝을 다 지어주고 나니 원순으로서는 여한이 없으면서도 주변에 아무도 없는 고독감이 그녀를 휘감고 있었다.

8

꿈의 서곡

홍영식 사장은 신체 건강하고 성실한 순도를 욕심냈다. 그의 집안 조카딸이 있는데 그의 짝으로 생각하고 있었다. 홍 사장이 조용히 순도를 불러 의향을 물어봤다. 순도로서는 부모님을 생각해서 뿐만 아니라 자신이 결혼적령기에 들어섰으니 마다할 리가 없었다. 순도의 긍정적인 의사를 확인하고 조카딸 홍정님을 소개하여 만나게 했다. 그녀도 순도를 마다하지 않았다. 여자중학교를 졸업하고 집에서 가사를 도우며 신부수업을 하고 있는 꽃다운 처녀였다. 여자로서 신장이 보통이 넘어 날씬했다. 계란형 얼굴에 눈썹이 약간 가늘어 이지적인 눈매였다.

흠이라면 말이 너무 적은 편이라서 대화할 때는 조금 답답함이 느껴졌다. 그러나 말이 많은 것보다는 과묵한 것이 좋다. 그들은 자주 만나고 싶었으나 뜻대로 되지 않았다. 그래도 날이 갈수록 그리움은 커가고 있었다.

"아부지, 집에서 약으로만 치료할 것이 아니라 병원에 가서 입원을 해야겠어요."

순도는 생활형편도 조금 나아졌으니 아버지를 적극적으로 치료를 해야겠다는 생각이 들었다.

"아니다. 아무리 생각혀도 내 병줄기가 떨어지지 않을 것 같다. 병원에 간다고 낫는다는 보장이 없넌디, 입원허면 멋 헌다냐. 기냥 시방맹기로 가끔 병원에 가서 약을 지어다 묵으면서 지낼란다."

아버지 목소리는 거미줄 같이 가늘어 끊어질 듯, 숨이 차면서 힘들어했다.

"그려도 어찧게 쳐다만 보고 있다요. 지금은 약도 좋고 의술도 좋아서 병원에 가서 치료 받으먼 나슬 수 있어요. 그렁께 병원으로 가시자고요."

순도는 간절히 아버지를 설득했다.

"아니, 돈도 그렇지만 병원에 간다고 달라질 것 없을 것 같혀."

모산 양반은 체념하는 목소리였다.

"아부지 저 사귀는 여자가 있어 결혼헐가 허는디요. 어떻게 생각혀요?"

순도는 그동안 홍정님과 사귀어오면서도 내색을 하지 않았다.

"그러냐? 결혼 생각허고 있냐? 혀야제. 그런디 시방 우리 형편이 요렇게 어려운디 어쩌먼 좋다냐? 나가 요롷코롬 누워만 있응게, 또 형편이 어려운디, 니 결혼 얘기를 들으니 가슴이 답답허기만 허다. 나가 머라고 허겄냐? 애비가 애비노릇을 못헝께……."

모산 양반은 이야기를 하다가 울컥하여 한 쪽으로 고개를 돌리며 울먹였다.

"아부지 너무 걱정 마시고 맘 편이 묵고 병 나술 생각이나 허셔요. 지일언 지가 알아서 헐랑게요. 아부지가 나사야 처자집안에 말허기도 좋지 않었어요?"

날이 갈수록 모산 양반은 쇠약한 몸에 병세가 나아지고 있지 않았다.

풍년도정공장은 쌀 3,000가마를 도정하도록 배정받아 밤낮을 가리지 않고 도정을 해서 반출까지 마치고 모처럼 일이 없는 주말을 맞았다.

순도는 홍정님을 만나 주말을 보내게 되었다. 그들은 이른 저녁을 먹고 영화관람을 할 요량이었다. 천천히 금남로를 거쳐서 충장로로 들어섰다. 그들은 충장로 2가에 있는 가본 레스토랑으로 들어갔다. 옛날 목조건물이었다. 들어갈 때는 어스름했으나 조명이 현란하지 않고 조용한 편이어서 연인들끼리 대화하면서 식사하기엔 분위기가 좋았다.

작은 조명등 불빛이 갸름한 정님의 얼굴에 내려앉으며 그녀의 얼굴을 우유 빛으로 화장해주었다. 티 하나 없이 깨끗한 얼굴에 가벼이 먹음은 미소가 그녀를 더욱 매력적으로 보이게 했다.

"머, 묵을거요?"

순도는 메뉴판을 펼쳐 보이면서 먼저 선택을 권했다.

"오빠 묵넌 것 묵을께요."

그녀는 조용하면서 분위기에 쌓인 듯 약간 긴장하고 있는 것 같았다.

"나는 비프스테이크로 헐란디, 괜찮었어요?"

"기양 항께 혀요."

그녀는 모든 것을 순도에게 맡겼다. 순도는 비프스테이크 2인분을 주문했다. 순간 대화가 끊어지면서 적막이 흐르고 있었다. 얼굴만 쳐다보기가 민망했다.

"정님 씨, 시내 자주 나오셔요?"

순도는 겨우 침묵을 깨고 말을 걸었다.

"아니요. 별로 나올 일이 없어요. 한 달에 한 번도 나올지 말지 해요."

"지금 저의 집은 상당히 어려운 처지여요. 아부지가 간경화로 많은 고생을 하고 지셔요. 병원에 입원 허자고 혀도 마다시니 그냥 이러고 있어요. 6년이 넘었어요. 지금까지 돌아가시지 않고 살아계신 것이 기적 같아요. 오래 못 사실 것 같아요."

"고생 많으시겠네요. 집안에 그런 일이 없어야 허는디."

정님은 진심으로 순도를 위로해주었다.

그때 식사가 나왔다. 시내를 걷느라고 시장한 탓인지 비프스테이크

구수한 냄새가 코를 자극하며 식욕을 돋우어 주었다. 정님은 머뭇거리며 주저주저하고 있었다. 시장하기는 해도 남자 앞에서 마구 먹기가 어색했다. 순도는 정님이 무색해 할까 봐 정님을 쳐다보지 않고 천천히 수저로 스프를 떠먹었다. 정님도 스프를 떠 먹는데 소리 나지 않게 조심조심 수저질을 했다. 순도는 오랜만이라 그런지 맛있게 먹었다. 정님도 입맛에 맞는지 달게 먹었다.

"괜찮았어요? 오랜만에 먹으니 나는 참 맛있었는데."

순도가 자기 기분을 먼저 말해버리니 정님은 순도와 장단을 맞추지 않을 수가 없었다. 정님 또한 맛있게 먹었다. 콜라로 입을 씻고 자리에서 일어났다. 그들은 금남로에 있는 K 극장으로 갔다.

영화관에서는 별들의 고향이 상영되고 있었다. 주인공 경아의 기구한 운명을 사실적으로 그린 이장호 감독의 영화였다. 한 여인의 삶에 너무 애련한 사연으로 그들은 무엇을 잃어버리는 듯 가슴의 허전함을 느꼈다.

"너무 안타까운 영화였어요. 정님 씨는 어떻게 봤어요?"

"저도 너무 슬프게 봤어요."

정님은 아직도 영화 속에 갇혀있는 듯 우울한 낯빛이었다.

"영화가 안 좋은 것 같네요. 다른 것 볼껄"

순도는 약간 미안한 생각이 들었다.

"아니어요. 아조 감동적으로 봤어요. 오널 고마웠어요."

"뭘요. 우리 가끔 영화라도 봅시다."

정님은 미안한 표정을 지으며 아무 말도 하지 않았다.

밤 8시가 넘었다. 이른 봄 밤공기가 쌀쌀했다. 중앙로를 걸어서 대인동 쪽으로 걸었다. 그들은 팔짱을 끼고 걸었다. 그녀의 손은 따듯했다.

"손이 참 따듯하네요. 손이 따수면 인정이 많고 또 인덕이 있데요. 밤이 늦었넌디 집에 가야지요?"

"예, 늦었어요. 늦으면 아부지가 나무라는데. 어서 가야 허겄네요."

정님은 서둘렀다.

"그러면, 여그서 헤어집시다."

순도는 차도로 내려서 택시를 잡았다.

"어서 타요."

순도는 정님을 택시에 태웠다, 밤길에 젊은 여인을 혼자 보내는 것이 마음에 걸렸으나 그렇다고 함께 타고 가는 것이 불편할 것 같아 머뭇거리고 있었다.

"어서, 들어가요."

뒷좌석에 앉은 정님이 문을 잡아당겨 닫았다. 순도는 앞쪽 문을 열고 천 원을 기사에게 건네주었다. 택시기사는 50대로 듬직해 보여 조금은 마음이 놓였다. 순도는 정님을 보내고 천천히 골목길로 들어서 집으로 향했다. 순도는 마음이 허전하면서도 심란한 생각이 들었다.

결혼을 서둘러야 하지만 집안형편이 어려워 서둘 수가 없다. 아버지가 병중이라 결혼이야기를 말하는 것이 자유롭지 않았다. 그러나 어머니를 생각하면 한시가 급하다. 연로하신 어머니가 해주는 밥을 먹는다는 것이 마음에 큰 부담이 되었다. 자식으로서 제 할 일을 못하고 있으니 하루하루가 어머니에 대하여 큰 불효를 범하고 있어, 할 수만 있으면 당장이라도 결혼을 하야할 형편이었다. 이러지도 저러지도 못하는 처지가 안타깝기만 했다. 집에 들어오니 안방은 희미한 미등 아래 라디오소리가 조용히 흘러나오고 있었다. 아버지는 통상 밤늦도록 누워서 라디오를 듣고 계셨다. 순도는 발소리를 죽여 자기 방으로 들어가는 순간 아버지가 순도의 기척을 느끼고 잔기침을 하고 있었다. 순도는 그냥 들어갈 수가 없었다.

"아부지, 저 좀, 늦었어요."

아버지 방으로 들어가 아뢰었다.

"인자 오냐? 어서 들어가 자그라."

모산 양반은 라디오 보륨을 낮추면서 일어나려는데 힘이 드는 동작으로 뭉그적거렸다. 순도는 아버지를 부추겨 아랫목에 앉히고 정님과 만나서 함께 시간을 보내다 온다며 자세하게 말씀드렸다.

"잘, 혔다. 오널 결혼 야그는 안 혔냐? 그나저나 때가 되얏응게 얼른 결혼을 혀야 헐턴디, 이 노릇얼 어쩌야 쓴다냐?"

아버지는 자책하면서 탄식을 했다.

"우리 형편에 급하게 서둘기는 멋 허잖혀요?

순도의 말에도 힘이 빠져있었다.

"그려도 그렇지. 너넌 나이가 지금 딱 맞은께 서둘러야 헐턴디, 우리 형편이 안 좋은게 서둘자고 허기도 그렇고, 참 난감허구나!"

"아부지. 지 문제넌 지가 알아서 헐랑게 아부지 몸이나 생각혀요. 아부지가 일어나야 모든 것이 풀려요. 약 빼놓지 말고 지 시간에 잘 잡숴야 혀요."

"그려. 내가 얼릉 일어나먼 오직 좋겄냐만, 6년이 넘었어도 빌로 차도가 없응게 인자넌 차꼬 맴이 약해지는 것 같다. 늦었다. 어서 가 자그라."

아버지는 병 극복에 대한 자신감이 떨어지는 것 같았다.

"아부지 맘이 약해지먼 몸에 안 좋아요. 맘얼 굳게 잡수셔야 혀요. 인자 라디오도 끄고 주무셔요."

순도는 아버지를 자리에 뉘고 나왔다. 어머니는 노상에서 쪼그리고 앉아 장사한다고 피곤했는지 부자간 많은 대화를 나누어도 잠에서 깨지 않았다. 순도는 간단히 씻고 방으로 들어와 잠을 청했으나 쉬 잠이 오지 않았다. 앞으로 일을 생각하면 막막하기만 했다. 먼저 아버지가 문제였다. 고생을 하더라도 병이 낫기만 한다면 좋으련만 간경화증이란 완치되기는 어려운 병이다.

더 악화되지 않는 것만으로도 다행이다. 기약 없는 투병의 연속일 뿐이다. 아버지가 누워만 있으니 병원비, 약값은 차치하고라도 집안 분위기가 푹 가라앉아있어 살맛이 나지 않았다. 또한 정님과 만나는 것도 아직 결혼을 말할 만큼 무르익은 것도 아니다. 순도의 형편을 그 부모들이 알면 결혼을 쉽게 허락하지 않을 개연성이 농후할 것 같았다.

이리저리 뒤척거리면서 잠을 청했으나 영영 잠이 오지 않을 것만 같더니만 언제인지 모르게 잠이 들었다. 어머니가 깨워서야 눈을 떠보니 해가 솟아올라 출근이 늦어가고 있었다. 잠을 설쳐 몸이 피곤했지만 서둘러 출근해서 도정공장 일은 조금도 소홀하게 하지 않았다. 도정이 다 끝나 반출시키고 반입지 반응도 아무 탈이 없으니 안심되었다.

도정공장 일이란 것이 도정을 할 때는 밤낮없이 바쁘지만 도정이 끝나면 할 일이 별로 없다. 다음 도정을 대비해서 기계를 점검하는 것이 그의 일이다. 현미기, 석발 장치, 백미기, 색채감별기 등의 고장 여부 등을 확인하는 것이다.

또 일주일 지나 금요일이 되었다. 지난주 정님과 약속하기를 금요일 오후에는 특별한 사정이 없으면 만나기로 약속을 했었다. 그런데 어쩐 일인지 정님이 나오지 않았다. 약속 다방에서 눈이 빠지게 기다렸으나 끝내 나타나지 않아 순도는 무척 궁금했다. 몸이 아픈가? 아니면 부모님이 못 나가게 하는 것인가? 별의별 생각을 다 하면서 애타게 기다리다 끝내 정님이 나오지 않아 허전한 마음으로 다방 문을 나섰다.

그 뒤로 한동안 서로 연락이 끊겼다. 순도가 너무 답답해서 정님에게 인편으로 전갈의 쪽지를 보냈는데도 연락이 없었다. 전화가 없으니 편지 아니고는 연락할 방법이 없었다. 순도는 너무 궁금해서 견딜 수가 없었다. 월요일에 출근해서 곧바로 사장님께 정님 집에 무슨 일이 있는지 물어봤다.

사장님 대답은 아무 일 없다고 했다. 사장님 말을 듣고는 더더욱 궁금해서 견딜 수 없었다. 아무 일 없는데 어떤 연락도 없이 나오지 않았으니 그냥 넘어갈 수 없었다. 일이 제대로 손에 잡히지 않았다.

퇴근 시간이 되기 무섭게 뛰쳐나와 정님의 집으로 달려갔다. 전에 만났을 때 정님을 바래다주면서 집은 알고 있었다. 대문은 굳게 닫혀있었다. 초인종이 어디 있는지 알 수 없었다. 순도는 대문 앞에서 서성거리다가 대문을 두드리기 시작했다. 무례할 정도로 흔들어 대는데도 안에서는 인기척이 없었다. 진짜 말 못할 무슨 일이 있는 것은 아닌가? 궁금증은 불꽃처럼 타올라 의심의 망상은 온갖 생각을 불러일으켰다. 그대로 돌아갈 수 없었다. 좌우지간 어떤 연유인지 내용을 알아야 하겠기에 문을 발길로 차댔다. 너무 소란스럽게 대문을 두드리니 안에서 인기척이 들려왔다.

"누가 요렇게 대문을 함부로 찬디아?"

정님 어머니가 약간 골낸 어감으로 불평하면서 대문 앞으로 나오고 있었다.

"안녕하셔요? 저 순도라고 헙니다."

순도는 공손하게 인사를 올렸다.

"순도가 누군디, 요렇게 시끄럽게 헌다요. 어디서 왔소?"

"저, 저…… 정님 씨를 좀 만나보려고 왔넌디요. 집에 있는기요?"

순도는 더듬거리며 사실대로 말했다. 정님 어머니는 이미 도정공장 사장이 소개한 사람임을 짐작했으면서도 모른 척 궁을 따고 있었다.

"왜 우리 딸을 만날라고 허는디. 그리고 시방 집에 없어요. 그냥 가시요."

정님 어머니는 대문을 열지도 아니하고 냉정하게 문전 박대를 했다.

"아니, 우리 사장님이 소개해주어서 그동안 몇 번 만났는디 그러셔요. 한 번 만나 말이나 듣고 싶어서 왔어요. 오널 만나기로 혔넌디……."

순도는 애원을 했다.

"아니요. 오널 집에 없당께 그러네. 머언데 갔어요. 그리고 다시는 오지 말아요."

정님 어머니는 들어가 버렸다. 순도는 너무도 허망했다.

홍사장님이 말했을 텐데 전혀 모른 체 해버리니 난감했다. 그러나 별 도리가 없었다. 그렇다고 담을 뛰어넘어갈 수는 없지 않는가, 순도는 한 참을 서성이다가 물러나왔다. 가슴이 터질 것 같았다. 연유라도 속 시원히 알아야 하겠는데 방법이 없었다. 일주일을 정님 생각에 사로잡혀 헤어날 수가 없었다.

실낱같은 희망으로 다시 금요일을 기다렸다. 행여나 정님이 약속했던 다방으로 나오지 않을까 하는 예감이 들었다. 그래서 스스로를 위로하면서 금요일을 기다렸다. 너무도 지루했다. 일손도 제대로 잡히지 않았다. 그렇게 하루하루가 지루했는데 마침내 금요일이 돌아왔다. 모든 것이 풀릴 것 같은 금요일이 돌아온 것이다. 퇴근하기가 무섭게 약속했던 다방으로 달려갔다. 차 한 잔을 시켜놓고 초조하게 정님을 기다렸다.

오후 다섯 시 반부터 꼼짝 않고 기다렸으나 정님은 끝내 나오지 않았다. 정님 집으로 찾아갈까 생각했으나 지난번 문전박대 받던 일이 생각나면서 용기가 꺾여버렸다. 찾아간들 만나지도 못하면서 어머니에게 안 좋은 인상만 심어줄까 염려되어 작파하기로 했다. 실망이 대단히 컸다. 그렇다고 연락할 방법도 없으니 속을 태울 뿐이었다.

월요일 출근해서는 곧바로 사장님을 찾아가 사정을 이야기하며 하소연을 했다.

"사장님 정님 씨 사정을 아신가요?"

"아니. 아무 일 없넌디. 왜 머시 잘 안 된가?"

사장은 순도의 심정을 알 리 없으니 물 건너 불구경하듯 남의 일로 대답했다.

"한 번 만나보고 싶은디 방법이 없어요. 사장님께서 좀 서둘러 주셨으먼 헙니다. 그리고 몇 번 만나면서 잘 될 것 같았넌디. 왜 갑자기 나오지 않는가 모르겠어요."

"정확헌 것은 아닌디, 그 엄니가 다른 생각을 허는개벼. 내가 다시 설득혀바야겄구만. 좀 기다려봐. 그런 일은 그렇게 쉽게 되는 것이 아니어."

홍 사장은 진지하게 타이르며 말했다.

"가부간 정님 씨를 한 번 만나 바야 허겄어요. 그런디 연락방법이 없어 답답허구만이라우. 사장님이 어떻게 주선혀주셨으면 헙니다."

"일단 기다려 바. 내가 그 엄니한테 잘 말 허고 한 번 만나볼 수 있게 헐랑게 너무 걱정 허지 마."

"예, 사장님만 믿을께요. 잘 좀 혀주셔요.

순도는 사장님에게 간절히 부탁했다. 사장님이 긍정적으로 말했으니 우선은 기다리는 수밖에 없었다.

초조한 마음을 억지로 진정시켜가며 하루 일을 끝내고 집에 돌아왔을 때 해가 넘어가고 어둑발이 골목을 스멀스멀 채워가고 있었다. 집에 들어서니 어두워졌는데도 불도 켜있지 않아 냉기가 감돌며 금방 도깨비라도 나올 것 같았다. 순도의 발걸음 소리를 듣고 모산 양반이 신음소리를 냈다. 순도는 얼른 방으로 들어가 불을 켰다. 아버지는 아랫목에 웅크리고 옆으로 누워서 끙끙 앓고 있었다.

"아부지, 저 왔어요. 많이 편찮으신가요?"

순도는 아버지를 보듬아 앉히려고 했다.

"왔냐? 아니다. 가슴이 깝깝혀서 그런다. 너그 엄니는 아직 안 왔쟈? 따순물 좀 묵고잔디, 디워다 줄래?"

모산 양반은 숨을 가쁘게 몰아쉬면서 그대로 누워 있으려고 했다. 몸이 여월 대로 여위어 뼈만 앙상하니 몸무게가 허깨비였다. 오래 살수 없을 것 같았다. 순도는 아버지를 편히 눕히고 부엌으로 나가 물을 데워 한 그릇 떠다 드렸다. 어머니는 그때까지 돌아오지 않았다.

"아부지. 저 엄니가 안 옹게 마중 나가보께요. 물마시고 편히 누워 기셔요."

순도는 어머니 마중을 나갔다. 대인시장까지는 20여분 거린다. 빠른 걸음으로 어머니가 노점상하고 있는 곳까지 가보니 아직도 그대로 앉아 있었다.

"엄니. 여태까지 그러고 지셔요? 어서 가시게요. 아부지가 끙끙 앓고 지셔서 따순물 한 그릇 떠드리고 왔어요."

"왔냐? 멋헐라 왔어. 오널 사람이 빌로 없어 아침에 띤 물건을 못다 팔아 행여나 허고 있는 판이다. 인자 사람도 없은께 그냥 가야겄다."

"어서 싸요."

순도는 어머니가 팔다 남은 채소를 주섬주섬 보자기에 쌌다.

"알았다. 나도 인자 갈라고 혔다. 너 왔은게 함께 가자."

어머니는 하루 종일 쪼그리고 앉아 있어서 오금이 오그라들고 허리가 굳어 그런지 허리를 여러 번 폈다 구부렸다 하면서 일어섰다. 순도는 어머니 채소보따리를 어깨에 들춰 메고 집으로 향했다.

큰길에는 가로등과 네온사인이 번쩍번쩍 휘황찬란했다. 음식점 앞을 지날 때는 맛있는 음식 냄새가 그들의 시장기를 더욱 부채질했다. 중국 음식점 앞을 지나면서 안으로 들어가 짜장면이라도 한 그릇 먹고 싶은 생각이 꿀떡 같았으나 그냥 지나치고 말았다.

음식 값이 없어서가 아니라 아버지 혼자 집에서 고통을 참느라고 앓고 있는데 한가하게 밖에서 저녁을 먹고 갈 수 없었다. 순도는 잠을 이룰 수 없었다. 부모님을 생각하면 결혼이 시급했다. 곧 이루어질 것으로 생각했는데 정님이 만나주지 않으니 속이 탔다. 저러다 아버지가 돌아가시기라도 한다면 절망에 빠져들 것 같았다. 손주를 안겨드리는 것까지는 아니더라도 며느리 손에 밥 한 그릇이라도 지어드리는 것이 도리 아닌가? 초조하여 가슴이 조여들었으나 혼자 속 앓이로 잠을 설칠 뿐이었다.

9

사랑과 증오

사장에게 정님에 대해 부탁하고 행여나, 행여나, 하면서 기다렸으나 일주일, 이주일이 지나도록 감감무소식이었다. 더는 참을 수 없어 사장님을 다시 찾아갔다.

"사장님! 여태 암말도 안 혔어요? 어찌 아무 소식이 없어요."

"그렸어? 나는 지금 잘 되어가고 있넌 종 알았넌디 그렸구만. 진작 말 허제 그렸어?"

사장은 오히려 지금까지 참고 있는 순도를 나무랐다.

"저는 오늘만 니얼만 험선 기다렸지요. 한 번 더 말씀 혀주시먼 안 되까요?"

"알았네."

사장님이 수월하게 응해주시니 우선은 초조한 마음이 풀리는 것 같았다.

그 뒤로 출근하고 나면 행여나 사장님이 그 일로 부르지 않나 하고 속을 태우며 기다렸으나 아무 연락이 없다. 다시 가서 부탁하기에는 발걸음이 너무 무거웠다.

사흘 뒤 사장이 사택에서 만나자는 전갈이 왔다. 순도는 두근거리는 가슴을 쓸어내리며 사택으로 사장을 만나러 갔다.

"그리 앉거. 내 어제 정님이 아부지를 만났넌디 좋은 소리는 안 허드 만. 자네 둘이는 어쨌는가? 그 애 아부지는 그렇다 쳐도 엄니가 아조 싫다고 그런디아. 그려서 둘이 마음 있으면 허락허라고 말혔은게 자네 가 노력혀야 허겄데. 다른 일이 아니라 혼사문제는 다른 사람이 억지로 우겨 붙일 일도 아니지 않는가? 아부지 말언 둘이 좋아허면 별수 있냐 고 허는 것 보면 아조 반대 허는 것은 아닌 것 같여. 그렇게 자네가 힘 써바."

사장님은 정님 씨 집에 가서 들은 이야기를 소상하게 말해주었다.

"그러셨어요. 사장님이 애 많이 쓰셨습니다. 그런디 부모님이 고렇게 반대 허먼 어렵지 않겄어요. 마음이 어찌 무겁고 심난허네요."

순도는 절망감이 느껴졌다. 그러면서 몸에서 기운이 쭉 빠져나가는 것 같았다. 고개를 푹 떨어뜨리고 긴 한숨만 연거푸 쉬었다.

"너무 실망 말게나. 그런 일이 그냥 수월허게 되는 것 아니어. 자네 맘이 있으면 적극적으로 서둘러 바. 나도 가능허면 뒤에서 도와주께."

사장님은 용기를 붓 돋아주었다.

"마음 써주셔서 고맙습니다. 저넌, 사장님만 믿겄습니다."

순도는 절을 하고 일어서 사택을 나왔다. 일이 잘 풀릴 것 같지 않았다. 그리고 어떻게 해야 할 것인가 아무리 머리를 굴려도 묘안이 떠오르지 않았다. 지난번 찾아가 문전박대 받은 것이 머리를 꽉 채우고 있어 용 기가 삶은 풋나물 같이 시들어 버렸다. 아무리 용기가 시들어도 남자로 서 아무 실리나 명분 없이 그대로 물러나기엔 너무도 억울했다. 그는 다시 사장님을 찾았다.

"사장님. 아무리 생각해봐도 막무가내 떼를 쓸 일은 아닌 것 같아요. 그래서 사장님을 찾아왔넌디요, 모래쯤에나 지가 직접 찾아뵙는다고 미리 연락을 해주시면 안 될까요? 저 혼자 느닷없이 찾아가먼 예의도 아닐 것 같아요. 미리 알려서 가부간 한번 만나주라고 해주셨으면 고맙겠습니다."

순도는 사장님에게 간절히 부탁했다.

"그래? 그러면 내가 한 번 더 말혀 봄세."

사장님은 순순히 협조해준다고 언약을 해주었다. 순도로서는 구세주를 만난 것처럼 희망의 싹이 아련히 터오는 것 같았다. 감사한 마음을 다 표할 수 없었다. 키도 크고 몸집도 두둑하신 사장님은 사업가 냄새가 풍기는 넉넉한 성품으로 남의 어려운 사정을 곧잘 들어주는 사람이었다. 더구나 순도가 공장일을 아주 성실하게 해주어서 그렇기는 하지만 유독 순도를 아껴준 사장이었다.

홍 사장은 사촌동생인 정님 아버지 집으로 찾아갔다. 대문에서 초인종을 누르니 정님 어머니가 나와 맞아주었다.

"시숙님 오셨어요. 어서 안으로 들어가시지요."

"동생 있넌가요? 동생 좀 만나려고 왔넌디."

"안에 있어요."

정님 어머니는 홍 사장을 앞장서 안으로 모셔드렸다.

"형님. 어쩐 일이신가요? 연락도 없이 오셔요? 어서 그리 앉그셔요."

정님 아버지는 방석을 내밀면서 아랫목으로 홍 사장을 모셨다.

"별일 없는가? 궁금해서 왔네."

"아무 일 없어요. 공장은 잘 돌아가지요? 올해는 원료가 많아서 괜찮겠어요."

"생전 올해 같으면 좋겠넌디 농사야 하늘이 점지해주는 것이라 재작년 같으면 공장도 그렇고 농가도 어디 살겠던가? 머니 머니 해도 풍년이 들어야 혀. 아니 참, 정님이는 어디 갔넌가?"

"아까 시내 좀 나간다고 허는 것 같등만이라우. 왜요?"

"아니. 지난번에 말 헌 우리 공장에 일 허고 있넌 젊은이 말이여. 사람하나는 참 성실허고 일도 잘 허네. 그려서 내가 말 혔던 것인디, 요새 아무 말이 없길래 어쩐가 허고 와봤어. 동생이 한 번 만나보면 어쩌까? 집안이 그렇게 좋던 안헌디 사람언 참 아까워. 요새넌 지들 맘 맞으먼 되야. 살림은 없어도 몸 건경허고 성실허먼 허는 것이여."

"시숙님이 말씀 허셔서 지도 첨에넌 좋게 생각 헸넌디 너무 어렵고 부모가 차꼬 아푸다는디 그런디로 가서 어찔게 산다요. 지가 못허게 헀어요. 어디 못허먼 그런대로 혼사를 헌다요."

정님 어머니는 완강히 거절했다.

"그려요. 나도 그것이 맘에 걸리기는 허지만 사람이 하도 성실허고 맘씨도 좋아서 그려요. 한번 만나보기나 혀보셔요. 그리고 젊은 사람은 모른 것이여. 소년 박대 허지 마라는 말이 있잖혀? 아부지가 아프지만. 부모야 살면 얼매나 살었넌가? 지덜 맘 맞으면 되는거여. 내 생각은 몸 건강허고 부지런헝께 잘 살 것 같혀. 한번 생각혀봐."

홍 사장은 의도적으로 순도를 좋게 말하면서 간곡히 권했다.

"형님 눈에 그렇게 좋게 보였당게 우리 한 번 만나나 봅시다. 보도 않고 반대만 허는 것도 형님한태 헐 도리가 아닌 것 같혀. 여보, 우리 언제 날 받아봐요."

정님 아버지는 홍 사장 체면을 봐서라도 안 된다고 뚝 잘라 말할 수 없었다.

"지 생각은 아닌 것 같언디, 시숙님이 말씀허신게 한 번 만나나 봅시다."

정님 어머니도 마지못해서 만나본다고 했다.

"그려요? 그러면 내가 한번 더 주선 헐랑께 잘 좀 혀봐. 나 인자 갈라네."

홍 사장은 일어서려고 했다.

"아이 참 나 좀 바. 차 끓인다고 혀 놓고 요렇게 앉아있네. 차 한 잔 허셔야지요."

정님 어머니는 주방으로 들어가 커피를 내왔다.

"다음 토요일언 어쩐가? 그 사람 보고 준비 허라고 헐랑게."

홍 사장은 차를 마시면서 날짜까지 허급을 받았다.

"고렇게 허시지요. 그 날언 어디 안 나가고 집에 있을랑게요"

"알았네."

홍 사장은 찻잔을 놓으면서 곧바로 나왔다. 정님 아버지 어머니는 대문까지 나와 전송을 했다. 이튿 날 홍 사장은 정님 네 집에 다녀온 사실을 순도에게 알려주었다.

"내가 어제 거그럴 다녀 왔넌디, 부모덜이 좋게 생각허지 않은 것 같데. 내가 일단 한번 만나보라고 부탁허니까 만나보겠다고 혔응게 찾아가 봐. 이제 모든 것언 제네 허기 미었응게 마음준비 잘 허고 찾아가게나. 다음 토요일에 간다고 혔어. 알았제?"

홍 사장은 정님 집에 다녀온 내용을 말해주면서 잘 해보라는 격려와 부탁을 했다.

"사장님. 맘 써주셔서 고맙십니다. 토요일에 찾아가 보겠십니다."

순도는 사장님이 무척 고마웠다. 그리고 밤길에서 빛 한 줄기를 만난 것처럼 희망이 보이는 것 같았다. 사장님을 만나고 나와서부터는 무거운 짐을 부리기라도 한 것처럼 몸이 가벼웠다. 일을 하는데도 신바람이 나서 콧노래가 절로 나왔다.

마침내 설레며 기다리던 토요일이 돌아왔다. 오전 일을 가볍게 끝내고 먼저 목욕을 하고 이발을 깔끔이 했다. 도정공장일이란 것이 먼지속에서 하는 까닭에 매일 샤워정도는 해야 하지만 그날은 특별한 날이 아닌가, 몸은 물론 마음까지 깨끗이 씻는다는 생각에 목욕과 이발을 하고 나니 기분이 상쾌해졌다. 집에 가서 정장으로 차려 입고 정님 집으로 향했다. 가면서 상점에 들어가 과일을 사려고 했는데 봄이라서 싱싱한 과일이 없었다. 상점주인이 금방 들어왔다면서 딸기를 내놓았다.

비닐하우스에서 재배했다고 엄청 비쌌다. 보통사람들은 마음도 먹을 수 없겠다 싶었다. 순도는 그 비싼 딸기를 살까말까 망설이다 기왕이면 비싸더라도 귀한 것을 가져가야겠다고 마음먹었다.

그래서 딸기를 사 들고 정님 집으로 향했다. 봄날 오후 햇살이 밝고 따뜻해서 교외라도 나가고 싶은 충동이 일어났다. 순도는 가벼운 걸음으로 정님이네 집 대문 앞에 도달했다. 상기된 마음은 금세 긴장으로 바뀌었다. 가슴이 두근거렸다. 대문 초인종을 누르기 전에 긴 호흡으로 두근거리는 가슴을 진정시켰다. 그러다 갑자기 용기가 푹 꺼져버린 것 같았다. 다리가 약간 후들거렸다. 이러면 안 되지. 이러면 안되. 용기를 내야 혀. 그렇게 다짐을 하면서 헛기침을 두어 번 하면서 숨을 길게 들어 마셨다. 조금 진정이 되었다. 초인종을 힘껏 눌렀다.

멀리 딩동. 딩동 하는 소리가 들렸다. 조금 있다가 수화기 드는 소리가 달그락하고 들렸다.

"누구셔요?"

정님 어머니 목소리였다.

"죄송합니다. 저기 풍년 도정공장에 근무허는 장순도라고 헙니다."

이미 말을 하고 나니 긴장이 풀리면서 두근거리던 가슴도 진정 되었다. 순도의 말을 듣고 이내 대문을 열어주었다. 대문을 들어서고 있을 때 방문이 열리면서 정님 어머니가 마루에서 내려서고 있었다. 순도는 빠른 걸음으로 다가가 허리를 깊게 숙여 인사를 올렸다.

"안녕하십니까? 장순도라고 헙니다. 요렇게 맞아주시니 고맙십니다."

순도는 인사를 마치고 딸기상자를 건네 주었다.

"머, 이런 걸 다 사오셔."

정님 어머니는 딸기상자를 받아들었다.

순도는 방으로 안내를 받아 들어갔다. 방 아랫목에는 정님 아버님이 옷을 깨끗이 차려입고 앉아계셨다.

"절 받으십시요. 어머님도 함께 앉그시지오."

순도는 두 손을 공손히 포개 잡고 절할 준비를 했다.

"절은 무슨……그냥 앉거요."

정님 아버지는 자세를 고쳐 앉으며 절 받을 준비를 했다.

정님 어머니는 앉지 아니하고 옆에 서있었다.

"인사드립니다."

순도는 큰절로 공손하게 절을 올리고 다시 일어나 반절로 허리를 굽혔다 펴면서 무릎을 꿇고 조용히 앉았다. 정님 아버지는 앉은 채 방바닥에 손을 짚고 고개를 조금 구부려 답례를 하면서 절을 받았다. 절이 끝나고 잠시 침묵이 흘렀다. 정님 어머니는 부엌으로 나가 차를 준비했다.

"처음 보지만 말을 놓을라네. 이해 허게나. 도정공장 사장님한테서 말언 들었네. 아버님 몸이 많이 안 좋시다고? 고상허네."

정님 아버지는 품위 있는 자세로 나지막이 말했다.

"예. 고상하고 지셔요."

순도는 달리 할 말이 없어 묻는 말에만 간단하게 대답했다.

"그러면, 생활언 어떻게 혀? 자네가 다 책임 져야 허겄구만?"

"식구가 많지 안 헌게 그렇게 어렵던 안 혀요. 어머니도 시장에서 장사 허셔요."

순도는 조금도 숨기거나 꾸며서 말하지 않고 사실대로 말해 주었다. 그때 정님 어머니가 차를 쟁반에 받쳐 들고 나왔다.

"찬 한 잔, 허셔요. 당신도 드시고요."

정님 어머니는 순도에게 찻잔을 놓으면서 권했다. 그러면서 말을 꺼냈다.

"사실 말이제, 우리 정님이 아직 여울 생각이 없넌디, 시숙님이 하도 말씀얼 혔쌓서 한 번 본다고 혔어요. 집안형편이 어려운 편이라 그러는 겨. 그렁께 없던 일로 혔으면 허네요."

정님 어머니는 솔직하게 결혼 안 한다고 선언을 해버린 것이다. 말은 정님이 아직 나이도 있고 집안형편을 거론했지만 실은 순도 집안형편 때문에 혼사를 하지 않으려는 생각이었다. 순도는 무슨 말을 하여야 할지 얼른 생각이 나지 않았다. 한참의 침묵이 이어졌다.

"나도 같은 생각이네. 우리 형님이 말씀혀서 만나보기는 허네만, 우리 형편이 좀 그려. 사실 면전에서 말허기 멋 허지만 없던 일로 혔으면 좋겠어. 이해 허게나."

정님 아버지는 엄숙한 표정으로 이해를 구했다. 순도는 말문이 꽉 막혀버렸다. 그 자리가 아주 불편하고 민망했다. 그렇다고 아무 말도 못하고 그대로 나와 버릴 수는 없었다. 고개를 수그리고 많은 생각을 하다가 입을 열었다.

"어머님 아버님 말씀은 알겠습니다. 그러나 한 말씀 드리자면 결혼얼 지금 바로 허자는 것이 아닙니다. 그리고 누가 머라고 혀도 서로 마음이 맞아야 허는 것 아니겠어요? 그렇께 시간을 두고 생각혔으면 허네요. 지금 저의 집이 어렵기는 허지만 저 잘 살 자신 있습니다. 한번 믿어 주시먼 보란 듯이 잘 살게요. 저 부족허지만 열심히 혀서 잘 살겄십니다. 그려서 따님을 한번 만나 뵈았으먼 허는데요. 당돌허다고 너무 나무라지 마셔요."

순도는 자신만만한 표정으로 부모님을 설득했다.

"고것은 어렵게 잊어부려. 다 큰 여자가 어디서 남자를 만난디아."

정님 어머니는 만나는 것도 허락하지 않았다. 그러나 아버지는 안 되겠다는 말은 하면서도 굳이 반대하는 기색은 아니었다. 표정으로는 한번 만나보라는 눈빛이 읽혔다.

"예. 알았십니다. 실례 많았십니다. 그러면 가보겄십니다."

순도는 인사를 올리고 일어서 나왔다. 부모님들은 마루에서 전송을 하고 방으로 들어갔다.

순도는 너무 허탈했다. 알 수 없는 그 무엇을 몽땅 빼앗겨버린 심정이었다. 대문을 나와 골목길을 힘없이 걸어가고 있었다. 해는 완전히 넘어가고 먼 골목에서부터 땅거미가 밤안개처럼 기어나오고 있었다.

골목 안길 가로등이 하나 둘 씩 눈을 떠 밝은 불빛을 뿌려 어둠을 녹이고 있었다. 순도의 발걸음은 힘이 쭉 빠져있었다.

모든 생각이 뚝 끊겨버린 듯 자신의 존재감도 느끼지 못했다. 터덕터덕 걷고 있는데 뒤에서 빠른 발소리가 순도의 멍한 귀속으로 빨려 들려왔다. 그대로 신경을 쓰지 않고 걷고 있는데 발소리는 더 빨리 가까워지고 있었다. 살짝 고개를 돌려 뒤를 보니 한 여인이 오고 있었다.

　번뜩 정님이란 생각이 들었다. 발걸음을 멈추고 서 있는데 나지막하게 순도를 부르는 소리였다. 몸을 휙 돌아보니 틀림없는 정님이었다. 눈이 번쩍 뜨이고 가슴에서 쿵하고 요동치는 소리가 들렸다.

　"정님 씨!"

　순도는 외마디 소리를 지르며 정님이 오는 쪽으로 돌아서 쫓아갔다. 정님도 빠른 걸음으로 다가오고 있었다.

　"어떻게 나왔어요?"

　순도는 엉겁결에 야단치듯 소리를 내어 물었다.

　"저 옆방에서 얘기 다 들었어요. 우리 엄니가 아조 반대 허는디 미안혀요. 오빠가 그냥 나가는 디, 집에 있을 수가 있어야지요. 아부지는 그래도 좀 이해허는 것 같아요. 그렁께 우선은 엄니 맘 돌릴 때까지 어려움이 있어도 참아야 혀요. 지 말 알 것이지요? 지가 시간이 있으면 공장으로 연락할께요. 그때 만나게요."

　"그려요? 고마워. 잊지 않을께요."

　순도는 정님에게 무슨 말을 더 해야 할지 생각이 나지 않았다.

　"저, 들어갈께요. 잘 가시고 우리 다음에 만나요."

　정님은 아쉬운 듯 무슨 말을 하려다 말고 돌아가고 있었다.

　"알았어요! 인지 그때 꼭 만나게요."

　순도 또한 무슨 말을 해야 할 것 같은데 생각이 막혀버려 짧게 인사를 하고 집으로 돌아왔다. 정님하고 만나서 다음을 약속한 것이 마음을 들뜨게 했으나 정님 부모님의 반대를 어떻게 설득할 것인가 하는 생각이 밤을 괴롭혔다.

잠을 설쳤지만 아침 출근길 발걸음은 가벼웠다. 정님에게서 소식이 오겠지 하는 기대감이 마음에 훈풍을 불어넣었다. 하루 이틀은 그대로 지나갔다. 행여나 했지만 그냥 아무 소식 없이 지나가 아쉬웠으면서도, 내일은 무슨 소식이 있겠지 하는 기대가 그에게 희망의 횃불을 살려주었다. 그러나 날이 갈수록 그의 기대가 초조감으로 빠져 들어갔다. 한 주일이 그렇게 넘어갔다. 일주일이 넘어가면서 초조감은 불안감으로 변하고 손에 일손도 잡히지 않았다. 편지가 오려나? 아니면 인편? 그런 정님 생각으로 뇌리가 꽉 찬 듯 다른 생각이 들어갈 틈이 없었다. 보름이 지났다. 단념할까? 그래도 그대로 끝날 수는 없었다. 그러면서도 자꾸 부정적인 생각이 커져만 가고 있었다. 부모님이 정말로 반대하면서 정님을 꼼짝달싹 못하게 하는 것일까?

정님과 헤어진 뒤 이십여 일이 지난 뒤 사장님이 출근하자마자 불러 사장실로 갔다.
"부르셨어요?"
순도는 사장님이 부른 의도를 가늠할 수 없어 궁금한 마음을 보듬고 조심스럽게 사장님을 만났다.
"어이, 어서 오게. 자네 요새 기운이 없어 보이는데 무슨 일 있는가? 혹시 아버지 병세가 더 안 좋아지기라도 하는가?"
사장님은 안쓰러워하는 표정으로 물었다.
"아닙니다. 그저 그래요."
순도는 별 할 말이 없어 짧게 대답했다.
"아니면 내가 몬자 야그 혔던 것이 잘 안 되는 거여? 시방 어쩌고 있넌가?"
사장님은 정님과의 관계를 묻는 것이었다.
"아니요. 요새 그러고 있어요. 만나지도 않고요."
"잘 안 되는구만? 어찌 그려. 나넌 아무 소식이 없기에 잘 되는 줄 알

앉제."

사장님은 측은한 눈빛으로 순도를 쳐다보면서 말했다.

"얼마 전에 집으로 한번 찾아갔었어요. 그때 어머니께서 안 좋아허시는 것 같혔어요. 그래서 그대로 나오는데 정님이 몰래 따라 나와 한번 만나서 얘기허자고 혔넌디, 아무 소식이 없네요. 사장님께서 다시 한번 얘기 좀 혀 주셨으면 좋겠넌디 안 되겠지요"

순도는 그동안 있었던 일을 사실대로 말씀드리고 간곡한 심정으로 부탁했다.

"그런 일이 있었구만. 나넌 별말이 없어서 잘 되는갑다고 생각험선 타무타 허고 있었제. 그러면 내가 다시 한 번 알아봐야 허겠구만. 공장에 일이 잘 되도록 신경 쓰고 특히 기계가 무서운 것인게 아조 조심혀야 되야. 자네만 믿고 있넌게 다른 인부들도 잘 관리허게나. 그 일언 내가 알아볼랑께 나가보게."

사장님은 친절하게 순도의 초조한 마음을 어루만져 주면서 도정공장 일도 안전에 특히 신경을 쓰라고 부탁했다. 순도는 그동안 불안했던 마음이 조금은 누그러져 미소를 머금고 가벼운 기분으로 사장실을 나왔다. 무엇인가 될 것 같은 희망이 보이면서 일에도 의욕이 살아나 전념할 수 있었다.

그러나 아무 소식 없이 또 한 주일이 넘어갔다. 물론 사장님이 바쁜 탓에 언제 정님 집엘 갈 새가 없었다. 밤에라도 갔으려니 하고 생각했던 것은 순도의 바람이었다. 다시 초조감이 되살아나기 시작했다. 생각 같아서는 정님 집으로 찾아가고 싶었지만 시간이 없을 뿐만 아니라, 어머니가 막말이라도 해버릴 것 같아 차마 찾아가기가 두려웠다.

도정지령을 받으면 작업이 완료될 때까지는 하루도 쉴 수 없었다. 따라서 일요일이라고 여유시간이 있는 것이 아니었다. 하지만 사장님은 일요일에는 특별한 일이 없는 한 출근하지 않아 마음이 편하고 자유로웠다. 월요일 아침에 출근하니 순도를 불렀다. 마음은 더욱 불안했다. 혹시 안 된다는 말이나 듣고 온 것은 아닌지, 그런 생각에 곧바로 사장실로 달려가기가 두려웠다. 여러 생각에 잠겨 공장 일을 하면서도 건성이었다. 그러자 다시 사장님의 부름이 있어 사장실로 갔다.

"멋이 그리 바쁜가? 오라면 얼른 오지 않고."

"죄송헙니다. 아침이라 기계를 점검허느라고요."

순도는 다른 핑계를 댔다.

"저번에 야그 헌 것 내가 시간이 없어서 늦었네. 어저께 갔넌디 우리 제수가 상당히 부정적으로 말 허둥만. 내가 말언 혔지만 쉬울 것 같지 않혀. 그러고 나오다 정님을 만났넌디 편지를 주어서 가지고 왔네. 둘이 잘 한번 혀봐."

사장님은 편지봉투를 건너 주면서 어렵지만 잘 해보라는 말이 얼마나 고마운지 가슴이 뭉클했다.

"예, 잘 알겄십니다."

순도는 인사를 드리고 사장실을 나왔다. 편지를 받아든 손이 떨렸다. 곧바로 뜯어보고 싶었으나 두근거리는 가슴이 진정되지 않아 안주머니로 손이 들어갈까 말까 망설이고 있었다. 가슴에 정님을 꼭 껴안은 기분이었다. 그래서 그대로 간직하고 싶은 심정에 편지를 꺼내 보지 못하고 있었다. 그러다 갑자기 불길한 생각이 뇌리를 스쳐왔다.

'혹시 좋지 않은 내용은 아닐까? 그냥 끝내자는 내용이면 어떻게 하지?' 하는 생각에 현기증이 일었다. 그래서 더욱 편지를 보고 싶지 않았다. 공장 안에서 도정 기계를 운전하고 조정하면서도 마음은 한시도 편지봉투에서 떠나지 않았다. 점심을 먹고 쉬는 시간 미곡 창고 옆 한적한 곳으로 가서 햇빛을 등지고 앉아 안주머니에 있는 편지봉투를 꺼내 들었다. 가슴이 뛰기 시작했다. 반가운 소식이 들어있어야 할 텐데, 만일 다른 말이 있으면 어떻게 하나 하는 생각에 다시 주춤거리고 있었다.

한참 동안 가슴에 손을 얹고 서 있다가 마냥 머뭇거리고만 있을 수 없어 편지를 꺼내 조심스럽게 열었다. 분홍색 편지지에 정성 들여 쓴 글씨가 우선 반갑게 시선을 잡아당겼다. 글씨만 봐도 눈앞에 정님이 서 있는 듯이 어른거리는 것 같았다.

- 오빠 받아보셔요
  그동안 안녕하셨어요. 저는 오빠의 염려덕분에 잘 지내고 있어요. 소식을 전한다고 마음먹었으나 여태까지 머뭇거리다 늦었어요. 용서 해주셔요. 어머니가 하도 뭐라고 해쌓고 대문 밖에는 나가지 못하게 하여 어쩔 수 없었어요. 오늘 당숙이 오셔서 우리 이야기를 하는데 아버지는 그런대로 수긍하지만 어머니는 확실하게 반대하드라고요. 어쩌면 좋데요. 저도 많이 속상해서 혼났어요. 그래도 오빠한테 얘기를 해야 할 것 같아서 필을 들었어요. 가부간 한번 만나보고 싶어요. 어떻게 해서든지 다음 토요일 오후 4시에 먼저 만났던 다방에서 만났으면 해요. 저 꼭 나가겠다고 약속할께요. 그날 거기서 만나요. 두서없이 이렇게 보내서 미안혀요. 안녕히 계셔요.   정님 올림-

  순도는 편지를 두 번 세 번 읽었다. 어머니가 많이 반대한다는 말에 가슴이 뜨끔했으나 오는 토요일에 만나자고 하여 모든 것이 다 해결이나 된 듯 안도의 긴 숨을 쉬었다. 속으로, 정님 씨 고마워요.하고 외쳤다. 그 시간 이후로 하루가 열흘 같고 한 달 같이 더디기만 했다. 그렇게 더디던 시간이 지나고 마침내 기다리던 시간이 돌아왔다. 토요일이지만 야간작업이 있어 그냥 퇴근할 수 없었다. 사장님에게 찾아가 사정 이야기를 했다.
  "지난번에 사장님이 전해준 편지에 오널 만나자고 혀서 좀 일찍 나가야 허겄넌디요. 공장은 부공장장이 있은게 부탁 혔어요."
  "그려? 다녀와야제. 공장일언 걱정 허지마. 나도 공장에 나갈 것잉게 가서 잘 혀봐.”

　사장님은 두말없이 시원시원하게 승낙해주었다.

　“알겄십니다. 고맙십니다.”

　순도는 인사를 하고 공장을 나와 곧장 집으로 왔다. 목욕탕으로 가서 목욕하고 나서니 속마음조차 맑아지는 것 같았다. 그동안 공장에서 먼지를 뒤집어쓰고 일을 하고는 매일 목욕을 하지 못해 사람 꼴이 말이 아니었는데 순도 자신이 봐도 달라보였다.

　순도는 시간에 맞추어 약속했던 다방으로 나갔다. 정님도 제시간에 나왔다.

　“어서 와요.”

　순도는 일어서 정님을 맞아드렸다.

　“일찍 왔어요? 차가 막혀 좀 늦었어요.”

　정님은 순도보다 늦게 온 것을 미안하게 생각했다.

　“아니어. 나도 조금 전에 왔어요. 그나저나 나와 주어서 고마워요.”

　“저도 보고 싶었어요. 그런디, 엄니가 꼼짝 못허게 헝게 어쩔 수 없었어요.”

　정님은 그동안 약속을 지키지 못하여 민망스러워 했다.

　우리 몬자 차부터 불러야겄넌디.

　“멋, 마실거여요. 난 커피 헐것인디.”

　“저도 같이 허께요.”

　“이바요. 여그 커피 두 잔이요.”

　순도는 커피를 주문하고 정님을 정면으로 쳐다봤다. 갸름한 얼굴에 얕은 화장기가 더욱 청순해보였다. 정님도 순도를 쳐다보다 이내 눈을 내리깔고 마주치는 눈길을 피했다. 그러면서 잠시 침묵이 흘렀다.

　“그동안 멋 허고 지냈어요?”

　순도는 무료한 분위기를 바꿔보려고 말을 꺼냈다.

"그냥 집에만 있었어요. 엄니 일도 돕고 뜨개질을 허다가 고렇게 지 냈어요."

"심심허고 답답혔겄다. 나넌 공장일이 바빠서 정신없었어요. 오널도 야간작업이 있던디 사장님헌테 얘기 허고 나왔어요. 이따 또 들어가야 혀요."

순도가 이야기 하는 동안 차가 나왔다. 그들은 차를 마시며 한참동안 다시 말이 끊어졌다.

"차 마시고 저녁 묵게요. 어디가 좋으까? 머 묵고잔 것 없어요?"

"저녁 묵게요? 얼굴 봤쓴게 그냥 가지요, 머."

정님은 사양했다.

"아니여. 오랜만에 만났던디 그냥 가면 서운허잖혀요? 어디 가서 간 단히 묵게요."

그들은 다방을 나와 걸었다. 광주 역 방향으로 발걸음을 돌렸다.

"어디로 가게요?"

"임동 골목에 할머니가 허는 옴팍집이 있던디 청국장을 참 잘 혀요. 청국장 잘 묵제?"

"저도 좋아혀요."

그들은 임동으로 천천히 걸어서 할매집으로 들어갔다. 토요일 오후인 데도 손님이 많지 않았다.

"어서 오셔요."

60대 중반 아주머니는 주름 잡힌 얼굴에 미소를 머금고 맞아드렸다.

"방 있어요?"

"저쪽 방 있어요."

"청국장 묵으로 왔어요. 청국장 두 개 주어요."

순도는 청국장 두 개를 시키고 아주머니가 정해준 방으로 들어갔다. 주인아주머니는 이미 준비해 둔 듯 이내 반찬 먼저 드려와 상에 차리 고 곧 이어 밥을 드려왔다. 뚝배기에서 청국장이 보글보글 끓어오르며 구수한 냄새가 입맛을 돋우었다.

"우리 다음은 언제 만날까요?"

순도는 밥을 먹으며 다음 만날 날을 정하자고 했다.

"저도 그러고 싶은디, 어쩔랑가 모르겠어요."

정님은 머뭇거리다가 어물어물 말했다.

"왜? 엄니가 못나오게 헐랑가? 나올 수 있넌 방법을 생각혀봐요."

"금요일 정심 때가 어뎌요? 보통날 나간다고 허먼 엄니가 나가라고 헐 것 같혀요."

"나넌 아무 때나 나올 수 있응게 정님 씨가 어떤 방법얼 써서라도 나와야 혀요."

"힘써 보께요."

"그려. 정님 씨만 믿을께요. 그러먼 그날 만나요?"

그들은 금요일 점심시간에 만나기로 약속했다. 식당에서 나오니 해가 지고 있었다.

"저, 얼른 집에 가야 혀요. 7시 안에 들어간다고 혔넌디 다 되어가요."

정님은 어머니와 약속한 시간 안에 들어가야 다음에도 쉽게 나올 수 있어 서둘렀다.

"나도 공장으로 어서 들어가야 헝께 여그서 헤여지자고요. 그럼 잘 가요."

순도는 정님을 꼭 껴안고 싶었으나 차마 그럴 수는 없어 어깨에 손을 살짝 얹어놓고 속삭여 말했다. 정님과 헤어진 순도는 좀 더 함께 있고 싶었으나 헤어져야 하는 순간이 너무 아쉬웠다. 순도는 정님이 가물가물 보이지 않을 때까지 그녀의 뒤를 바라보고 있었다.

다시 벼 도정지령이 떨어졌다. 벼 2,000가마를 15일 내에 쌀로 찧어 강원도 춘천으로 반출하라는 지령이었다. 순도는 벼 보관창고를 직접 찾아가 물량을 현지 확인해서 인수해왔다. 창고시설이 좋지 않은 곳이 문제였다. 어느 창고에서는 벼 40kg포대에서 쥐가 반 가마 가까이 먹은 것도 있었다. 이렇게 감량이 심하면 책임있는 사람이 현지에 직접 가서 인수해야만 보관업자에게 정량을 받아올 수 있었다. 수송하는 운전기사들에게 맡겨두면 중량을 소홀이 취급하기 쉽다. 적당히 넘어가다가 책임생산물량이 부족하여 오히려 쌀을 변상해내야 하는 경우도 있었다. 순도가 벼 지령이 떨어지면 직접 각 시군에 있는 창고에 나가 중량을 확인하고 부족분은 변상 받아왔다. 적극적이고 능동적인 책임감에 사장의 심임은 더욱 두터워졌다.

도정시작 10일 만에 도정이 완료되어 반출지로 이상 없이 반출시켰다. 도정이 끝나 시간적 여유가 있었다. 정님에게 전갈을 보냈다. 그 쪽지가 직접 정님에게 전달되지 못하고 정님 어머니 손에 들어갔다.

큰 사단이 나고 말았다. 정님을 불러놓고 뜨거운 눈물이 쏙 빠지도록 야단을 치며 집 밖으로 한발작도 나가지 못하게 금족령을 내렸다. 2-3일 후에야 그 사실을 안 순도는 크게 상심했다.

정님에게 금족령이 내려진 것을 안 순도는 실의에 빠져 모든 일에 대한 의욕이 상실되었다. 절망의 나락으로 떨어지는 듯 용기도 없어졌다. 그동안 서로 마음이 통하여 사랑의 싹을 틔어왔는데 하루아침에 그 싹을 싹둑 잘라버린 것 같아 가슴이 아렸다.

밤을 지새우며 생각에 생각을 거듭 해봐도 뚜렷한 답이 없었다. 부모님이 반대하는 터에 정님을 만날 길이 없으니 절망의 가시가 죽순처럼 자라고 있었다. 희망의 싹은 제비꽃처럼 작아지고 있었다. 자신의 집안 형편에 비하면 언감생심 말이나 할 수 있는 처지인가, 자신을 생각하면 억울하고 분하기만 했다. 도시 빈민으로 거지같이 살면서 신분차가 너무도 큰데 감히 결혼을 하려 하다니, 있을 수 없는 일이라고 생각되었다. 스스로 작아짐을 뼈저리게 느끼면서 자학의 길로 빠져들고 있었다.

모산 양반은 병세가 악화되고 있었다. 복수가 차고, 숨쉬기조차 어렵게 되었으니 목숨이 경각에 달려있었다. 운명의 날이 얼마 나지 않아 시간을 재촉하고 있었다.

 순도는 당분간 도정공장이 봄 한산기로 일이 없어 사장에게 말하고 집에서 아버지 병수발을 들고 있었다. 칠십이 다된 어머니는 여전히 노점상을 하고 있어 아버지 병수발을 들 수 없었다.

 "순도야. 거그 앉거바라!"

 아버지는 모기소리만큼 작은 소리로 순도를 불러 옆에 앉혔다. 숨이 가쁜 아버지를 보는 것조차 안타까웠다. 눈까풀은 휑하니 꺼져있어 눈만 감으면 그대로 시체였다. 얼굴엔 핏기라고는 없이 검게 타버려 남방이나 아프리카 지역 사람이었다. 간질환은 정도가 심해지면서 황달黃疸로 외꽃처럼 노랗게 변하다가 병세가 더욱 깊어지면 검게 변하는 흑달黑疸이 되는데 아버지는 흑달黑疸상태로 생명의 불씨가 얼마 남지 않아 보였다.

 "아부지! 어디가 안 좋아요?"

 순도는 아버지 옆에 앉아 수저로 냉수를 떠 입을 추겨주었다. 입안이 바짝 마른 아버지는 물 한 수저에 입이 부드러워져 말문을 열었다.

 "순도야! 내 죽기 전에 너한테 꼭 해주어야 할 말이 있다."

 짧은 한 마디 말을 하면서도 숨이 차 몇 번을 쉬어가며 말했다.

 "무신 말씀인가요? 말씀혀 보셔요."

 숨이 차 헐떡거리면서도 아버지의 결연한 말투에 순도는 긴장을 하며 고향에 대한 이야기를 할 것으로 생각했다.

 "놀래지 말그라! 너그 생모가 따로 있다는 것을 인자라도 말 혀주어야 헐 것 같다."

 아버지의 눈물이 소리 없이 뺨을 타고 귀 쪽으로 흐르고 있었다.

 "어서 말 혀봐요. 지 멈니가 따로 있다고요? 고것이 무신 말이다요?"

실신자失神者가 사경을 헤매며 헛소리를 중얼거리는 것 같았다. 꿈에 아련히 들리는 둥 마는 둥 하는 종잡을 수 없는 메아리였다. 아버지는 말을 길게 잇지 못하고 헐떡거리면서 한 토막씩 끊어 이야기를 이어나갔다. 말 한마디 하는데 무척 힘들어하면서도 순도의 출생비밀을 자세하게 말해주었다.

"아부지! 그것이 참말이다요? 그런디 여태껏 고렇게 감쪽같이 숨겨왔데요. 예?"

순도는 하늘이 무너지는 듯, 땅이 꺼지는 듯, 청천벽력 같은 소리에 가슴이 쿵쾅거리며 숨이 끊어지는 것 같았다. 숨통을 진흙덩이로 틀어막고 있는 느낌이었다.

"내가 죽어감선 무신 거짓말로 지어내서 너한테 허겄냐? 인자 내 마지막일 것 같혀서 오널 아니먼 언제 헐 새가 없을 것 같다. 그려서 말헌 것잉게 고렇게 알고나 있그라! 니가 그런 것얼 알고 나면 지금 너그 엄니한테 생각이나 태도가 달라질 수가 있을 것이다. 허지만 그려서는 안 된다. 진짜 너그 어매는 너널 키운 어메가 어메다. 너럴 난 생모넌 너 낳놓고 이튼 날 가버린 뒤 한 번도 소식이 없었다. 그런 종이나 알그라!"

"글먼 그 때 어디 산 종언 알 것 아니요. 그렇다면 아부지가 한 번이라도 찾아봤어야지요! 고렇게 끝나고 말았어요? 아부지가 잘 못혔네요."

순도는 안타깝다 못해 분한 생각이 들었다, 가문을 잇겠다고 연약한 한 여인을 범해서 씨를 받았으면 그 무엇인가 갚음이 있어야 했고, 그도 아니면 최소한 인정만이라도 베풀고 연을 이어갔어야 한 것 아닌가,

"누구한테도 말 못허고 너그 시방 어메허고 둘이만 안 일로 지금까지 지켜왔다. 너그 생모럴 찾아 오고갔으면 더 복잡헐 것 같혀서 숨기고 찾지도 않혔던 것이다. 니가 달리 생각 허지 말고, 달라진 것은 없응께......"

아버지의 숨소리는 더욱 가빠지면서 말을 더 잇지 못했다.

"그러면 인자사 멀라고 말얼 헌다요. 암 말도 안 허고 있으면 될 것

아니요? 괜히 말혀서 나럴 혼란스럽게 험선 괴롭게 혀요?”

  순도는 울먹이면서 원망했다. 순도는 더 자세히 알고 싶었다.

“그 때, 어디 산다고는 알았을 것 아니오?”

  숨을 몰아쉬고 있는 아버지가 안타까웠으나 꼬치꼬치 캐물었다.

“순창읍에서 오리 쯤 되는 동네라고만 안다. 성씨넌 김씨라고 기억된다. 그려서 니 이름도 출생을 암시적으로나마 표시헐라고 한자로 순창이라는 순(淳)자 허고 그 길로 가먼 있다는 길이라는 뜻으로 도(道)자로 정혔던 것이다. 말허자먼 순창 가는 길이라는 뜻이지. 허지만 찾을라고 허지말그라! 그 때 피란 나와서 살았당게 인자넌 고향으로 갔겠제. 만일 시방까지 살았더라도 어찧게 알겄냐? 참 유순허고 얌전헌 사람이었넌디……”

  아버지는 오랜 추억을 더듬어 깊은 감회와 마지막 가는 길에서 애절하게 그리워지는지 닭똥 같은 눈물이 은방울 같이 굴러 주르륵 양 뺨을 흐르고 있었다. 숨소리는 더욱 가쁘게 몰아쉬고 있었다.

  순도는 가슴에 큰 구멍이 펑 뚫리는 듯 했다. 깊은 낭떠러지로 떨어지는 기분이었다. 자신의 출생이 부모에게 축복이고 희망이며 의지 처라고 생각했는데 오히려 허탈감으로 갈피를 잡을 수가 없었다. 아버지는 마지막 꺼져가는 촛불이 더 밝듯, 숨이 경각에 걸려있어 정신이 흐릿할 것 같은데 긴 이야기를 또렷하고 확실하게 말 해주었다. 그러고는 심지가 다 타버린 촛불이 되어 말소리가 작아지고 흐려져 무슨 말인지 알아들을 수가 없었다. 그 마지막을 위하여 남은 체력을 다 써버리고는 정신을 놔버렸다. 출생비밀을 이야기해주고 3일이 체 되기 전에 생을 거두어 떠나버렸다.

  순도는 이제 어디 대고 비빌 언덕이 없었다. 가난하고 가품이 좋지 못하다는 이유로 정님과 사귀는 것조차 거절당한 터에 절망의 골은 깊기만 했다. 희망의 끈이 떨어져버린 순도는 긴장의 나사가 풀어지고 절제력이 무디어져버렸다. 제동장치 작동이 멈춰버린 자동차처럼 무슨 일이 일어날 것인지 예측이 어려웠다. 세상이 귀찮아지고 모두가 저주의 대상이었다.

어머니조차 배 아파 낳아준 어머니가 아니란 것을 알고 난 뒤로는 모자간의 정도 그 끈이 약해지게 되었다. 이런 상태에서 직장인들 정상적으로 근무할 의욕이 있을 리 없었다. 그렇게 성실하고 책임감 있는 사람이 결근을 밥 먹 듯 하니 아무리 너그러운 홍사장이라도 그냥 봐줄 수 없었다. 무단결근도 그렇지만 날마다 술독에 빠져서 일을 제대로 할 수 없으니 사퇴를 시키지 않을 수 없었다. 출근을 하지 않게 되면서 더욱더 퇴락의 길로 빠져들어 갔다.

젊으나 젊은, 생의 의욕이 가장 왕성해야할 사람이 점점 폐인의 수렁으로 빠져들어 가고 있지만 누구하나 손잡아 건져줄 사람이 없었다.

"순도야! 너 어쩔라고 요렇게 술만 묵냐? 나도 인자 늙어서 시장바닥 장시도 못허겄는디 너조차 날마동 술통에 빠져 살먼 쓰겄냐? 지발 좀 정신 채리그라!"

모산 댁은 울먹이면서 순도 손을 잡고 애원을 했다.

"저리 가. 엄니가 시방 내 심정이 어쩐 종 알아? 인자 나 상관 말고 엄니는 엄니 허고잔대로 허고 살아. 나넌 나대로 살랑게."

밤늦게까지 술독에 빠진 순도는 아침까지 술이 깨지 않은 채 어머니 말을 새겨들으려 하지 않았다.

"그나저나 콩나물국 끓였응게 시언허게 마시고 어서 밥 묵자."

어머니는 늦잠 자고 있는 순도를 깨워 앉혀놓고 어르고 달래봤으나 그 말을 들을 순도가 아니었다.

"나, 상관 말란께. 엄니 혼자 묵고 장시를 가던지 말던지 혀요. 그리고 돈 좀 내놓고 가. 5천원만."

하루 종일 쪼그리고 앉아서 오는 사람 가는 사람 목 빠지게 쳐다보며 한 푼 두 푼 번 돈을 빼앗듯이 가져가 날마다 술독에 빠져 날밤을 세웠다.

"그저께 가져간 돈 볼쎄 다 썼다냐? 돈 없다. 나넌 돈얼 어디서 흙 파오듯 파온 종 아냐? 팍팍혀서 속터져 죽겄네!"

어머니는 자책과 절망으로 마지막 발악을 하며 큰 소리로 고함을 질렀다.

"잠 좀 더 잘랑게 나가. 글고 돈이나 내놔."

순도는 귀찮다는 듯 이불을 머리까지 뒤집어쓰면서 아랫목으로 파고들었다.

"아이고, 자석 하나 있넌 것이 일언 안 허고 날마동 술만 마심선 요렇게 살고 있으니 큰일이네! 어쩌면 좋디아? 무신 놈의 팔자가 이런다냐? 내 배 아파 낳지는 안 혔어도 평상 저만 바라봄선 키웠넌디, 어쩌럴 허끄나? 저럴 종 알았으면 어느 개아들놈이 이런 짓얼 헌당가? 머리 검은 짐성 키워놓면 돌아서 물어뜯는다는 말이 참말이구만. 이 노릇얼 어쩐디아? 내가 죽아야 저런 꼴 안 보제!"

신세 한탄으로 구시렁거리면서도 그냥 손 놓고 있을 수는 없었다. 모산 덱은 전날 팔다 남은 채소들을 챙겨 시장 입구로 나갔다. 모산 덱으로서는 참으로 기가 찰 일이었다. 남편 떠나고 마음 둘 곳이 없는 판에 자식에게 위로받기는커녕 속이나 썩히지 않았으면 좋으련만, 날마다 술독에 빠져 있으니 죽고 싶은 심정뿐이었다. 그렇다고 목숨을 놓기는 쉬운 일인가? 집에서 자식을 보고 있으면 속이 터지지만 장사랍시고 시장으로 나오면 그런 생각을 잊게 된다. 그래서 하루도 빠지지 않고 장사를 나갔다. 오전이라서 사람들이 많지 않아 아직 한 푼도 팔지 못하고 있는데 점심 때가 되어가면서 순도가 시장까지 찾아왔다. 그 때까지 술이 깨지 않아 얼굴은 푸석푸석하게 떠있었다.

"돈 좀 내놓고 나가랑께 그냥 와불면 어쩔게 혀? 어서 돈 좀 줘."

순도는 행패 부리듯 어머니를 다그쳤다. 어머니는 여러 사람이 보는 앞에서 큰 소리가 나면 그런 창피가 없어, 하는 수 없이 거스름돈으로 내줄 천원자리 오천 원을 주어 보냈다. 순도는 돈을 받아들고 골목으로 사라져 버렸다.

"누구요? 아들 아니요? 허구대는 멀쩡허구만 늙은 사람한테 돈얼 가져가?"

옆에서 함께 노점상 하고 있는 아주머니가 안쓰러운 듯 혀를 차며 모산 댁을 위로해 주었다.

"예. 아들이요."

모산 댁은 무어라 할 말이 없었다. 거짓말이라도 변명조차 할 수 없었다.

"왜 놀고 있어요? 젊은 사람이 어디 가서 멋얼 허면 못혀서 저러고 산디야? 할매 불쌍혀서 어쩐디아?"

옆 아주머니는 속상해하는 모산 댁을 동정어린 말로 위로해 주었다.

"아니어. 참 착혔어. 그런디 여자하나 새긴다고 허둥만 집안 형편이 안 좋다고 떨어짐선 크게 실망허다 지 아부지가 죽어부린께 다니던 직장도 그만두고 저리 되어버린 것이여. 맘 잡겄제. 쬐끔만 기다려볼랑구만."

모산 댁은 절망의 혼돈 속에서도 실낱같은 희망의 끈을 놓지 않았다. 그렇게 추우나 더우나, 진 날 갠 날 없이 늙은 몸 생각하지 않고 노점 상으로 목 빠지게 벌어다 아들 술값 대며 살아온 시간이 삼년, 아들은 나아지기는커녕 알코올 중독자가 되어있었다. 거기에 더하여 술만 마시면 정신이상 증세까지 있어 무슨 짓을 할지 몰랐다. 모산 댁은 하루가 다르게 노쇠해가면서 사는 것이 지옥이었다. 이제 노점상도 어려운 형편이지만 그마저 손을 놓는다면 살아갈 길이 막막하기만 했다. 순도의 술주정은 도가 지나쳐 술이 취에 집에 들어오면 닥치는 대로 던지고 부셔 푸진 살림도구가 성한 것이 없었다.

"순도야. 지발 정신 좀 채리거라! 이 애미 인자 늙어서 장시도 못혀겄다. 아무리 못난 에미지만 날 바서 니가 정신 채리고 일을 험선 장개도 가고 그려야제. 어쩔라고 요롷게 험헌 짓만 골라서 허냐?"

어머니는 애간장이 녹아나는 듯 울먹이며 애원했다.

"엄니넌 상관 허지마. 내 일언 내가 알아서 헐랑께. 돈이나 주어."

순도는 막무가내로 어머니 말은 귓등으로도 듣지 않고 나아질 기미는 아예 싹이 노랗다. 모산 댁도 더는 참을 수가 없었다.

"니가 정 그럴라먼 나럴 죽이고 너 허고잔대로 허그라. 나 이대로는 못 살겄다. 나 없으먼 니 맘대로 헐 것 아니냐? 어서 죽여라! 어서⋯⋯."

모산 댁은 순도를 보듬고 울부짖으며 등을 두들겼다. 순도는 제 정신이 아니었다. 눈에 보이는 것도 없었다.

"이 할망구가 누구럴 때려? 참말로 죽여주까?"

순도는 막말로 욕을 하면서 어머니 목을 조르기 시작했다.

"죽여! 죽여! 나, 니 손에 죽을란다."

어머니는 순도의 목을 껴안고 발악을 했다. 아무리 발악을 하며 온 힘을 써도 늙은 모산 댁의 힘으로는 감당할 수가 없었다. 숨이 막히고 눈이 뒤집혀졌지만 미친 듯 목을 조이는 젊은 순도의 손을 빠져나올 수 없었다.

"끼욱끼욱, 나 죽넌다. 나 죽어!"

목으로 기어들어가는 소리로 절규했으나 미쳐버린 순도의 귀에는 들릴 리 없었다. 모산 댁은 사지가 풀리기 시작했다. 순도의 조르는 손은 조금도 풀리지 않았다. 모산 댁은 풀 죽은 베옷처럼 축 늘어져버렸다.

10

추락의 길

 순도가 어느 날 아침 느지막이 일어나 세수를 하다가 큰 사단이 벌어졌다. 코피가 터졌는데 멎지를 않았다. 세숫대야가 피물로 벌겋다. 찬물로 이마를 식히고 고개를 뒤로 저치며 응급처치를 해도 코피가 계속 쏟아지면서 목으로까지 넘어오고 있었다.

 우선 솜으로 코를 막아 응급처치하고 곧바로 병원으로 갔다. 집에서 가까운 이비인후과 의원으로 가서 겨우 지혈을 시켰다. 의사는 별일 아닌 듯 터진 혈관을 전기고대기로 지져 지열을 시키고는 코를 너무 세게 풀지 말라고 주의를 주며 먹는 약을 지어주었다. 순도 또한 대수롭지 않게 생각하고 돌아왔다. 그러나 대수롭지 않은 것이 아니었다.

 날이 갈수록 잇몸에서도 피가 나기 시작하면 쉬 멎지를 않았다. 그는 술 때문이라고 여기고 심할 때만 병원을 찾고, 좀 우선하면 술 마시기를 반복했다. 그러나 몸은 알게 모르게 체중이 줄고 쇄약해지면서 힘이 없고 피로가 계속되었다. 반년 넘게 그렇게 지내는데 이비인후과 의원을 찾아갔을 때 너무 오래 지속되는 출혈과 몸이 쇄약해지는 것을 보고, 의사는 의심을 했다.

 "아무래도 큰 병원으로 가서 진단을 받아봐야 할 것 같아요."

 "왜, 그려요? 상태가 고렇게 안 좋은가요?"

순도는 의사의 말에 가슴이 덜컹 내려앉았다.

"단순하게 코피가 아닌 것 같소."

"아니 단순한 코피가 아니면 중병이라도 된다는 말인가요? 선생님은 어느 정도 알 것 아니요?"

순도는 단순한 코피가 아니라는 말에 충격을 받았다. 대수롭지 않다는 말을 듣고 싶었는데 오히려 큰 병원으로 가보라는 말에 정신이 핑 돌며 어지럼증이 일어났다.

"내 생각은 혈액에 문제가 있는 것 같아 소견서를 써 줄 테니 큰 병원으로 가서 정확한 진단을 받아 보세요."

순도는 의사의 말에 절망감을 느끼며 전남대병원으로 갔다. 전남대병원에 들어서니 지금까지 보지 못한 광경이었다. 이 세상 사람들이 모두 병에 시달리고 있는 것 같은 착각을 일으키기에 충분했다. 1층 접수처에는 너무 많은 사람들이 운집해 있어 시쳇말로 발 디딜 틈이 없었다. 난장판을 방불케 했다. 접수 번호표를 뽑아보니 100명도 더 밀려있었다. 다섯 곳의 창구에서 접수 처리하여 빨리빨리 진행되고 있으나 원체 많은 사람이라서 기다리는 시간이 너무 길었다.

저 많은 사람들이 몸에 이상이 있어 온 사람들이 아닌가? 물론 병문안을 오거나 아픈 사람을 데리고 온 보호자도 있을 테지만, 병과 관련 있는 사람들이 그렇게 많을 줄은 미처 몰랐다.

접수를 마치고 이비인후과로 갔다. 거기도 많은 사람이 진료순서를 기다리고 있었다. 순도는 짜증이 났지만 절에 간 색시가 되어 아무 불평도 못하고 묵묵히 기다리고 있었다. 한 시간이고 두 시간이고 무작정 기다려야만 했다. 그렇게 지루하게 기다렸는데 드디어 순도의 차례가 되었다.

"임성수님, 강순애님, 박상호님, 장순도님은 대기실로 들어오세요."

하얀 간호원복을 입은 애 띤 간호사가 상냥하게 다음 진료 받을 사람을 호명하여 대기실로 들어오라고 했다. 순도는 맨 끝 차례에 불렀어도 진료 순서가 되었다는 사실만으로도 긴 안도의 숨을 내쉬었다. 진료는 순도 앞에 진료 받은 사람 세 사람인데 채 10분이 걸리지 않았다. 순도 차례가 되었다. 이비인후과 의사는 30대 초반의 젊은 의사였다.

"장순도 씨?

"예"

"어디에 이상이 있어 왔어요?"

"코피가 자주 나고 잇몸에서도 피가 나기 시작하면 좀처럼 멈추지 않혔는디. B 이빈후과 의사가 큰 병원에 가서 정밀 진단을 받아보라고 혀서 왔어요."

순도는 B 의원에서 발급해준 소견서를 의사에게 내밀었다.

"음-. 이 소견을 보면 상당히 심각한 상태인데 일단 정밀검사를 혀야 하겠네요. 2층에 있는 혈액검사실이 있으니까 그리 가서 채혈을 하고 오셔요."

간호사가 진료 항목이 인쇄된 용지 혈액검사 란에 표시를 하여 순도에게 넘겨주었다. 순도는 이비인후과를 나와 혈액검사실로 갔다. 그곳엔 사람이 많지 않았다. 잠시 앉아 있다가 호명이 되어 검사실로 들어갔다. 검사실에는 의사인지 간호사인지 구분할 수 없이 똑 같이 하얀 제복을 입은 젊은 여자 3인이 앉아 있다가 순도가 들어가니 친절하게 맞아주었다. 젊은 간호사는 조그마한 종이컵을 주면서 변소에 가서 소변을 조금 받아 오라고 했다. 변소로 가서 받아온 소변 컵에 장순도라고 쓴 표를 붙여 두고 채혈 준비를 했다. 고무줄로 팔뚝을 묶은 뒤 불거진 정맥에 주사바늘을 꽂아 채혈을 했다. 조그마한 유리 대롱에 채혈 주사기를 뿜어 피를 담아 검사실로 들어갔다.

순도는 진료실로 와서 안내 간호사에게 채혈을 끝냈다고 알리고 대기실에 앉아있었다. 잠시 후 간호사는 순도를 불러 담당의사에게 안내 했다.

의사는 콧속을 요리조리 들여다보면서 피검사가 며칠 걸리니 우선 약제실에서 약을 받아가 빠지지 말고 잘 먹은 후 다음 주 목요일 오전 10시에 오라고 했다. 약제실에서 먹는 약을 받아가지고 병원을 나섰다. 마음이 무거웠다. 검사를 했는데, 큰 병은 아니겠지, 하는 스스로 자위를 하면서도 만약 중병이면 어쩌나 하는 생각에 몸에서 힘이 쭉 빠지며 꺼져가는 촛불 같이 희미해지고 있는 것 같았다. 그동안 몸을 혹사하면서 폐인처럼 살아온 것에 대하여 후회도 해보지만, 엎질러진 물을 다시 담을 수 없는 슬픈 현실이 그를 더욱 의기소침하게 했다.

　큰 병원에 가는 것은 오히려 병을 얻게 되는 것 같았다. 한 가지 검사를 하는데 먼저 원무과에 가서 돈부터 계산하고 또 기다리고 검사하는데 지레 지쳐버렸다. 의사 면담하고 피 뽑고 하느라고 오전이 지나버렸다. 순도는 아침 일찍 와서 그나마 오전에 마칠 수 있었지만 시골 먼 곳에서 온 사람들은 하루에 다 마치지 못한 경우가 허다했다. 병원 앞마당 잔디밭은 봄의 숨결이 완연하게 느껴졌다. 파릇파릇 새싹이 돋아나고 정원수 가지에는 새 잎을 틔울 눈이 선연하게 부풀어 올라 노란 잎을 작설(雀舌)처럼 내밀고 있었다. 순도는 20대 혈기 왕성한 청년으로 봄싹처럼 싱싱해야 하는데 서리 맞은 가을 나뭇잎처럼 시들고 있으니 없는 기운이 더욱 빠져나가고 있었다. 이제부터 술 담배를 끊어보겠다고 다짐하면서 집으로 돌아오는 길에 망나니 같은 술친구 서종팔을 만났다.
　"어디 갔다 오냐?"
　서종팔은 반가운 표정을 지으며 손을 내밀어 악수를 청했다.
　"전남대병원에 다녀오는 길이여."
　순도는 병색이 짙은 환자의 얼굴로 힘이 하나도 없이 말소리조차 다 죽어가는 사람 같았다.
　"병원은 왜? 야, 어디 많이 아파? 얼굴이 아조 안 좋아 보인다."
　서종팔은 걱정스런 표정으로 순도를 쳐다보며 말했다.

"코피가 자꼬 터져서 이빈후과를 갔더니 큰 병원으로 가보라고 혀서 전남대병원에 갔다 온 중이여. 술만 묵으먼 더 혀서 한 번 가본 것이여. 별일 있겄냐? 장순도가 누군디."

순도는 갑자기 힘이 솟는지 아니면 친구 앞에 호기를 부리는지 없는 힘을 내서 큰 소리로 말했다.

"그려. 별일 없어야제."

서종팔은 순도의 등을 탁탁 치며 위로해주었다.

"그런디 기분 나쁘게 힘이 자구 빠진 것 같혀. 진짜 큰 병 아닌가 몰라."

순도는 갑자기 불안이 엄습해왔다.

"자아-석. 기분 나뿐 소리 허덜 말그라. 술 한 잔 헐라고 혔두만 안 되겄네?

"그려, 오널언 피곤헝게 나중에 허자. 잘 가."

"그려, 조리 잘 허그라."

평소의 서종팔이 아니었다. 곧 죽는다고 해도 그들이 만나면 그냥 헤어지는 일이 없었는데 헤어지자고 하는 것이 용하다고 생각했다.

순도는 집에 도착하여 피곤을 못 이기고 자리에 누웠다. 점심 먹는 것도 싫었다. 어머니 모산 댁은 노점상을 하러 나가고 집에 아무도 없었다. 순도는 축 쳐진 채 누워있는데 뇌리를 휘졌고 떠다니는 불길한 생각에 불안감이 들불처럼 펴올랐다.

병원에 가기 전엔, 코피쯤이야 별일 아니겄지, 하면서 병이라고 생각하지 않았다. 매일 술을 마셔 몸이 지쳐 피곤한 것이라고 여기고 지내왔다. 세상에 대한 불만과 자신에 대한 절망감이 복합적으로 작용하면서 술과 담배에 의지하게 되었다. 브레이크가 고장 난 자동차마냥 스스로를 통제할 수가 없었다. 그러나 몸에 이상이 있다는 것을 느끼고 때늦은 후회를 해보지만 소용없는 일이었다.

그래도 술 담배를 끊어야겠다고 다짐을 한 것이 용하다. 검사 결과가 나올 때까지 만이라도 참자, 하면서 실행에 옮겼다.

의사가 지정해준 목요일 오전 10시에 전대병원으로 갔다. 접수하고 이비인후과 앞으로 가보니 벌써 많은 사람들이 대기하고 있었다. 먼 시골에서 일찍 나서서 온 사람인 듯 의자에 기대어 조는 사람도 있고. 옆 사람과 자기 병에 대한 이야기로 반 의사가 되어 수다를 떠는 사람, 젊은 사람, 늙은 사람들로 이비인후과 앞에는 혼잡했다. 예약한 시간보다 30분 늦은 10시 반에 간호사가 호명을 했다. 순도는 약간 긴장된 마음으로 의사 앞으로 가서 앉았다.

"장순도 씨죠?"

의사는 웃는 표정을 지으며 신분을 확인했다.

"예!"

순도는 긴장된 마음에 약간 떨며 짧게 대답했다.

"이비인후과 소관이 아닌 것 같은데요."

"무신 말인가요?"

순도는 의아하게 생각하며 의사의 얼굴을 빤히 바라보는데, 불길한 예감이 뇌리를 스쳤다.

"혈액내과로 가셔야 하겠네요. 그쪽으로 차드를 넘길 테니 거기서 진단을 받아야 하겠어요."

의사는 진지한 표정으로 설명해주었다.

"선생님도 검사 결과를 알 것 아닌가요? 안 좋은 결과가 나왔어요?"

"아니오. 전문소관이 다르니까 해당 전문의사가 판단해야 정확해요."

순도는 너무 허망하고 황당했다. 코피정도야 하고 대수롭지 않게 생각했던 것이 이렇게 복잡할 줄이야 미처 생각하지 못했다. 순도는 고개를 숙이고 앉아 있다가 하는 수 없이 이비인후과를 나와 혈액내과로 가서 간호사에게 전후사정을 이야기 했다.

"알았어요. 저기 대기실에 앉아 계셔요. 이따 부르면 진료 받게요."

간호사는 바빠 정신없이 일을 처리하며 순도의 말을 건성으로 듣는 것 같았다.

"다시 접수 하지 않아도 된가요?"

순도는 아무래도 다시 접수를 해야 할 것 같았다

"성함이 누구시죠?"

"장순도요."

간호사는 메모를 해두고 다른 사람을 호명하느라 정신이 없었다. 한 시간 가까이 기다려 의사 앞에 앉았다.

"어디가 어떻게 안 좋은가요?"

"코피가 자주 나서 이빈후과로 갔는데 혈액검사를 허라고혀서 거그서 피검사를 했어요. 오늘 결과가 나왔는데 요리로 보내서 왔어요."

"아, 그래요. 이비인후과에서 무슨 자료 왔어요?"

간호사에게 물었다.

"예. 장순도님 말이지요. 거기서 자료를 넘겼다고 해요."

간호사는 진료카드를 뒤적거려 찾아 의사선생님 앞에 갖다놓았다. 의사선생님은 진료차트를 열어보더니 혈액검사 표를 열심히 들려다보며 좋지 않다는 표정을 지었다.

"혼자 왔어요?"

의사는 대뜸 심각한 표정을 지으며 말했다. 순도는 직감적으로 불길한 예감이 들었다.

"예. 혼자 왔넌디, 머가 안 좋은가요?"

의사는 짬, 짬 하다가 미소를 지으면서도 심각한 표정으로 말했다.

"혈액이 이상해요. 백혈구 수치가 너무 많아요."

"그러먼 안 좋은가요?"

"모든 것이 정상이어야지, 너무 많거나 적으면 정상이 아니지요. 원래 백혈구는 외부에서 들어오는 병균을 잡아먹는 기능으로 몸을 지키는 구실을 하는데 너무 많으면 몸에 필요한 적혈구도 잡아먹어요. 그래서 백혈구 상태가 비정상이면 면역이 떨어지고 잇몸에서 피가 자주 나며 코피도 나게 되지요. 또한 힘이 없어지고 만성 피로가 계속 되요."
 의사는 전문 의학용어를 써가며 어렵게 설명을 했다. 순도는 답답했다.
 "요새 말하는 백혈병인가요? 그렇게 쉽게 말을 해야지."
 순도는 퉁명스럽게 말을 하면서도, 가슴이 뛰면서 절망의 그림자가 검은 커튼처럼 눈앞을 가리는 것 같았다.
 "그렇게 절망할 필요는 없어요. 초기이니까, 우선은 약물로 치료를 해봅시다. 아무리 중병이라도 환자가 꼭 이기겠다는 긍정적인 생각과 확고한 의지가 있으면 못 나을 병이 없어요. 요새는 좋은 약이 많아서 치료할 수 있어요. 다시 말하지만 희망을 가지라는 말입니다. 그리고 약으로 안 되면 골수이식 방법도 있어요. 지금까지는 골수이식이 가장 확실하게 치료할 수 있는 방법이어요. 물론 골수이식이 쉽지는 않지만 그렇다고 불가능한 것도 아니어요. 이 세상은 넓고도 넓어요. 혹시 모른게 형제가 있으면 미리 이런 사실을 알아두는 것도 필요하니까 참고허셔요."

 의사는 병에 대한 자상한 설명과 골수이식 방법까지 친절하게 설명해주면서 본인 의지가 중요하다고 여러 번 강조했다. 그러나 순도는 의사의 말이 가슴에 와 닿지 않았다. 죽었구나! 하는 절망이 순도를 강하게 덮치고 있었다. 간호사는 원무과로 가서 처방전을 받아 약을 지으라고 했다. 그리고 1주일 후에 다시 나오라고 했다. 다리에 힘이 쭉 빠져나가 휘청거렸다. 눈앞이 캄캄해져 자꾸 헛발을 디디는 것 같이 비트적거렸다. 주변은 물론 온 세상이 어제의 세상이 아니었다. 많은 사람들이 그 큰 병원을 꽉 메우고 웅성거리지만 자신은 절해고도에 와있는 것 같았다. 달도 별도 없는 절해고도에 혼자 떨어져 있는 심정이었다. 홍수에 휩쓸려 떠내려가는데 누구 하나 손을 내밀어주거나 구조해주는 사람 없는 불안과 고독에 휩싸여있다는 느낌이 들었다. 많은 사람들이 강

건너 불구경하듯 강둑에 서서 자신이 떠내려가는 광경을 바라보고만 있는 것 같았다.

이 많은 사람들 중에 반겨주기는커녕 알아봐 주는 사람도 없었다. 정말로 혈혈단신이었다. 아버지야 이미 돌아가셨지만 그를 낳아준 어머니란 사람은 어디 있을까? 자기 배 아파 난 자식을 삼십 년이 넘도록 잊어버린 채 혼자 살아갈 수 있단 말인가? 얼마나 지독한 사람일까? 피어보지도 못한 꽃 봉우리가 비바람에 꺾이고 해충에 갈기갈기 찢겨도 바람을 막아주고 해충을 잡아줄 사람이 없으니 살아갈 욕망이 꺾여버릴 수밖에 없다. 그렇다고 죽을 때 죽을망정 손 놓고 있을 수는 없다고 생각되었다. 순도의 생각에 실오라기만한 기대와 희망이라도 가져보기로 했다. 이 세상 어디에 낳아준 어머니가 있으리라고 생각되었다.
'그래! 절망하지 말자! 나를 낳아준 엄니가 어디라도 계신다면 나도 혈혈단신은 아닌 것이야! 성은 다르지만 형제가 있을 수 있을 거야.' 하는 생각이 들면서 불안과 고독을 털어놓고 이야기할 의지처가 있을 것이라는 확신이 섰다. 빠졌던 힘이 솟구치는 것 같았다. 그길로 곧장 집으로 돌아왔다. 모산 댁은 아무 일 없는 듯 태연히 순도를 맞아주었다.
"병원에 댕겨오냐? 머라고 허여? 별 일 아니제?"
모산 댁은 겉으로는 큰 병은 아니겠지 하지만, 속으로는 많은 걱정이 되었다.
"아니요. 별것 아닌데요."
순도는 어머니에게 사실대로 말을 할 수 없었다.
"그라제. 먼 일 있겄냐? 니 몸 니가 알아서 혀. 인자 술도 엔간치 묵고. 아매 술땀시 거럴 것이여."
"그려요. 다 지 책임이어요. 근디 엄니. 날 낳은 엄니가 어디 있을까?"
"아니 뜬금없이 니 생모를 말허냐? 널 낳아 핏댕이로 놔놓고 이날 평상 한 번도 안 온 사람이 그려도 어메라고 생각이 나냐?"

어머니는 새삼스럽게 생모를 찾는 것이 이상하다고 생각했다. 낳은 정보다 기른 정이 더 크다는데 그래도 성년이 되었으니 어미 생각이 나는 것 같아 마음속으로는 약간 섭섭한 생각이 들었다. 그런 심정이라서 어머니 말투가 곱지 않았다.

"엄니, 그런 것이 아니어요. 나허고 피가 같은 사람을 만나야 헌디아. 그려서 한번 생각혀 본 것인게 엄니 달리 생각허지 말아요."

순도는 어머니의 불편한 심정을 직감하고 어머니에게 제 몸 형편을 말해줄 필요가 있다고 생각되었다.

"아니, 피가 같은 사람이라니? 고것이 무신 말이다냐?"

"별것 아니당게. 엄니넌 설명혀주어도 잘 몰라. 그려서 말인디, 나 낳은 사람 한번 찾아봤으먼 좋겄던디 어떻게 못허까?"

"아이고 야야! 사넌 동네도 모르고 이름도 성도 모르넌디 어쩔게 찾넌다냐? 아니 꼭 찾아야 헌다냐?"

"내 병이, 피가 같은 사람을 찾으먼 좋데요. 글 안 허먼 죽느디아. 피가 같언 사람언 부모나 친형젠디, 살라먼 꼭 찾아야 헐 것 같혀요."

순도는 약보다는 골수이식이 확실하다는 의사의 말에 큰 기대를 했다.

"아니 그렇코롬 큰 병이다냐? 큰 일 나부렀구나. 나넌 그런종도 모르고 이렇고롬 태연히 있었네! 그러먼 찾아야제. 살아있으먼 어디 있던지 못 찾겄냐? 걱정 말그라. 나가 나서마."

모산 댁은 꼭 찾고 말겠다는 마음을 굳히며 아들을 안심시켰다. 순도는 희미하게나마 희망의 빛줄기가 비춰주는 것 같았다.

"그려. 엄니. 꼭 찾아야 혀. 근디 참말로 뜬구름 잡긴디 어디서 찾는디야?"

순도는 생모를 찾을 것 같으면서도 다른 한편으로는 아무 내력도 없으니 찾을 수 있을까 하는 의구심으로 반신반의 했다.

"니, 이름이 왜 순도인지 모르쟈?"

"아니, 왜 이름이 어쩌간디? 먼 비밀이라도 있는거요?"

"돌아가신 너그 아부지가 너를 순도라고 이름을 지은 것언, 순창이라는 순자와 그리 가는 길 어디에 니 친 어메가 살고 있다고 혔서 고렇게 이름을 짓는다고 혔다. 그러고 본게 니 아부지가 생각이 깊었고나 싶다."

"아부지가 지 이름을 그렇게 혀서 지었다고 지난번 돌아가심선 알려 주셨시오. 그 때넌 그렁갑다 허고 대수롭지 않게 생각혔넌디, 인자 생각혀봉께 아부지가 생각이 있었구만이라우."

순도는 자기 출생이 너무도 기구했다는 생각이 들면서도, 생모를 찾을 수 있다는 실낱같은 희망에 어둠 속에서 불빛이 보이는 것 같았다.

"그려! 고렇게 이름을 지었어. 글고 너그 어메 친정이 정몰인가. 역몰인가라고 헌 말이 생각난다. 옥개에서 순창읍내로 가기 전에 있는 가까운 동네라고 헌 것 같다. 그런게 찾아가면 될 것 같혀. 한 번 서둘러보자."

모산 댁이 더 적극적으로 서둘렀다.

"니얼아라도 찾아가야겄어요."

"그려. 죽었으면 모를까 살아 있으면 어떻게라도 찾아야제. 글고 아들이 둘 있다고 혔은게 설령 니 엄니가 죽었다고 혀도 형덜은 있을 것 같다."

"그려. 엄니! 찾기만 험사 얼매나 좋아. 엄니가 고상 좀 혀야겄소."

순도는 눈빛에 생기가 돌았다. 그러나 몸에서 힘이 자꾸 빠져나가는지 움직이는 것은 물론 앉아있기도 힘들었다. 약을 먹어도 별 효과가 없었다. 한시가 급하고 촌각이 아쉬웠다.

11

비극의 상봉

지난해 겨울은 눈이 특히 많이 내리고 추위도 유난했지만 두 며느리 시중을 받으며 걱정 없이 지낼 수 있었다.

어느덧 날씨가 풀리기 시작하면서 개울물 소리가 봄의 서곡으로 정겹게 골짜기를 울렸다. 버들강아지가 보송보송 봄을 머금고 피어나며 매화나무 꽃망울이 사춘기 소녀의 젖 망울처럼 몽실몽실 돋아 오르기 시작했다. 분명 봄이었다. 이렇게 좋은 계절이 오면 마음부터 들뜨기 시작하지만 농촌이야 언제 그렇게 봄 햇살 즐기며 한가하게 살아갈 여유가 있었던가? 오히려 농사철이 돌아오니 몸을 종구라기처럼 써야 하니 겨울 동안 몸을 쓰지 않았던 터라 사지가 쑤시며 고되기만 했다.

논밭 봄갈이를 하고 봄 파종을 하느라고 눈코 뜰 새가 없었다. 오전에 온 식구가 밭에 나가 봄갈이를 하고 점심을 먹으러 집에 왔는데 어느 할머니 한 분이 와 있었다. 삼십 년이 넘은 전쟁 시절 피난 가서 대바구니 장사를 다닐 때 인연이 맺어진 서봉 사는 모산 댁이 아닌가, 원순은 처음에 안면만 있는 듯 했지 선뜻 알아보지 못했다. 모산 댁은 원순을 쉽게 알아봤다. 그 때를 더듬으며 말말 하다 보니 원순도 모산 댁임을 알아채고는 사색이 다 되었다.

원순이 지금껏 숨겨온 비밀을 아는 사람은 모산 댁 내외 말고는 없었다.

감쪽같이 숨기고 살아왔는데 그 사실을 아는 사람이 찾아왔으니 어찌 놀라지 않겠는가? 참으로 난감하면서도 까무러쳐 숨이 멈출 것 같이 놀라운 일이었다. 원순은 순간 모른 체하고 모산 댁을 그대로 돌려보내 버리려는 생각이 들었다. 그러나 사람의 인정상 그럴 수는 없었다.

　모산 댁의 입에서 무슨 말이 나올 것인지는 모르지만, 인정상 우선은 마음으로부터 맞아드려 점심을 대접하고 따뜻하게 대해주었다. 점심을 먹고 아들네들은 오전에 못다 한 봄갈이를 하려고 밭으로 가고 원순은 모산 댁과 집에 남았다.

　"그나저나 용허기도 허요. 어찧게 알고 여그럴 찾아왔다요? 여그가 고향이라고 허덜 안 혔넌디, 시상 참 쫍네. 어디 숨어서 살겄능개벼."

　원순은 말을 하면서도 가슴이 두근거렸다. 행여나 그때 그 사실이 알려지면 어떻게 될 것인가? 자식들에게 무어라 할까? 또한 종부로서 어떻게 변명하고 마을 사람들에게는 무슨 낯으로 대한단 말인가? 생각할수록 자신이 허깨비가 되는 것 같았다. 그동안 젊은 청상으로 수절하고 살아온 것에 대하여 자부심을 갖고 떳떳하게 살아온 것이 사실이다. 그런데 모산 댁이 입을 열기라도 한다면 하루아침에 옹벽이 무너지듯 허물어져 버릴 것이다.

　"물어물어 찾아왔어요. 짐작으로 친정 가면 알것이다 험선 몬자 친정으로 갔더니 쉽게 여그럴 알려주었어요. 오래 된 일이라 친정이 역몰인가, 정몰인가 가물가물 혔으나 물어보니 역몰이란 동네가 있드라고. 그 동네 가서 새댁얼 찾았제. 아니 인자 봉게 새댁이 아니고 할매구만. 하여간 피난 와서 대바구리 장시 험선 살았던 사람을 물었더니 쉽게 친정 집을 알려주더라고요. 그나저나 고렇게 고상허고 살드만 요렇게 편히 잘 산 것 본께 내 마음이 흐뭇허네요. 썩을 놈의 날리 땜시 그리 고상 많이 혔제."

　일흔을 넘긴 나이에 머리는 백발이고 허리조차 구부정한 할머니 모산 댁은 찾아온 경로를 소상하게 이야기 해주었다. 반가우면서도 과거의 사실이 들어날까 봐 가슴에 큰 바윗덩이가 얹어져있는 것 같았다.

"그러면 먼 일이 있깐디 요렇게 찾아왔다요? 나넌 다 잊어불고 아무 것도 모른 치 험선 살아왔넌디, 인자 멋얼 어쩔라고 요렇게 찾아왔다 요? 허기넌 기왕에 왔응게 알아서 쉬어갈라먼 쉬어가지만 그때 야그넌 입 뻥긋 말고 있어야 혀요. 알았어요?"

원순은 삼십 년이 넘어서야 모산 댁을 만났으니 반가우면서 남겨놓고 온 자식이 떠오르며 뇌리를 망치로 때리는 것 같이 아찔했다. 하지만 입에 담기도 싫어 말을 꺼내지 못하도록 입단속을 시켰다.

"떡네 입장언 알지만 꼭 찾아서 혀야 헐 일이 있어서 요렇게 왔은게 너무 그러지 말아요."

모산 댁은 꼭 찾아야할 일이 생겨 왔노라고 애절하게 말했다.

"기왕에 말이 나왔은게 말인디, 그 애기넌 어찌 되었오? 크기나 혔넌 가 몰라."

원순은 아무리 참으려 해도 그 때 두고 온 핏덩이를 생각 안 할 수 없었다. 죽을 때까지 잊어버린 채 살려고 했지만 지기 몸에서 나온 자식을 핏덩이로 던져버리고 왔다는 것은 평생 가슴속에서 응어리로 풀려지지 않고 한으로 남아있었다.

"커기넌 잘 컸제......"

모산 댁은 말을 더 잇지 못하고 목이 멘 채 울먹이고 있었다.

"먼 일이 있구만. 왜 그려, 응? 어서 말 혀바요."

원순은 궁금증이 커지면서 숨구멍을 솜으로 틀어막는 듯 답답했다.

"그때 고렇게 핏댕이로 놓고 가불어서 내가 난 애기로 동네사람들을 다 속이고 잘 살았어요. 이름은 순도라고 지어 키웠넌디 건경허게 잘 자랐지요. 옥개에서 중핵교럴 줄업 혔넌디 공부를 잘 혔어요. 지 아부 지가 공부 더 잘 시켜야겠다고 광주로 나왔어요. 없넌 살림 팔아 광주 에서 오두막하나를 샀어요. 아부지넌 품팔이 허고 나넌 시장바닥 길 가상에서 채소 같은 것얼 쬐끔식 띠어다 팔아 그런대로 갸를 공부시켰어요. 광주에서 질로 좋은 고등핵교에 들어갔넌디, 친구 잘 못 사굼선 못된 길로 들어서게 되얏어요. 허라넌 공부는 안 허고 껄렁거리고 댕기다 핵교럴 졸업도 못허고 말았지라우. 쌈질이나 허고 댕기다 가막소에도 들어가 고상도 혔제. 거그서 나와 맘 잡고 공부도 허고 일도 헐라고 혔넌디 군대가 나와 헐 수 없이 군대를 갔어요. 그런디 아부지넌 순도가 핵교럴 안 가고 싸움질이나 허고 댕김선부터 부애난다고 술을 입에 대기 시작험선 일도 지대로 못혔어요. 차꼬차꼬 술에 빠지둥만 병이 들어 아무 일도 못허게 되었지라우. 순도가 제대허고 여그저그 일 허로 댕기다가 용케 큰 방앗간에 취직이 되었어요. 아부지넌 아파서 아무 일도 못허고 누워만 있응게 어렵게 살았지만, 갸가 월급 타오고 나도 날마동 쬐끔씩이라도 번께 아순대로 살아갈 수 있었어요. 그런디 사장이 순도가 착허다고 저그 집안 조카딸이랑 결혼을 시킬라고 혔어요. 둘이는 아조 좋아혔넌디, 우리가 너무 못살고 아부지가 큰 병이 들었다고 그 부모가 반대혀서 혼사가 깨져부렀어요.”

　모산 댁은 너무 아쉬운 생각에 후-휴- 하며 목이 메여 말을 못하고 한참동안 멍하니 앉아있었다.
　“그래서 어쨌어요? 혼사가 영영 안 되었구만이라우?”
　원순도 아타깝고 애석한 생각이 들었다.
　“아, 그 뒤부터 갸가 맴이 변험선 술얼 마시기 시작혔제. 차라리 결혼 문제만 없었어도 글않혔을 것인디. 저그 아부지넌 그 질로 얼매 못 살고 죽어불고……”
　모산 댁은 말을 잇다가 막막하고 기가 막힌 듯 말을 못하고 우두거니 앉아 있었다.
　“목 몽친감만. 물 떠오께 물 마심선 찬찬히 얘기 혀봐요.”
　원순은 모산 댁의 답답한 심정을 식혀줄 요량으로 부엌에 나가 찬물을 사기대접에 가득 떠 나왔다.

"그렸구만이라우. 고상께나 혔겠네요."

원순은 모산 댁의 말을 들으면서 안쓰러운 생각이 들어 혀를 차면서 심정을 이해해 주었다.

"바깥양반 돌아가시고 어떻게 살았능기라우?"

"산 것이 말이 아니제. 자식놈언 껄렁거리고 다니제, 벌이넌 없제, 어쩠겠어요? 죽지 못혀서 기양 살았지라우. 그려도 순도가 술얼 묵기 전에는 직장에도 열심히 댕기고 집에 들어오먼 나한테 참 잘 혔어요. 그런디 술을 입에 댐선부터 사람이 변허기 시작혔어요. 한 번은 술얼 몽땅 마시고 와서넌 행패를 부리는 거여. 나럴 죽인다고 목얼 졸라, 나가 기절꺼지 헌 적이 있었당게. 고렇게 험허게 살아왔어라우. 근디 인자넌 이도 저도 아니어. 고렇게 술만 처묵었넌디 몸이 어디 성허겄어요? 사람 몸이 쉿덩이간디 안 상혀? 신음신음 약해지드만 술도 못헌게 인자지 정신이 드는가벼. 친 어메를 보고 싶다요. 죽기 전에 꼭 한번 보고 싶다고 험선 찾아보라고 혀서 여태까지 지 헌것 생각허면 못헌다고 털어불겠지만, 고렇게 울었삼선 부탁허는디 자식이라고 키운 정 땀시 그냥 가만히 손 놓고 있을 수 있어야제. 그려서 물엄물엄 찾아온 것이 용허게 여그까지 오게 되었어라우."

모산 댁은 그동안 가슴속에 묻어두었던 응어리를 말이라도 다 털어놓고 나니 맺힌 한이 조금이나마 풀려버린 것 같아 길게 한숨을 쉬었다.

"참말로 고상 많이 허셨네요. 나는 이 시상에서 내가 질로 고상 많이 헌종 알았넌디 아지매가 더 많이 헌 것 같구만이라우. 그런디 날 찾아온 것언 멋얼 어찧게 헐라고 그려요?"

원순은 순도 어머니 말을 듣고 나니 무척 안타까운 생각이 들었다. 다 잊고 살아온 터에 자식이라고 찾을 아무 명분도 없었다. 더구나 감쪽같이 혼자만 아는 비밀이 드러나는 것은 지금까지 아무 흠도 탈도 없이 살아온 한 생을 씻을 수 없는 치욕으로 물들게 할 것이다. 그래서 아는 체하는 것조차 피하고 싶었다.

"어렵지만 아줌니가 같이 가서 우리 갸를 만나 보앗으면 허고 부탁헐라고 왔어요. 어찧게나 울어쌈선 어메를 찾아쌓는디, 그냥 있을 수가 있어야제! 아무리 어려움이 있더라도 내 살붙인게 첨이자 마지막 소원을 들어주었으면 혀요. 그런께 니얼이라도 나랑 함께 갔으면 좋겠어요. 잘 생각 혀봐요. 예?"

모산 댁은 간절하게 애원하며 통사정을 했다. 원순은 참으로 난감했다. 모산 댁을 따라나설 이유도 명분도 없었다. 그동안 청상으로 살아오면서 가문은 물론 면내 군내에까지 칭송과 격려를 받으며 살아오지 않았던가, 그 명예가 한 순간에 무너질 처지인데 어찌 쉽게 판단을 내리겠는가, 자식들에게 이 사실을 털어놓을 수 없는데 무턱대고 모산 댁을 따라나서기도 쉽지 않는 일이었다. 더구나 불륜관계에서 자식을 태어나게 해놓고 핏덩이로 버린 채 살아온 것이 알려진다면 원순의 처지는 무엇이 되겠는가? 지금까지 살아오면서 청순여淸純女로 칭송받았던 것이 하루아침에 악녀가 될 것인데, 생각만 해도 끔찍한 일이다. 천륜을 범한 죄인이 되는데 어디 대고 무어라고 변명을 하겠는가? 그러나 그 핏덩이가 죽어가면서 바라는 마지막 소원이라는데 그 소원을 들어주지 못하고 모른 척한다면 더 큰 죄가 될 것 같은 생각이 들었다.

무슨 운명이 마지막까지 이렇게 고통을 안겨주며 장난을 치는가, 머릿속이 텅 비어버려 어찌 해야 할 아무 방법도 떠오르지 않았다. 그러나 이렇게 엉거주춤하고 있을 일이 아니었다. 모든 것을 잃는다 해도 훌쩍 따라나서 그 아들을 보고 싶은 마음이었다. 더구나 어미 만나기를 그렇게도 간절하게 바란다는데 모른 체 할 수는 없다. 모산 댁의 사정을 봐서라도 따라나서야 한다고 생각되었다. 자신도 만나보고 싶은 생각에 한시가 급해져 그냥 있을 수가 없었다. 그런데 따라나서려면 자식들이 수긍할만한 명분이 있어야 한다. 그렇지 않으면 아무리 애석하고 안타까워도 모산 댁을 홀로 보내야 한다. 불원천리 실낱같은 희망을 가지고 이틀간이나 걸어서 찾아온 파파 노인네를 그냥 보낸다는 것은 도리가 아니었다.

모산 댁은 귀가 아프도록 순도 이야기만 해댔다.

원순은 변명거리를 생각해봤다. 피난시절 바구니 장사하면서 많은 신세를 지고 도움을 받아 그 은공을 잊지 못했는데 마침 찾아왔으니 놀기도 겸해서 따라나선다고 할까? 아니면 순도에 관한 비밀을 사실대로 털어놓고 이해를 구할까 하는 생각이 들기도 했다. 설령 과거의 비밀이 알려져 어떠한 어려움에 처한다 해도 찾아가는 것이 어미의 도리다.

자기 뱃속에서 나온 자식이 죽어간다는데 체면을 핑계로 모른 체 하는 것은 어미로서 도저히 용납될 수 있는 일이 아니다. 이런 사정에서 자식을 모른 체하며 잊어버린다는 것보다 더 큰 죄가 어디 있겠는가? 어떤 방법을 택해서라도 한번은 만나봐야 할 것 같았다. 가서 그간의 불가피했던 사정을 이야기하고, 방법이 있으면 살려야 한다고 마음이 굳어지고 있었다. 어떻든 모산 댁 혼자는 보낼 수 없다고 생각했다.

만일 생모를 만나고도 모른 체 했다는 것을 안다면 그 실망은 하늘이 무너지는 것보다 더 클 것이다. 원순은 저녁을 먹고 자식들을 따로 앉혀놓고 이야기했다.

"내가 낮에는 얘기럴 못 혔다만 어차피 너그덜도 알아야 할 것 같혀서 말 헐란다."

어머니의 진지한 표정과 엄숙한 말에 자식들은 긴장과 호기심이 교차하고 있었다.

"무신 일인디, 그러셔요? 어서 말씀 혀 보셔요."

춘호가 기대감을 갖고 말했다.

"입이 떨어지지 않는다.……후유."

원순은 말을 못하고 더듬거리고 있었다.

 "먼, 일인디 그려요? 저 아줌니한테 잘 못헌 것이라도 있어요? 빛이 라도 졌는가요?"

 어머니가 더듬거리는 것을 보고 춘보가 답답해하면서 말했다.

 "그런 것 아니다. 빛진 것도 아니고 잘 못헌 것도 아닌게, 그런 걱정 은 허지마라."

 "그러먼 왜 말을 못혀? 얼릉 얘기 혀봐요."

 춘호가 어서 말하라고 재촉했다.

 "내 파난 가서 장시 댕길 때 여그 지시넌 아줌니한테 신세럴 많이 졌다. 그 동네 들어가먼 이 아줌니 집을 내 집맹기로 찾아들어 짐도 매끼고 잠도 자고 밥도 얻어묵고 댕겼어. 그래서 언니 동상 허고 지냄선 평상 잊지 말자고 언약얼 혔넌디, 내가 무심허게 고향으로 들어와서넌 잊어 불고 살아왔당게. 그런디 이 언니가 요렇게 찾아와 함께 가서 며칠 쉬 어 오자고 허는디 너그덜언 어찧게 생각허냐?"

 "엄니도 참! 그런 일이 멋이 어렵다고 고렇게 뜸얼 드림선 얘기럴 헌 다요. 요세 바뿌다고 허지만 놀다 오셔요. 우리넌 무신 큰일이나 있는 가 혔지요."

 둘째 며느리 자영이 아기 젖을 빨리다가 애기를 내려놓으면서 흔쾌히 말했다.

 "나넌, 먼 말을 헐란가 혔넌디 기껏 혀서 그런 말이요? 허기사 엄니가 너무 허셨네요. 고생헐 때 도움을 받았으면 잊지 말고 몬자 찾아가서 고마운 인사럴 혀야 혔는디, 아줌니가 온게사 그런 말을 혀요? 집 걱정 말고 가서 쉬었다 오셔요."

 춘호가 웃으면서 말했다.

 "큰 애 너넌, 어쩌냐?"

 "엄니 좋을 대로 허셔요. 그런 일인디 누가 머라겄어요? 니얼 곧바로 다녀오셔요."

큰 며느리 혜숙도 흔쾌히 다녀오라고 말했다.

"고맙다. 아직 일철이 다 되지는 안 혔어도 요곳조곳 봄갈이 헐 일이 많언디, 니덜이 다 좋다고 헝게 맘 놓고 가서 놀다 올란다."

원순은 마음을 짓누르고 있는 무거운 돌덩이를 내려놓는 듯 홀가분했다. 그러나 아직 몰래 낳은 아들이 있다고 말을 하지 않는 것이 조금은 마음에 걸렸다.

원순은 이튼 날 아침밥을 먹고 남은 고구마를 조금 싸가지고 나섰다. 모산 댁은 한사코 마다했다. 그러나 도시에는 모든 것이 귀해서 사먹어야 하는 터라서 있는 것 더 많이 챙기고 싶었으나 노인네들이라서 무거워 많이 챙기지 못했다. 그들은 일꾼지로 천천히 걸어 나와 순창까지 버스로 왔다. 순창에 와서 광주행으로 갈아타기 위하여 내려 보니 광주행 차가 금방 없었다. 아직 점심때가 되지는 않았지만 자식을 만난다는 들뜬 마음에 아침밥을 그렁저렁 먹은 탓에 시장기가 들었다. 물론 광주까지는 가는 시간이 한 시간 남짓 걸려 곧바로 갈 수 있지만 원순으로서는 모산 댁에게 점심을 사 먹이고 싶었다.

"어디 가서 단촐허게 정심을 묵고 갑시다."

"광주넌 차로 가먼 금방인디 어디서 정심을 묵어요? 우리 집으로 갑시다."

"지가 시장혀서 그려요. 내가 살랑게 아무 말 말고 그냥 따라오기라우."

원순은 모산 댁의 손목을 잡아끌었다. 그들은 터미널 앞 길 건너 할매 식당으로 들어갔다. 평일이고 이른 시간이라서 점심 손님이 거의 없었다.

"어서오셔요."

주인 할머니가 반갑게 맞아주었다.

"정심 묵을라고 헌디요. 곧바로 된기요?"

"예. 고리 앉그셔요."

주인 할머니는 한 쪽이 조금 쭈그러진 노란 양은 주전자에 식수를 내왔다. 우선 물부터 한 컵 따라 마셨다. 이내 밥이 나왔다. 반찬 가짓수는 많지 않아도 할머니 손맛이 정갈했다. 특히 싱싱한 봄 동 겉절이가 밥맛을 돋우었다. 점심을 달게 먹고 곧바로 광주행 버스를 탔다. 남도 들녘은 이른 오후 햇살을 따사롭게 내려 받아 봄내음을 물씬 토해내고 있었다. 양지 녘 언덕배기에는 새싹들이 제법 파란 빛을 토해내고 있었다.

담양으로 넘어서니 겨울을 이겨내고 봄을 맞이하는 들녘엔 봄 색이 더욱 완연했다.

"봄이 다 되얏네요."

원순은 오랜만에 먼 곳으로 여행을 오는 길에 봄 들녘을 정감 있게 바라보면서 차창 밖에서 눈을 떼지 못했다.

"금매, 말이요. 인자 일 철 내달면 바쁠턴디 애 많이 써야 허겄네요."

모산 댁도 원순의 기분을 맞추어 거들며 말했다.

"평상 허넌 일, 고상으로 생각허먼 못 살지요. 그렇께 기양 사람이 허는 노릇이제 허고 생각허먼 넘어가요. 어쩔 것이여. 농사짓는 사람이 농사일얼 무서허먼 살것이요?"

봄 이야기, 농사 이야기 하는 사이 어느새 차는 광주 서방 간이정류장에 도착했다.

"여그서 내려야 혀요. 여그서 내려서 쫌만 걸어가먼 우리 집인게 어서 내립시다."

모산 댁이 앞서 내렸다. 모산 댁이 앞서서 계림동을 향해 걷고 있었다. 오래 전에 순도를 한번 찾아보겠다고 서봉으로 해서 광주까지 왔던 일이 생각났다. 그때는 혼자 처음 길이라서 방황하다가 찾지 못하고 그냥 돌아갔는데, 생각지도 않게 그 핏덩이를 만나려고 온 것을 생각하니 만감이 교차되었다.

20여 분 쯤 걸어서 이르는 곳이 계림동 뒷골목 주택가였다. 골목 끝에 허름한 함석대문의 빛바랜 파란 페인트가 마른버짐처럼 희끗희끗

벗겨진 채 비스듬히 닫혀있었다. 대문 돌쩌귀가 녹슬어 헐거워져 대문을 열려면 문짝을 들어 올리며 밀어야 열렸다. 시멘트 포장된 마당은 여기저기 파여 있어 사람이 살지 않거나, 밥도 제대로 못 먹고 사는 어려운 형편임을 한눈에 알아볼 수 있었다.

벽을 시멘트 블록으로 쌓고 지붕은 기와로 이은 반 양옥이었다. 관리를 제대로 하지 않아 허름하기 이를 데 없었다. 밖에는 봄볕이 따뜻한데 방에 들어서니 냉기가 겨우내 비워둔 방처럼 오싹했다. 사람이 살고 있는 집 같지 않았다.

"우리넌 요렇게 사요."

모산 댁은 집이 너무 초라해서 창피한 생각이 들었는지 한탄하며 말했다.

"금메, 고상 허시겄네요. 겨울얼 어찧게 지냈디아? 날이 풀어졌넌디도 요렇게 방이 썰렁허니 겨울에 사니라고 혼났겄어요."

원순은 안타까운 생각이 들었다. 모산 댁은 아랫목 요를 들치며 앉으라고 권했으나 방바닥 또한 온기라고는 없었다. 연탄불이 꺼져 방이 식어버린 것이다.

"연탄이 다 꺼져부렀넌감만, 아무도 없었는감네."

집안에 인기척이 없었다. 모산 댁은 순도 방으로 갔다. 순도는 냉방에서 이불만 쓰고 웅크린 채 누워 있었다. 어머니가 들어가도 아무 반응이 없었다. 어머니는 혹시 몸이 많이 아픈가 싶어 놀란 가슴을 쓸어내며 이불을 들쳤다. 순도는 별일은 없는 것 같은데 죽은 듯이 아무 반응이 없이 누워있었다.

"아이, 순도야. 나 왔다. 그동안 밥도 안 묵었냐?"

어머니는 두근거리는 가슴을 진정시키며 낮은 목소리로 다정하게 물었다.

"엄니 왔소? 어떻게 혔소?"

순도는 관심이 없는 듯 일어나지도 않은 채 옆으로 웅크리고 누워있었다. 속으로는 기대하지 않았던 모양이었다.

"좀, 일어나 바라! 큰 방에 너그 어메가 와있다. 가 바야 헐 것 아니냐? 첨 봄선 요렇게 뿌시뿌시헌 얼굴로 대헐래? 어서 일어나 세수도 허고 그러고 만나바야제."

"응, 왔어요?"

순도는 친 어머니가 큰 방에 있다는 말에 정신이 번쩍 드는 듯 일어나 앉았다.

"그려, 왔어! 그렇게 어서 일어나!"

"예, 알았어요."

"순도는 주섬주섬 일어나 샘으로 나가 세수를 하고 옷을 갖추어 입으며 몸 매무새를 갖추었다.

"얼른 오그라."

모산 댁은 큰방으로 갔다.

"갸는 아직 자고 있었구만이라우. 깨웠은게 곧 올 것이오."

"그려요? 나는 하도 조용혀서 집에 아무도 없넌종 알았넌디."

원순은 갑자기 가슴이 뛰면서 긴장되고 얼굴이 붉어지는 것 같았다. 핏덩이로 던져놓고 가버린 뒤 머릿속에서 완전히 지워버렸는데 삼십 년이 넘은 뒤에야 자식이라고 대면을 한다고 생각하니 말로 형언할 수 없는 야릇한 심정이었다. 무슨 말을 해야 할까, 미안하다, 그런 말 밖에 생각나지 않았다. 원순도 옷매무새를 만지며 자세를 고쳐 앉았다.

긴장된 순간이 한참 지나서 방문이 열리고 야윈 청년이 파리한 얼굴로 들어섰다. 원순은 너무 생소한 얼굴이지만 말도 하기 전에 눈물이 왈칵 솟구쳤다.

"니가, 그렇게 만나보고 싶어헌 너그 어메다. 인사 드려라."

모산 댁은 여러 설명 없이 간명한 말로 인사드리라고 했다.

"절, 받으셔요."

순도는 오히려 감정이 담담해졌다. 원순은 몸을 반드시 일으켰다가 약간 구부리며 절을 받고는 손을 내밀어 순도의 손을 움켜쥐었다. 그리고 입이 열리지 않아 아무 말도 할 수 없었다. 순도 또한 똑같은 심정으로 손을 잡힌 채 원순의 얼굴에서 친 어머니란 것을 읽어내려고 위아래를 더듬어 살폈다. 어머니와 아들 두 사람은 말은 못하고 두 줄기 눈물이 양 뺨으로 소리 없이 주르르 흘러내렸다. 원순은 너무 커버린 순도를 보면서 자기가 낳은 아들이라고 실감이 나지 않았다. 얼굴에서는 모산 양반을 보는 느낌이 들었다. 순도 역시 마음에 그리는 어머니상이 아니었다. 너무도 늙고 이질적인 얼굴 모습이었다. 그러나 이질감을 극복하려는 듯 의식적으로 어머니라는 정감을 찾고 있었다.

　원순은 그렇게 이질적인 청년이지만 그냥 있을 수 없어 순도를 끌어안았다. 순도 역시 같은 심정이지만 먼저 다가가지 못하고 원순이 끌어안아주니 수동적으로 안겼다. 그때 지금까지 어디서도 느껴보지 못한 모정이 느껴졌다. 두 사람의 머릿속은 많은 영상들이 명멸되면서 끝내 울음소리가 터져 나왔다. 그동안 잊고 살아왔지만 마음속 깊숙이 자리 잡고 있는 잠재의식이 꿈에서 깨인 듯 서로를 간절하게 끌어당겼다.
　모자母子의 정이 뜨겁게 불타올랐다. 서로 부둥켜안았다 밀치기를 반복하며 얼굴을 확인하고 울음을 그치지 못했다.
　"인자 그만 혀. 만났응게 좋은 일인디 울기만 허면 쓰간디. 고만 울어."
　모산 댁이 때어 말렸다. 모자는 손으로 눈물을 닦아내며 떨어져 앉았다. 원순은 애잔한 마음이 상처에 소금을 뿌린 듯 쓰렸다. 혈기 방자한 청년일 텐데 얼굴이 파리하게 병색이 짙으니 안쓰럽기 짝이 없었다. 그렇게 안쓰러운 생각이 들면서도 진짜 자신이 낳은 자식아라고 실감이 나지 않았다. 자신이 낳았다고 생각하기에는 너무도 오랜 세월 떨어져있었다. 더구나 마음속에서 완전히 지워버리고 더는 생각하지 않으리라 굳게 다짐한 터라 이제 와서 새삼스럽게 자기 자식이라고 생각한다는 것은 너무 쑥스럽고 민망했다. 그래도 바로 코앞에 앉아 있는 낯선 청

년이 그녀의 몸을 통해서 낳았다는 것은 사실이다. 이런 현실을 부정할
수는 없는 일이다.

　원순은 냉정하려고 해도 순도가 너무도 야위고 힘이 없어 보이니 남
보듯 할 수만은 없었다. 설령 혈육이 아니어도 그런 야윈 모습을 보면
불쌍하고 애잔한 생각이 들것인데, 친자식에 있어서야 오직하랴!
　"젊은 청년이 무신 일이 있간디 요렇게 몸이 안 좋아 보여?"
　"금매 야가 요렇게 생겨서 친 어메를 찾는 것 아닌기요? 가만 두먼 못
산디아. 그렇다고 병원에서도 약만 갖고넌 나술 수가 없다고 헌디아."
　모산 댁은 울음 섞인 음성으로 말했다. 순도 또한 아무 말도 못하고
파리한 코 선을 따라 굵은 눈물 줄기가 하염없이 흘러내리고 있었다.
　"무신 병인디 병원에서도 못 나순 병이 다 있다요? 참말로 요상허네요."
　원순은 도저히 이해할 수 없다는 표정이었다.
　"그런디, 친 혈육의 피가 필요허다요. 피가 맞으면 낫을 수 있다요.
그려서 엄니럴 찾았지라우."
　모산 댁은 전날 원순 집에서 다하지 못했던 이야기를 자세히 말해주
었다.
　"무신 놈의 병이 혹시 애미 땀시 생겼다고 허는 말이요?"
　원순은 불쾌한 생각이 들어 투정 섞인 어투로 말했다.
　"그런 말이 아니라 피 암인가 혈액 암인가 그런다요. 그런디 부모형
제간에 피가 같은 사람이 있으면 그 피로 낫을 수가 있다고 혀서 허는
말이여라우. 머, 아줌니를 원망혀서 허는 소리가 아녀. 사람이 살고 바
야제 어쩌겠소. 그려서 열일을 다 제쳐놓고 친 어메럴 찾은 것이아라우."
　"피 암이라고? 고론 병이 다 있다요? 요새넌 시상이 험헌게 별놈의
병이 다 있어. 나도 언젠가 어렴푸시 덜어본 것도 같언디, 왜 하필 고런
못 쓸 병이 생긴디야?"
　원순은 너무 안쓰러운 생각에 순도를 다시 끌어안아 등이라도 다독여

주면서 위로해주고 싶었지만 꾹 참았다.

"그런께, 아무 활동도 못허는구만. 이 일얼 어쩐디야. 큰일이네!"

원순은 혀만 차고 있었다.

"오널언 너무 늦었은께 기양 쉬고, 니얼 병원에 가서 아줌니 피검사럴 혔으먼 허는디 어쩔라요? 헐 수 있겄지라우?"

모산 댁은 원순의 의향을 떠봤다.

"그래야제라우. 내가 난 자식이 죽어간다는디 어찔게 가만이 있다요."

원순은 당장이라도 병원을 가고 싶었으나 해가 지고 있어 안타깝기만했다. 원순은 다시 한 번 순도의 손을 잡았다. 야윈 것을 보면 젊은이 손은 아니었다. 더구나 온기라고는 없어 다 죽어가고 있는 것 같았다. 다시 눈물 줄기가 양 뺨으로 흘러내렸다. 순도 또한 아무 말 없이 원순을 쳐다보는 눈빛에 원망이 서려있었다. '왜 나를 요렇게 낳아놓고 혼자 가버렸어요. 나는 어쩌라고…… 순도는 속으로만 이렇게 생각하면서도 그 말을 입 밖으로 내지는 못했다. 다만 어떤 독한 사람이 핏덩이를 던져놓고 나 몰라라 하고 가버렸을까? 그러고서도 지금껏 한 번도 찾지 않고 잊은 채 살아왔을까? 순도는 의문이 커져만 갔다. 저녁을 먹고 친 어머니 원순을 자기 방으로 불렀다. 원순도 아무리 초면이지만 단 둘이 앉아 그동안 속사정 이야기를 나누고 싶었다.

"그러구려. 처음인게 모자간에 이야기도 허고 이따 잘 때넌 이 방으로 와요."

모산 댁은 원순을 떠밀며 따라가서 이야기를 나누라고 했다.

원순은 순도 방으로 따라갔다. 단 둘만의 만남은 어색한 분위기에 서먹서먹했다. 먼저 무슨 말을 해야 할까? 원순은 순도 방을 여기저기 두리번거리고 있었다. 순도 또한 무슨 말을 먼저 해야 할 것인가 생각이 나지 않는 듯 아랫목에 깔아놓은 이불을 끌어당겨 덮고 앉아서 고개를 수그리고 있었다.

"첨이라 말 허기도 어색허구만. 어쩌다가 요렇게 되었디아. 응?"

원순은 애잔한 순도의 손을 잡으며 말문을 열었다. 순도는 아무 말 없이 흐느꼈다.

"우지 마! 내가 죽일 사람이제. 허지만 어쩔 수 없이 일어난 일이라 낸들 어쩌겠어? 그려도 그 때넌 아부지가 너를 낳아 놓은게 얼매나 좋아혔넌디, 그려서 잘 키워 잘 되겠제 험선 잊어불고 살았제. 그런디 요렇게 되었네!"

원순은 순도의 출생비밀을 밝혀주고 싶었으나 소상하게 말하기가 부끄러웠다.

"인자 엄니라고 허께요. 나럴 낳은 엄니가 따로 있다는 것언 아부지가 돌아가시면서 알려주었어요. 마음이 이상혀지면서 시상이 달라지는 것 같았어요. 허지만 큰방에 지시던 엄니가 너무 잘 혀주어서 여그 지신 엄니는 잊고 살라고 혔어요. 그런디 친 엄니럴 모른 채 살려고 허는 내 자신이 천벌얼 받은 것인가, 요런 병에 걸렸잖혀요? 요행이 엄니나 다른 형제가 있어 피가 맞으먼 낫을 수도 있당게 일말의 희망얼 갖고 엄니럴 찾아보기로 혔어요. 나가 꼭 살고 싶은디 천벌얼 용서 받을가 모르겠네요."

순도는 늦게나마 혈육의 정은 속일 수 없다는 생각이 들었다.

처음 보는 어머니지만 응석이라도 부리고 싶은 심정이었다. 그동안 가슴 한 쪽이 텅 비어있는 듯 허전한 감정이 풀솜처럼 붙어 따라다녀 외로움을 안고 살아왔는데 어머니가 바로 앞에 있으니 그동안 못 다한 정을 나누고 회포를 한껏 풀어보고 싶었다. 생각 같아서는 그간의 그리움을 어머니 품에 안겨 실컷 울음이라도 울었으면 그 한이 풀릴 것 같았다.

"금매 말이여! 먼 방법이 있겄제. 너무 낙심 허지 말고 있어보자. 니 얼 병원에 가보면 알겄제."

원순은 순도의 등을 다독이며 위로하여 달랬다.

"엄니! 그나저나 요렇게 자식이라고 낳아놓고 이 나이가 되도록 한 번도 생각얼 안 혔어요? 그럴 수 있넌거요?"

순도는 원망과 의문의 눈초리로 원순을 바라보며 말했다.

"나라고 어찌 맘조차 없었겠어? 그렇지만 내 형편언 어쩔 수가 없었어. 죽을동 살동 전쟁 통에 식구덜 죽고 피란이라고 나와서 묵고 살 길이 없어 장사럴 나왔다가 내 생각허고는 아무 상관없이 요상허게 너가 생겨 요렇게 되았어야. 사실 말이제 저그 엄니가 하도 잘혀주어 장사럴 댕김선 밥도 얻어묵고 잠도 재워주어 감사 혔넌디, 자석이 없은게 너그 아부지랑 짜고 어쩔게 혀부렀어. 내 입장은 자석이 있고 혼자 사는디 애가 있다고 허먼 어쩔것이냐? 우리 집안은 벌쭉헌디 소문이 나먼 못 살고 쫓겨 나와야 혀. 그리고 이집도 애기가 없은게 친 자식을 갖고 싶어 생긴 일인게 감쪽같이 서로 숨기고 살기로 혔제. 그런디 나가 자주 찾아댕기다 소문이라도 나먼 어쩔 것이여. 나가 고렇게 잊고 살아온 것으로 알지만 나도 사람인디, 어찌 속마음조차 없었겠어? 핏댕이럴 띠어놓고 돌아설 때넌 하늘이 무너져 부리고 땅이 꺼물어지는 것 같았어."

"그러면 나를 무신 도독질이라도 혀서 낳았당가요? 인자넌 서로 만났고 이만큼 시간이 지났은게 설령 알려진다고 혀도 어쩔것이요. 사실대로 말혀봐요?"

순도는 다그쳐 따지며 물었다. 원순은 난감했다. 사실대로 말하기는 아무리 자식이지만 창피하기도 하고, 수치스러워 입을 열 수 없을 것 같았다. 그렇다고 사실을 숨기기 또한 어미로서 자식에 대한 도리가 아닐 것 같아서 들지도 놓지도 못할 처지였다.

"왜, 말얼 못혀요? 인자 다 지난 일이고 비밀이 알려진다고 안 될 것도 없잖아요? 아부지가 돌아가실 때 헌 말얼 듣고 울분이 터져 미칠 것 같았지만 속으로 삭이면서 살아왔어요. 내 생활이 문란해지는 것도 진짜 따뜻한 친 엄니 사랑이 없어서 그렁가 싶기도 혀요. 그렇게 이참에 사실대로 나한테 털어놔요. 지 출생의 비밀을 알고 싶어요. 어서 말혀

주어요."

순도는 집요하게 물었다. 원순은 더는 숨기고 말고 할 것이 없을 것 같았다. 기왕 말이 나왔으니 말을 해주어야겠다고 생각했다.

"인자, 너도 다 컸응게 알고 싶었것제. 그런디 나가 늙었다고 허지만 험헌 일 같혀서 입이 떨어지지 않는다만 니가 고렇게 원헌께 이야기 허마!"

원순은 작심하고 이야기를 해야겠다고 마음먹었다. 그래야 자기의 기구한 운명도 이해해 줄 것으로 생각되었다.

"너, 인공이란 말 들어봤냐? 잘 모르제?"

"예. 쪼끔 말언 들었지만 잘 몰라요."

"우리 사는데넌 수악헌 산중인디, 전쟁 통에 인민군, 빨치산들이 들어와서 점령허고 있은게 군인덜이 수복헌다고 날마동 전쟁이 벌어졌어. 다섯 달 넘게 그렇게 전쟁얼 허다가 이듬해 봄에사 군인덜이 들어와 집이야, 살림이야 다 불태우고 사람덜얼 쫓아내 빨치산덜이 없는 곳으로 피난을 나왔제. 맨 손으로 쫓겨 나와서 묵고 살 재주가 있어야제. 그려서 장사럴 혀보겄다고 대몽장에 가서 대바구리럴 띠어다가 이동네, 저동네를 댕기먼서 팔았어. 그런디 너그 고향 서봉서 아부지랑 저 방에 지신 엄니가 아주 잘 대해주었어. 그려서 언니라고 험선 주인집얼 삼고 댕겼넌디, 겨울 어느 날 눈이 내린 밤이었어. 너그 아부지가 사랑으로 가지 않고 한 방에서 자게 되었어. 하루 종일 이 동네 저 동네 돌아댕긴다고 피곤 혓넌지 아침까지 곤히 자고 있었어. 그런디 서로 짰넌가 모르지만 아침 일찍 너그 엄니는 장에 간다고 없었어. 너그 아부지가 자고 있넌 나를 범헌거여. 참말로 기가 막혔지만 어쩔것이냐? 그러고 말았으면 허는디, 그것으로 니가 덜컥 생기부렀으니 띨라고 온갖 생각얼 다 혔지만 고것도 못헐일! 그려서 너그 아부지한테 너 생긴 것얼 얘기 혔더니 얼매나 좋아헐 것이냐? 저그 엄니도 좋아허고, 그려서 낳기로 혔제. 고것이 내 죄다. 나넌 안 된다고 혔지만 너그 아부지랑 엄니가 얼매나 좋아험선 너널 낳아달라고 빌고 빌면서 목얼 맸어. 그려서 서로 숨기고 삼선 너널 날때넌 너그 집으로 와서 낳고, 그 길로 가불고넌 다시 찾아오지도 않혔제. 내가 죽일 년이지만 우리 집안에서 내가 장손 미너리인디, 그런 것이 알려지면 살수가 없어. 그려서 고렇게 된 것이여. 나도 험헌 시상 살면서 젊디나 젊은 몸으로 전쟁중에 애덜 아부지넌 어디서 죽는종도 모른 채 두 자식 키운다고 안 혀본 일이 없이 혀감선 살아난 것이 용허기도 허구나! 피난살이 고상은 말로 다 못하지만 시상이 평란平亂 됨선 고향에 돌아가 산께 시방언 걱정 없이 살고 있다. 생활이 안정됨선 니 생각이 나더라. 우리 아그덜한테넌 여그저그 돌아댕기다 오마고 허고넌 너가 어찧게 살았넌가 싶어 서봉얼 가봤제. 거그 사람덜이 광주로 나왔다고 허글래 그 길로 광주로 와봤는디 이 넓은데서 찾을길이 있어야제. 그 길로 돌아가서는 잊어부리자고 각심허고 살아왔다. 어찌 내 뱃속에서 나온 자석얼 한시라도 잊기야 허겄어? 항상 가슴속에 묻어두고 삶서도 한으로 남았지만 말한마디 못허고 사는 내 심정언 오직혔겄냐? 애초에 나라는 여자가 복이 없넌 탓이다. 그런디 뜬금없이 요런 일이 생겼응게 내 죄가 많은 년이여.”

원순은 말을 꺼내기 시작하니 끝이 없었다. 순도는 눈물을 주르르 흘리면서 묵묵히 듣고만 있었다.

“나넌 하도 험헌 고상을 험선 살아와서 그런가 울움도 눈물도 말라부렀는가벼. 아가. 울지 말그라! 울지 마-. 먼 좋은 일이 있겄제.”

원순은 순도를 토닥이며 달래주었다.

“먼, 얘기가 그리 질어? 인자 자야제.”

모산 댁이 궁금한지 방문을 열고 들어왔다.

“응. 이얘기 저 얘기 혔어라우.”

원순은 순도 손을 놓으면서 말했다.

“니얼 병원에 일찍 가바야제. 그럴라면 어서 자자. 너 울었구나! 하면! 울음이 나오제. 어메라고 첨 본께 별 생각이 다 나제.”

모산 댁은 순도를 달래며 말했다. 순도는 무슨 말을 하려다 말고 다시

고개를 숙여버렸다.

"그려. 잡시다."

원순은 일어섰다.

"방언 따뜻혀냐? 이불 잘 덮고 자."

모산 댁은 앉으려다 말고 일어서며 순도에게 타일렀다.

"가서 주무셔요."

순도는 간단하게 한마디 하고는 옷을 입은 채로 이불 속으로 들어가 누워버렸다. 아직 이른 봄이라서 밤공기는 쌀쌀했다. 원순은 모산 댁을 따라 안방으로 들어갔다. 원만하면 순도와 한방에서 자면서 그동안 다 못한 정이라도 주면서 꼭 껴안고 자고 싶었다. 그러나 마음뿐이지 차마 그리 못하는 것이 못내 아쉬웠다.

"먼, 야그가 그리 길었어? 허기사 헐 말이 만리장성이제. 그 세월이 얼만디……."

모산 댁은 군담처럼 혼자 자문자답을 하면서 이불을 고쳐 깔았다.

"요리와. 연탄방언 따순데만 따숩고 춘데년 아조 냉들이어. 여그 아랫목만 쪼께 따순게 서로 딱 붙어서 자드라고."

원순을 아랫목으로 끌어당겼다.

"괜찮혀요. 인자 봄잉게 그리 춘종 모르겠구만이라우"

원순은 뒷문 쪽으로 앉았다.

"글않혀. 아직 밤에넌 추워라우. 시방언 덜 춥지만 새복엔 추운게 괜히 떨지 말고 요리 니러와요."

모산 댁은 한사코 원순을 아랫목으로 불러드렸다.

"알았어요. 가께요."

원순은 치마를 벗어 개서 뒷문 쪽에 밀어놓고 모산 댁 옆에 누웠다.

"그나저나 자럴 어쩐디아? 나사야 헐턴디. 피가 맞은 사람이 있어야 살 수 있다는디, 참말로 험헌 병이 다 있당게."

모산 댁은 혼자 말로 한탄을 하면서 긴 한숨을 쉬었다.

"금매 말이라우. 어찌 고런 병이 다 생겼넌가 모르겄네요."

원순도 같은 심정에서 한탄을 했다.

"지가 복이 있으먼 니얼 가보면 알겄제. 걱정 혀봐야 아무 소용없는 짓인게 우리 인자 고만 자드라고."

모산 댁은 앞문 쪽 기둥에 설치된 스위치를 손을 뻗어 전등을 껐다. 방안은 일시에 칠흑으로 숨이 막히게 어두워졌다. 한참 있으니 골목 가로등이 희미하게 방문을 비춰 아슴아슴하게 윤곽은 알아볼 수 있을 만큼 빛이 스며들었다.

모산 댁은 금방 잠이 들어 숨소리가 커졌다. 원순은 잠이 오지 않고 눈은 오히려 멀뚱멀뚱 해졌다. 지난 세월이 꿈을 꾸듯 머릿속을 스치면서 잠은 더욱 멀리멀리 달아나 버렸다. 모르고 지나면 아무 일도 아닐 것을 새삼 눈앞에서 못 볼 것을 봐야 하는 처지가 원망스럽기까지 했다. 그러나 한편으로는 자기 속으로 난 자식을 늦게나마 만나는 것이 가슴속 깊이 숨어있던 감정을 불러일으켜 죽을 때 눈을 감고 갈 수 있을 것 같았다.

그러면서도 어느 날 불쑥 현실로 불려 나온 것이 마음을 더욱 복잡하게 짓눌렀다. 왜 하필 이런 몹쓸 병이 생겨 절망의 늪에서 허우적이며 그녀 앞에 다가왔으니, 차라리 몰랐더라면 좋았을 것을. 그녀의 불행은 언제 끝날 것인가? 어디 가서 실컷 통곡이라도 해버리면 풀린 것인가? 온갖 생각에 쫓겨 잠은 영영 멀리 달아나버렸다.

12

암흑의 길

원순의 피를 뽑아 검사를 맡겨놓고 오후에 병원을 찾아갔다.

"간이 검사로 혈액형만 우선 검사를 했는데 다르네요. 정밀검사 전에 기본적으로 하는 검사인데 맞지 않으니 할 수 없어요. 혹시 다른 혈육은 없으신가요?"

의사 선생님은 상세히 설명해주었다. 순도는 떡심이 탁 풀리면서 사지를 축 늘어뜨렸다. 원순은 실망을 넘어 안타까운 심정을 어떻게 갈무리할 수 없었다. 어미라고 자식에게 생명을 태워주었으면 죽어갈 때 어떻게 해서든지 어미가 살려낼 수 있는 힘이 있어야 하는데 그러하지 못한 자신이 너무도 실망스럽고 무기력하다는 생각이 들었다.

살 수 있다는 자식의 태산 같은 희망을 꺾어버린 자기가 원망스럽기만 했다. 하늘이 무심하다. 사주팔자일까? 사람이 태어나서 이렇게 복도 없는 사람이 있을까? 왜 이런 불행이 자기에게만 닥치는 것일까? 생각할수록 분한 생각이 들었다. 그러나 어찌하랴? 주어진 운명을 무슨 수로 이기고 거역하겠는가? 사느니 한편 죽느니 한편인 것을 겸허히 받아들이자고 다짐했다.

"다른 아들이 있담선 그 아들들은 어쩐가요? 어렵지만 한 번 부탁허먼?"

모산 댁은 희망의 끈을 놓지 않으려고 원순의 의향을 떠봤다.

"글씨 말이요. 나도 그 생각을 혀봤넌디, 이런 말얼 어찔게 헐가 모르겄네요. 장담얼 헐 수가 없을 것 같혀요."

원순은 난처한 심정을 추스를 수가 없었다.

"그렇지만 사람이 죽고 사는 일인디 체면 땀시 못헌다는 것은 말이 안되제. 우선 사람이 살고 바야 헝께 먼 짓이라도 혀야 헐 것 아니요?"

모산 댁은 결연하고 단호한 어투로 강요에 가깝게 부탁했다. 원순은 기대를 가지고 피검사를 했으나 원순은 A형이고 순도는 B형으로 아무리 친 모자간이지만 섞일 수 없는 것을 어찌하랴? 운명을 탓할 수밖에 없었다. 다른 자식들에게 동참할 것을 부탁하려면 삼십 년을 넘게 숨기고 살아온 비밀을 만 천하에 들어내야 한다. 이런 난감한 처지를 지키기로 고집할 것인가? 한 생명을 살릴 것인가? 지금까지 살아오면서 종부라는 지위와 정절貞節을 목숨처럼 지켜온 숭고한 가치가 무너지는 것이 두려워 죽어가는 생명을 모른 체 하는 것은 너무 이기적이고 잔인한 일 아닌가?

"그나저나 인자 자식얼 죽이고 살리는 것언 친 어메가 알아서 헐 일인게 잘 생각혀보드라고. 알아서 혀."

모산 댁의 강력한 부탁에도 원순은 한마디로 그 자리에서 가부를 결정할 수 없었다.

"갑시다. 인자 나넌 죽어, 죽어야제! 나 같은 놈이 살먼 멋헐 것이여. 애초에 이 세상에 나오지 말았어야 헐 놈인디, 잘 못 나온 놈인게 그냥 죽어도 아까울 것 없어."

순도는 자포자기하며 절망적으로 말했다.

"이놈아! 그런 소리 마라. 니가 왜 못 쓸 놈이다냐? 너그 아부지넌 너럴 금쪽보다 더 귀허게 생각허고 자기 목숨보다 너럴 몬자 생각혔다. 나도 내 배아파 낳지넌 않혔어도 한 번도 내 자식 아니라고 생각허지 않혔다. 당치 그런 생각 허덜 말고 이 늙은 애미를 팔아서라도 살아야겄다고 각심혀. 이놈아! 이 늙은 애미 앞에서 헐 말이냐?"

순도를 나무라는 말은 탓이 아니라 절규였다. 원순은 무어라 할 말이 생각나지 않았다. 전대 병원정문까지 나올 동안 묵묵부답 땅만 쳐다보고 걸어온 원순이 무슨 말을 해야 할 것 같았다. 원순은 순도를 병원 모퉁이로 데려갔다. 모산 댁이 따라오는 것을 거기 있으라며 단 둘이 갔다.

"그런 못난 생각 허지마. 아직 젊은께 무신 방법이 없겄냐? 생각얼 옳게 묵고 굳은 의지럴 가지고 살면 방법은 있는 뱁이여. 나가 미안허고 안타깝다. 허지만 니 엄니 말대로 너무 절망허지 말자. 하늘이 무너져도 솟아날 구녁이 있다고 허잖혀? 내 입장을 알아주었으면 좋겄다. 엇저녁에 헌 말처럼 나가 한양조씨 11대 종손부로서, 사정이야 어떻든 니 출생을 숨기지 않을 수 없었다넌 것얼 이해혀야 헌다. 그런디 인자사 내가 낳은 자식이 있다고 허면 우리 자석덜언 물론, 우리 가문이 다 뒤집어지고 내가 아무리 나이 묵어 늙었다고 혀도 그 집안에서 살 수 없다. 그려서 말인디 나가 집에 가서 식구덜한테 니 얘기럴 잘 혀서 함께 올라고 생각헌다. 그려서 너허고 나는 우선은 어메자식간이 아니고 넘넘으로 혀야 헌다. 우리 아들 앞에서 혹시라도 엄니라고 헌면 끝장인게 그리알고 니가 잘 혀. 내가 장담언 못허겄다. 아무리 사정혀도 갸덜이 못헌다고 허면 어쩔수 없지만 내가 무슨 수를 써서라도 디려올라고 생각헌께. 그동안 몸 조리 잘 허고 있어. 알았제? 내말 잘 새겨들어야 헌다."

원순은 춘호 춘보가 우선은 혈육이라는 것을 알지 못하도록 서로 입을 맞추자고 단단히 부탁했다. 피가 맞지 않아 아쉬웠지만 죽어가는 자식을 또다시 내버리고 와버릴 수는 없었다. 3일을 같이 지내면서 그동안 못다 한 정으로 병수발을 들어주고 나니 가슴에 맺힌 응어리가 조금은 풀린 것 같았다.

"볼쎄 와부렀어라우? 모처럼 나갔응게 더 쉬었다 오시제." '
작은 며느리 자영이 시어머니 원순을 맞이하며 말했다.

"시장허다. 밥 있냐?"

원순은 밥부터 찾았다. 점심 때 전에 광주에서 출발했으나 교통이 원활치 않은 탓에 집에 왔을 때는 해가 서쪽으로 많이 기울어 있었다.

"밥도 못 잡수고 오셨어요?"

"어디 혼자 들어가 밥을 사 묵기도 그려서 기양 왔더니 많이 시장허다."

"얼른 채릴께요."

자영은 부엌으로 들어가 밥상을 차려나왔다.

"곧 저녁 묵게 쬐끔 채렸어요."

"잘, 혔다."

"오랜만에 갔응게 며칠 더 쉬어 놀다 오시제 그렸어요?"

"아덜이 하나 있넌디 죽울 병이 들었디아. 그런디 사흘이나 있을랑게 미안혀서 기양 와부렀다. 갸덜언 들에 갔냐?"

"인자 해동 혔응게 날이 좋은디 집에 기양 있을 수 있간디요?"

"그려. 뒷밭에 토란얼 심어야 허는디 언제 심으끄나?"

"오널언 밭갈로 갔어요. 토란언 안 늦은게 찬찬이 심어도 혀요. "

"아이고. 무척 시장혔넌디 인자 살겄다."

"그렁게, 오시다 읍내서 사 잡수고 오시제 그렸어요?"

자영은 밥상을 들고 부엌으로 나가면서 나무라듯 말했다.

원순은 어중간해 밭에 나가기도 그렇고 해서 옷만 갈아입고 쉬었다.

살면서 농사일에 쫓기다 보면 '언제 한가하게 손 놓고 쉴 날이 있으려나.' 하면서 한탄해 보지만 막상 일을 하지 않고 있으려면 손이 근질근질하고 좀이 쑤셔 가만히 있을 수가 없다. 원순은 옷을 갈아입고 쉬려고 했으나 대낮에 우두커니 손 맺고 있다는 것은 병든 것 같아 별로 할 일이 없는데도 일어나 서성거리기라도 하려고 일감을 찾았다.

'일을 혀야 해가 가제.' 원순은 속으로 중얼거리면서 겨우내 손대지 못했던 방안정리를 하고 빨랫감을 챙겼다.

"그냥 쉬시랑게 그려요?"

자영이 빨랫감을 빼앗으며 말렸다.

"우두거니 있기가 멋허다. 일 해묵고 사넌 사람은 일을 혀야제, 그냥 있으먼 몸이 아픈 것 같혀야."

"차 타기도 되당께라우."

"아니다. 나 괜찮헌게, 너 헐 일이나 허그라."

원순은 며느리 자영이 말리는데도 듣지 않고 빨래를 했다. 겨울에 비하면 해가 많이 길어졌지만 아직 이른 봄이라 금방 해가 져버렸다. 한 낮에는 덥다는 소리가 나오지만 해가 지면 금방 쌀쌀해서 한기를 느꼈다.

원순은 저녁밥을 먹고 두 아들 내외를 불러 앉혔다. 낮에 밭일 하느라 피곤 한지 눈들이 거슴츠레하여 잠이 쏟아지는 것 같았다.

"먼, 일인디 그려요? 거그 댕겨온 얘기 헐라고 그려요? 피곤헝게 헐 말 있으면 어서 허셔요."

춘호가 눈을 실실 감으면서 말했다. 춘보도 어머니이야기 흥미보다는 어서 들어가 자고 싶은 생각이 앞섰다.

"너그덜한테 꼭 헐 말이 있어."

"먼 일, 있었어요?"

큰며느리 혜숙이 관심있는 눈빛으로 물었다.

원순은 이번 기회에 피난 시절 장사 다니면서 있었던 일을 소상히 말해야겠다고 생각했다. 숨기고 살아와 그것으로 끝나리라고 생각했는데 운명은 원순의 그 어렵고 난처한 처지를 덮어주지 않을 것 같았다.

사람이 죽고 사는 일인데 더구나 자기 몸에서 나온 핏줄이 죽어간다는데 아무리 체면과 종부로서 위신이 걸린 일이라도 그냥 넘어가는 것은 사람으로서 도리가 아니라고 생각되었다. 그렇다고 직접 대놓고 사실대로 털어놓을 수는 없었다. 숨길 때까지 숨기고 어쩔 수 없으면 사실을 말하리라고 마음먹었다.

"그때 장시 댕김선 저번에 온 아줌니 집얼 내집맹기로 드나들면서 신세럴 많이 졌넌디, 시상이 좋아짐선 피난살이럴 끝내고 여그 고향으로 온 뒤 아무 소식도 모르고 살았지 않혔냐? 속으로넌 문득문득 생각이 날 때도 있었지만 맘만 있었지 너무 무심허게 지내왔다. 그런디 그 집에 가봉께 하나 있넌 아들이 먼 혈액암이라고 허는디 아조 죽을 병이디야. 약얼 써 보기넌 허지만 어렵다고 하드라. 피가 맞는 사람의 골수럴 넣어야 살수 있담선 그 일 땜시 온 것 같더라. 참말로 큰일이여. 꼭 내일 같헌디 어쩌겄냐?"

"그려요? 거 안되얏네요. 그러면 어찔게 헌다고 혀요?"

춘호가 걱정스럽게 물었다.

"그런 병언 골수 이식인가 그런 방법으로 헌다는디, 그것도 아무나 허는 것도 아니고, 참 딱허게 되었네요."

춘보도 무척 안타까운 심정으로 말했다.

"그려서 피럴 어쩐다냐 허는디, 지금 사는 것이 너무 기구혀서 돈으로 헐 수는 없고 누구 아는 사람을 찾아 댕김선 사정허고 다녔디아. 그런디 피가 맞는 사람얼 찾지 못혀서 낙심허고 있다가 생각 헌 것이 우리가 생각 나드냐. 물에 빠진 사람이 지푸래기라도 잡는다고, 옛날 내가 그 집으로 장시 댕긴 생각이 나서 혹시나 허고 우리 집얼 물어물어 찾아왔다고 허드라. 내가 가봉게 참말로 딱혀야. 아직 젊디나 젊은 총각이 저릏대 맹기 몰라서 송장이 다 되었넌디, 내 피라도 주고 싶드라. 그려서 말헌디 우리가 도와주어야 헐 것 같다. 춘호나 춘보가 거그 가서 한번 검사라도 받아 보앗으면 혀서 말헌다. 너그덜 생각이 어쩔란지 모르지만 그 때 내가 많이 도움을 받았넌디, 요럴 때 도와주었으면 허는 생각이다. 어쩌겄냐?."

원순은 참으로 안타까운 심정에 자식들에게 간절히 호소했다.

"엄니 말얼 들어봉께, 참말로 딱허그만. 그런디 우리가 피럴 나눈 형제도 아닌디 피가 맞을까?"

춘호가 동정을 하면서도 기대할 수 없다는 표정으로 말했다.

"금매 말이다. 나도 그렇고 생각험서도 그렇다고 죽어가는 사람을 보고만 있을 수가 없을 것 같혀서 집에가서 식구덜허고 얘기 혀본다고 허고 왔다. 갈 때넌 많이 쉬고 올라고 혔넌디 형편이 그려서 요렇고 일찍 와부렀다. 생각헐 수록 난감허기만 허다. 허지만 내가 그때 신세진 것얼 생각허먼 먼 짓이라도 혀야 헐 것 같혀. 그 공 갚는다고 생각허고 한 번 가보는 것이 도리일 것 같혀. 피가 안 맞는 것은 어쩔 수 없제. 우리 헐일 허는 것인게. 안 그러냐? 큰애야?"

원순은 큰 며느리 혜숙을 쳐다보며 동의를 구했다.

"어머니말씀 들어봉께 참말로 딱허게 생겼네요. 그렇게 어머니말씀은 애비허고 서방님 둘이 가서 검사나 한 번 받아보자는 것 아니오? 지 생각에도 검사넌 받아보는 것이 도리일 것 같혀요. 그 어려운 시절에 많은 도움을 받았넌디, 모른 체 허는 것언 사람의 도리가 아니지라우. 허지만 그런 수술이 무섭다고 허는 소리럴 들었어요. 아무리 딱혀도 저이나 서방님이 직접 수술까지넌 어렵다고 생각혀요. 동세는 어떻게 생각혀?"

혜숙은 작은 며느리 자영을 쳐다보며 물었다.

"저넌 글않혀요. 사람이 죽어간다는디 고렇게 신세진 사람한테 모른 체 헐 수 없다고 생각혀요."

혜숙은 반대했으나 다른 식구들은 핏줄이 당기는 듯 동정심이 우러나왔다.

"너넌, 절대로 못허것다고 생각허냐?"

큰며느리에게 진심어린 의사를 물어봤다.

"저라고 불쌍헌 생각이 없넌 않혀요. 그러지만 수술허다 잘못 되기라도 허면 어쩐다요. 생각만 혀도 끔찍혀요."

"형수님. 걱정 안 혀도 되어요. 요새 의술이 얼매나 발달혔넌디 그런 수술이 위험허겄어요? 건강헌 사람언 괜찮을 거요. 저넌 가서 검사 받아보께요."

춘보는 조금도 스스럼없이 하겠다고 장담했다.

"나도 동생허고 함께 가서 헐랑게 당신 괜헌 걱정 허지마."

춘호도 동참하겠다고 하면서 혜숙을 설득시켰다.

"지도 같은 생각이지만 사람 일을 누가 알아요? 혹시나 혀서 헌 말인디요. 생각 같어서넌 우리 여자덜도 갔으면 혀요. 허지만 당신허고 서방님허고 가서 검사나 한번 받어본다고 허는디, 더 머라고 허겄어요. 검사넌 혀보고 수술은 나중에 생각혀 보게요. 그런 검사허면 건강헌가도 알겄구만이라우."

혜숙도 결국은 반대하지 않았다.

"너그덜 생각이 다 그렇당께 참말로 고맙다. 고렇게 알고 시방 우리 집 급헌 일을 끝내놓고 춘호, 춘보가 함께 광주로 가보자."

원순의 말에 온 식구가 뜻을 같이했다. 자식들은 자기 방으로 돌아가고 원순도 호롱불을 끄고 잠자리에 들었다. 잠이 좀처럼 들지 않았다.

낳기만 해놓고 삼십년이 넘도록 잊고 살아왔는데, 운명처럼 만나본 자식이 사경을 헤매고 있다니! 순도의 파리한 얼굴이 원순의 속가슴을 파고들어 예리하게 후벼 파고 있었다. 어찌 그런 몹쓸 병이 걸렸을까, 살림살이가 가난하면 몸이나 건강해야 하는데, 이런 천벌을 받다니, 하늘이 원망스러웠다. 그나마 여기 자식들이 흔쾌히 원순의 말을 따라준 것이 한없이 고마웠다. 그래서 순도로서는 마지막 지푸라기를 잡게 되었으니 그것이 구원의 동아줄이 되어주기를 간절히 바라고 빌었다.

원순은 자식들하고 순도를 도와주기로 했지만 밤이면 깊은 잠을 잘 수가 없었다.

광주를 다녀온 뒤 10여일 만에 급한 대로 봄갈이가 끝나 순도를 찾아 가기로 했다. 그날 밤 원순은 설레는 마음에 잠이 오지 않았다. 육십 평생이 넘도록 산전수전 다 겪으며 살아온 지난날들의 명암이 어둠속에 명멸되었다. 실마리를 찾을 수 없는 흐트러진 실타래처럼 뒤엉킨 생각들로 잠은 천리 밖으로 달아나 버렸다. 첫닭이 우는 소리를 듣고서야 어찌어찌해서 잠이 들었다.

"안되야. 이러면 안되야! 이러지 말아요."
원순은 가슴을 눌러오는 무게를 감당하기 어려워 두 손으로 힘껏 밀어냈으나 여자의 힘으로는 감당할 수가 없었다.
"나여! 조금만 참고 있어"
모산 양반이 원순의 저항을 뿌리치고 자기 품속에 옴짝달싹 못하게 껴안아왔다. 가슴뿐만 아니라 몸을 뒤 틀어도 소용없는 일이었다. 원순은 독수리 발에 움켜쥔 쥐 신세가 되어있었다.
"오랜만이잖혀? 참말로 잘 왔구만! 내가 얼매나 기다렸넌지 알아? 순도란 놈이 저렇게 중병이 들어 죽을 것 같헌디. 그러면 우리 집안 대넌 끊기고 말 것이어. 원통혀서 어떻게 혀? 그려서 임자럴 날마동 기다렸넌디, 임자, 요렇게 찾아온께 얼매나 반가운지 알아? 어쩌면 우리넌 운명인지 몰라! 애초애 우리가 떨어지지 말았어야 혔넌디, 애틋한 그리움에 서로 찾아 헤매다가 오널 만난 것이여. 더구나 할망구는 있으나 마나 허잖혀? 그려서 눈이 빠지게 임자럴 기다렸제. 인자 우리 헤어지지 말자. 나 임자 꽁무니만 따라댕길랑게, 내치지 마!"
모산 양반의 달콤하고 감미로운 속삭임 이였다.
"그럴 수는 없어요. 그리고 아덜 며느리가 있어요. 남사스럽게 고런 말은 당치도 않혀요."
"고론 소리 허지마. 요새 사람은 늙은이 재혼이 많디아. 남새스럽기는 멋이 남새스러. 지금 우리가 넘덜 눈치 볼 것 있는가? 늙어갈수록 서로 의지 험선 살면 얼매나 좋아. 내가 아조 잘 혀주께. 응?"

모산 양반은 응석을 부리며 원순을 설득했다. 원순은 도저히 그럴 수 없다고 하면서 밀어냈다. 모산 양반은 묶인 끈이 떨어지는 듯 쿵하고 방바닥으로 떨어져 나뒹굴었다. 그리고는 몸이 축 늘어졌다.

"안되, 안되라우. 이러면 어쩔라고……."

원순은 놀라 소리를 지르며 일어나 모산 양반을 흔들다 눈이 번쩍 뜨였다. 온몸이 땀으로 멱을 감은 듯 젖어있었다.

꿈이었다. 꿈이지만 정말로 생각하기조차 싫은 망신스런 꿈이었다. 그리고 너무 불길했다. 꿈에서처럼 모산 양반이 옆에 있는 것 같아 무서움이 몸을 움켜쥐고 있어 굳어 들어가는 것 같았다. 삼십 년 전 피난 시절에 만나고 얼굴조차 잊고 살아왔는데 새삼스럽게 꿈에 나타난 모산 양반이 예사롭지 않는 것 같았다. 순도를 살려내라는 명령일까, 너무 해괴망측해서 생각하기조차 싫은 꿈이다. 참으로 신이 있을까, 지금까지 신을 부정하지는 않았지만 실제로 있으리라는 생각은 하지 않고 살아왔다. 그런데 수십 년 전의 일이 너무도 생생하게 꿈으로 현실처럼 나타나서 필시 무슨 암시를 한 것 같았다. 내일 자식들이 검사를 받으면 순도의 피와 맞는 사람이 있다는 선몽先夢일까, 아니면 불길한 예감을 암시한 흉몽兇夢일까, 도저히 더 이상 잠이 올 것 같지 않아 일어나 광주 갈 채비를 차렸다.

문살이 번하게 먼동이 터오고 있었다. 춘호, 춘보가 광주에 가서 순도를 위한 혈액검사하기로 했는데 어쩌면 순도를 살려낼 수 있다는 예감이 들었다. 그러나 꿈이 너무도 망측스러워 어디 대고 말도 못하고, 생각할수록 구역질이 나기도 했다. 며느리가 일찍 일어나 아침밥을 짓고 있었다. 원순도 밖으로 나가는데 며느리를 보면서 큰 잘못이나 저지른 것처럼 얼굴이 화끈거렸다. 며느리 얼굴 쳐다보기가 민망스러웠다.

"어머니 잘 주무셨어요?"

"이 생각, 저 생각 허다가 깊은 잠을 못 자고 설쳤다."

"오널, 그이랑 광주 갈께 일찍 서들고 있어라우. 엄니가 너무 걱정 헌 갑소. 좋은 일 있겄제요."

"아니어 기양 별것도 아닌디 잠이 잘 안오더라."

원순은 작은며느리 자영의 얼굴을 쳐다보지 못하고 돌아서서 세수를 했다.

아침 일찍 원순과 춘호, 춘보가 함께 집을 나섰다. 그냥 빈손으로 나설 수 없어 쌀 두말을 춘호와 춘보가 한말씩 나누어지고 일꾸지까지 십여 리를 걸어 나와 전주에서 광주까지 가는 버스를 탔다. 광주에 도착하고 보니 오전 10시가 넘었다. 서방 간이 터미널을 나와 순도 집을 찾아가는데 며칠 전에 와 봤지만 길이 달라 어리벙벙했다. 순도 집은 K고등학교 근처였다. 골목길을 알면 가깝게 오련만 찾기 좋게 큰길을 택했다. 남쪽으로 아슴아슴한 원순의 기억을 더듬어 K고등학교 정문 앞까지 왔다. 정문 앞에서 길 건너편 골목이 눈에 익었다. 멀지 않은 길이지만 모두 다리가 뻐근했다.

"형님. 관찮혀요? 나는 맥이 탁 풀려부리네. 아침부터 서대고 댕김선 긴장헌 탓인지. 맥이 하나도 없어지는 것 같혀요."

춘보는 지친 표정으로 허벅지를 툭툭 두드리면서 주저앉으려는 자세를 취했다.

"나도 그려. 내 심정도 똑 같혀. 기운이 빠짐선 어디라도 다리 뻗고 쉬고 싶은게 어서 들어가고 싶어."

춘호도 춘보도 함께 지쳐있었다.

"인자 다 왔다. 저리 쪼끔만 가면 있은게 너무 걱정허지 마. 늙은 에미도 가는디, 젊은 것덜이 엄살이냐?"

원순은 다 왔다는 안도감에 웃으면서 두 아들을 격려했다.

"형님, 우리가 여그 멋허로 오지요? 인자 생각혀봉게 조금 요상헌 생각이 들어. 여그가 어디라고, 찾는 사람이 누구라고, 요렇코롬 고상얼 헌디아? 참 알다가도 모를 일이네."

　춘보은 새삼스럽게 광주에 괜히 왔는가 하는 말을 했다.

　"모르고 왔넌가? 엄니가 피난생활 헐 때 신세진 사람인디, 그 집 아덜이 위험허다고 혀서 우리가 도움 줄라고 온 것 아니어?"

　"저도 그 종은 알아요. 허지만 아침부터 고상얼 허다봉게 나오는 말이요."

　"그렇게 어서 들어가 보세."

　그렇게 농담 겸 불평 겸 이야기를 하다가 순도 집 허름한 함석 문 앞에 이르렀다.

　"요, 집이다. 요렇게 불쌍허게 사는갑더라."

　춘호가 대문 틈으로 집안의 동정을 살폈다. 마루 앞 섬돌에 고무신 두 켤레가 정돈되지 않은 채로 놓여있었다. 대문을 흔들어도 아무 기척이 없었다. 대문에 초인종이 있는지 두리번거려 찾아봐도 보이지 않았다. 대문을 두드리며 고함을 질러 불렀다. 양철대문이라서 쇳소리가 크게 났다. 안에 사람이 있으면 금방 나올 것 같았다.

　"여보시요? 아무도 없어요? 문 좀 열어주어요."

　한참만에야 방문이 열리면서 인기척이 드렸다.

　"누구신기요?"

　머리가 하얀 아주머니가 비틀거리며 나와 신을 신고 있었다. 얼마 전에 집에 왔다간 그 아주머니였다. 옳게 찾아왔다.

　"우리라우. 순창에서 왔어요."

　"으이! 순창서 왔다구라우?"

　아주머니는 기운이 솟아난 듯 신발을 신지도 못하고 뒤축을 질질 끌면서 바쁜 걸음으로 뛰다시피 나와서 대문 고리를 열어주었다.

　"아주머니 안녕허셨어요?"

춘호, 춘보가 이구동성으로 인사를 했다.

"응, 그려. 어서 들어와요. 못 올 것 같더니만 아들덜얼 댈고 왔구만! 고마워요. 참말로 고마워요."

모산 댁은 감격에 겨워 말을 제대로 잇지 못했다.

"아침도 못 묵고 왔지라우? 나 밥 채려 오깨요."

모산 댁은 밥을 짓는다고 부엌으로 나가려고 했다.

"우리 아침 묵고 왔어요. 걱정 마셔요. 이것 어디다 둘까요?"

"고곳이 멋이다요"

"쌀 쪼깨 가져왔어라우, 얼매 안 되지만 두고 묵우셔요."

원순이 쌀 가져온 내력을 이야기 해주었다.

"멋헐라고 쌀얼 다 가져온다요? 어찧게던지 굼지는 안헌디. 그나저나 고마워요"

원순이 밥 지으러 나가려는 모산 댁 손을 잡으며 말렸다. 그 때 건너 방문이 열리면서,

"엄니, 누구 왔어요?"

하는 소리에 모두의 시선이 그 쪽으로 쏠렸다. 피골이 상접하고 눈은 휑하니 들어가 금방 쓰러질 듯 비실거리는 사람이 걸어 나오고 있었다. 그 청년이구나. 하는 생각에 춘호, 춘보가 그쪽으로 다가갔다.

"형씨가 순도요? 나는 조춘호라고 해요. 여그넌 내 동생 춘보고. 몸이 아조 안 좋게 보이는디, 그려서 그냥 방에만 앉거 있는거요?"

춘호는 친 동생 같은 친밀감이 들면서 너무 안쓰럽고 불쌍하게 생각되었다.

"먼데서 오시느라 고상 혔지요? 엄니. 멋이라도 좀 챙겨드려야제."

순도는 억지로 힘을 내며 큰 소리로 어머니를 불러 먹을 것을 주문했다.

"알았다. 그런디 멋이 없다. 커피라도 준비 허까? 커피 타까요?"

"번거로운게 그냥 두어요."

원순이 말렸다.

"그려요. 커피 있으먼 한 잔 주셔요."

춘호는 커피를 청했다.

"기왕에 준비 허먼 저도 한 잔 주셔요. 아침에 바삐 서둘다 그냥 왔어요."

춘보도 커피를 청했다. 원순은 조금 멋쩍었다.

"너그덜 커피 묵을래? 나넌 안 묵을줄 알고 말렸더만."

"다리도 아프고 목도 마른께 한 잔 허고 싶어서요."

"그려. 얼른 마시고 병원에 가자."

원순은 병원에 갈 생각으로 차를 마다했는데, 아들이 마시고 싶어 하니 더는 사양할 수 없었다.

순도는 왠지 모르게 가슴이 아팠다. 춘호, 춘보는 모르는 사실이지만 순도는 이미 그들과 피를 나누는 형제라는 것을 알고 있다. 한 뱃속에서 나온 친 혈육인데 눈앞에 모시고 있으면서도 형님이라고 말하지 못하는 자신이 너무도 비참했다. 더구나 중병으로 사경을 헤매고 있으면서 통곡이라도 해버리면 속이 풀릴 것인데, 이렇게 친 형제라고 말 한 마디 못하고 있자니 복장이 터질 것 같았다. 하지만 어머니사정을 알고 있는 순도로서는 아무리 감정이 복받쳐도 말을 참아야 했다.

모산 댁이 커피 두 잔을 들고 마루로 나왔다.

"멋이 없은게 미안혀서 어쩐다요."

모산 댁은 과일 한 쪽도 없이 커피 잔만 들고 오는 것을 무척 미안해했다.

"좋아요. 커피먼 되요. 그런디 순도 씨넌 커피도 안 마신가요?"

춘호가 순도를 쳐다보며 말했다.

"예. 그전에는 많이 마셨넌디 고것도 안 좋단게 마시지 않혀요."

순도는 입에서 금방 형님이라고 부르고 싶은 생각이 꿀떡 같았으나 꾹 참았다.

"아줌니가 너무 고상이 많네요. 옛날 우리 엄니가 피난생활 헐 때 신세를 졌다는데 그동안 보답도 못허고 살았어요. 미안헙니다.”

춘호는 모산 댁에게 깍듯한 인사치례 말을 올렸다.

“멋 헌 것이 있었간디라우. 집이 어메가 젊은 나이에 고상허고 댕김선 장시 허다 옛날 우리 동네 오먼 하룻밤씩 자고 갔었넌디, 고것이 얼매나 큰 덕을 봤다고 그려요. 그냥 사람 사는디 잠 재워주는 것은 아무것도 아니어요. 그런디 집이덜언 인자 고향에서 모다덜 잘 사는디, 우리넌 요렇게 어렵게 되얏어요. 꼭 그때 생각혀서가 아니라 인자라도 서로 아는 처지가 되얏은게 옴서 감선 서로 가깝게 살았으면 쓰겄오. 우리넌 일가라고는 아무도 없은게.”

모산 댁은 울먹이면서 순도의 내막을 다 이야기 하고 싶었지만 원순의 처지를 생각해서 말을 할 수 없었다.

“그나저나 형씨넌 어뗘요? 먼 피가 안 좋담선? 요렇게 우리가 오기넌 혔지만 먼 도움이 될란지 모르겄네.”

춘호는 동정심 어린 눈으로 순도를 바라보며 말했다.

“글씨요. 죽을랑게비요. 오널 요렇게 형님덜이 왔은게 살고 죽는 것은 형님덜한테…….”

순도는 거의 무의식적으로 형님이라고 불러버렸다. 그러면서 울컥 울음이 나와 말을 잇지 못했다. 원순은 순도가 춘호, 춘보를 형님이라고 부르는 소리를 듣고 경기가 날만큼 깜짝 놀랐다. 그러나 춘호, 춘보가 별다른 뜻으로 받아들이지 않고 나이 많은 사람을 형님이라는 통상적인 말로 생각하여 별 반응이 없어 원순은 한숨 놓았다.

“글씨, 우리가 도움이 되얏으면 쓰겄구만…….”

춘호도 혀를 차며 더는 긴 이야기를 하지 못했다.

“인자 고만 일어납시다. 병원으로 가보게요.”

춘보는 손목시계를 들여다보며 말했다.

“어찧게, 순도 씨넌 못 가겄제? 아줌니랑 가야 헌가요?”

"그려야겠네. 지가 같이 가께요. 너넌 들어가 누워라"
모산 댁은 병원 갈 채비를 차렸다.
"형님덜 나 좀, 살려주어요!"
순도는 울먹이며 닭똥 같은 눈물을 뚝뚝 떨어뜨렸다.
"너무 염려 말아요. 좋은 일 있겄제."
춘호는 위로의 말로 순도를 부추겨 주었다.
"형님. 지 괜찮혀요. 수고 좀 혀 주셔요."
순도는 비척거리며 자기 방으로 들어갔다.

  모산 댁과 원순, 춘호, 춘보는 K고등학교 정문 앞 육교 옆에서 택시를 잡아타고 전대병원으로 갔다. 진료 받을 사람이 너무 많아 원무과 접수창구가 다섯 곳이나 되지만 모두가 줄을 서서 20여분을 넘게 기다려야 했다. 접수를 마치고 혈액내과로 갔다. 거기서 다시 접수하고 기다리다가 순번이 되어 순도 담당의사에게 가서 자초지정을 이야기해서 검사항목 표를 들고 혈액검사 채혈실로 갔다. 혈액검사실은 사람이 많이 밀려있지 않아 곧바로 채혈을 할 수 있었다. 우선 간이 결과는 오후에 확인하기로 하고 나오는데 12시가 넘어 점심을 먹어야 했다.
  "시간이 볼쎄 요렇게 되얏네. 정심 묵어야 헐턴디?"
  모산 댁이 먼저 점심 먹자고 했다.
  "아줌니넌 인자 집으로 가셔요. 순도 밥얼 채려주어야 혀잖아요? 아줌니랑 항께 혔으먼 허지만 아드님이 있은게 집으로 가시고, 3시까지 오라고 혔응게 우리넌 이 근처에서 간단히 묵고 그 결과를 보고 아줌니 집으로 갔게요."
  "아니어. 정심이나 같이 묵어야제요."
  모산 댁은 점심이나 사주어야 한다고 생각했다.
  "괜찮혀요. 엄니랑 동생이랑 모처럼 광주에 왔응게 시내 구경도 험선 기다릴랑게요. 아줌니랑 항께 묵어도 되지만 집에 아드님이 기다릴 것 아니어요. 병원에서 헌 일을 야그도 혀주고 정심도 챙겨주어요. 우리 걱정 말고 어여 들어가셔요."

춘호는 모산 댁이 점심을 사려는 것을 눈치 채고 기어코 집으로 돌려보냈다.

"그려요. 우리 정심언 걱정 말아요."

원순도 극구 사양하며 집으로 들어가라고 했다.

"그려서 쓰까? 내가 정심이라도 대접혀야 허는디 어쩐디아?"

모산 댁은 미안해서 어쩔 줄을 몰랐다.

"괜찮헌께 어서 가셔요. 택시 잡아드릴께요."

춘호가 택시대기장소에 정차해 있는 택시 쪽으로 뛰어가려 했다.

"아니어. 그냥 걸어가도 얼매 안 되야. 그럼 하도 그렸싼게 집으로 가야 허겄구만이라우. 이따 바요. "

모산 댁은 빠른 걸음으로 정문 쪽으로 걸어 나갔다. 그들은 모산 댁을 보내고 병원 앞 골목에 있는 중화요리 집으로 들어갔다.

"어서 오십시오."

오십대 늙수그레한 주인이 반갑게 맞아주었다.

"엄니. 멋 잡술라요,"

"내가 머 아냐? 너그덜 묵넌 것 묵으께."

"동생언, 멋 묵어?"

"간짜장."

"나도 같이 허께. 엄니도 간짜장 혀요."

"그려라."

"중국집에 왔응게 짜장을 묵어야제."

"간짜장 세 개요."

춘호가 손을 흔들며 큰 소리로 주문을 했다. 주인이 주방을 쳐다보며 복창으로 주문을 알렸다. 조금 기다리자 주인이 단무지와 양파와 생 짜장을 내왔다. 조금 기다리니 넓은 대접에 김이 모락모락 솟아오른 면을

담고 볶은 짜장은 다른 그릇에 내왔다. 그들은 면발 위에 볶은 짜장을 부어 버무렸다. 아침을 일찍 먹어서 시장하기도 하지만 오랜만에 먹은 짜장면이라서 그런지 입에 넣기도 전에 콧속으로 스며드는 냄새가 구수하여 식욕을 돋우었다.

춘호, 춘보는 입이 적다 싶게 한입씩 훔쳐 넣어 옆에서 보는 사람조차 식욕이 돋을 만큼 맛있게 먹었다. 원순은 처음 먹는 음식이라서 그런지 냄새가 약간 역겨우면서도 싫지는 않았다. 시장해서 한 그릇을 거뜬히 비웠다. 점심을 먹고 나니 오후 한 시가 갓 넘었다. 병원과 약속시간이 오후 3시여서 그 때까지 시내 구경을 할 생각에 금남로로 나와서 광주은행 네거리에 이르니 광주의 중심거리라서 높은 빌딩 숲으로 시골 사람의 눈을 위압했다.

"동생언 어떻게 생각허는가? 시내 구경 좀 허까?"

"참, 형님도. 저 얼굴을 바. 수돗물 묵고 사넌 사람들언 때깔이 달라. 우리 같언 촌놈언 챙피혀서 어디 댕기기나 허겠어요? 얼굴언 검으티티헌게 챙피혀요. 촌티가 작작 흘러 어디에 놔두어도 금방 알겄잖혀요. 형님. 추접스런게 구경이고 머고 그냥 갑시다."

"그려. 어디 가서 편안히 앉거서 쉬면 좋겄다. 나넌 다리가 아파."

어머니 원순도 쉬고 싶은 심정이었다. 춘보는 촌놈이란 것을 숨길 수 없어 얼굴을 들고 돌아다니기 싫었다.

"그렇기는 허지만 촌에 살면 촌티 나기 마련이제. 어쩔것이여? 헐 수 없제."

춘호는 스스로 위로하면서 발걸음을 충장로 방향으로 돌렸다.

"기양 병원으로 가장께, 어디 갈라고?"

"아니, 시간이 많이 남아 있응게 촌놈이 광주구경 한번 허자. 광주넌 충장로를 보면 다 본다고 허드만. 언제 올란지 모른께 시간 있을 때 구경허고 가게."

"아이 참, 너무 챙피허당께. 글먼 나넌 엄니허고 병원으로 몬자 갈랑게 형님 혼자 구경허고 와요."

춘보는 어머니를 모시고 병원으로 돌아와 혈액내과 대기실에서 쉬고 있었다. 춘호는 혼자 충장로로 들어섰다. 사람들로 길을 꽉 메우고 있어 맘대로 걸어갈 수가 없었다. 한가롭게 여기저기 구경하기는커녕 그냥 걷기도 어려웠다. 도도한 물결을 거스를 수 없어 휩쓸려 물결에 떠내려가듯 밀려다녔다. 그렇게 휩쓸려 다니다 시계를 보니 3시가 다 되어가고 있었다. 춘호는 서둘러 병원으로 돌아왔다. 어머니랑 춘호, 춘보가 혈액검사 결과를 기다리고 이었다. 간호사의 호명에 따라 춘호, 춘보가 함께 긴장된 마음으로 담당 의사 앞에 앉았다. 의사는 검사 표를 넘겨 검토하면서 얼굴빛이 밝아보였다.

"두 분이 형제간이신가요?"

"예. 지가 형인디요."

"환자분하고는 어떤 관계인가요?"

"예? 아무 관계도 아닌디요."

"그래요? 그래도 이렇게 나왔으니 다행이어요."

의사는 의아하다는 듯 고개를 갸웃갸웃 하면서 춘보을 쳐다보며 군담을 했다.

"어쩌요? 맞기넌 허는기요?

춘호는 의사의 중얼거리는 소리를 의아하게 생각하며 물었다.

"예, 맞아요! 형님은 안 맞고 동생 분은 환자와 친 형제 같아요."

"그러먼 살 수 있는 가요?"

춘보는 형제 같다는 말에 이상한 생각이 들었다. 우선은 정밀검사를 해야 한다지만 1차적으로는 가능하다니 안도의 숨을 쉬면서도 다른 한편으로는 수술을 해야 함으로 일말의 불안감이 불쑥 떠올랐다.

"형제간 아니어요. 살기도 멀리 떨어져 살고 오늘 처음본 사람인디?"

춘호가 형제간이 아니라고 설명을 했다.

"그런데 어떻게 검사를 받았어요?"
의사는 계속 의심하는 눈치였다.
"살기가 어려운 집안인개벼요. 일가친척도 없이 고단헌 사람인디 옛날에 울 엄니가 장시 댕김선 신세를 졌대요. 그래서 물엄물엄 우리 집을 찾아와 사람하나 살려도라고 헌디 모른다고 하덜 못혔어요. 엄니가 하도 불쌍헌 사람 살리자고 혀서 요렇게 왔어요."
춘호가 자초지종을 소상히 말해주었다.
"아, 그랬군요! 그나저나, 어머니께서 대단한 어른이시네요. 아주 옛날 신세진 것을 잊지 않고 이렇게 자제분들까지 보내서 도와주시니 신문 날 일이네요. 내가 먼저 감사하다는 말을 해야겠네요. 참으로 감사합니다."
의사의 칭찬이 대단했다.
"인자 어쩛게 허는가요?"
춘보는 약간 긴장된 표정을 지으며 물었다.
"날짜를 받아야 하겠네요. 우선 환자를 먼저 보고 건강상태를 봐가지고 해야 하니까요. 동생 분은 건강에 이상은 없으시죠?"
의사는 춘보를 보면서 물었다.
"예. 아무 문제가 없습니다."
"그러면 동생 분은 오늘 몇 가지 필요한 신체검사를 더 해야겠네요. 오늘 검사만 갖고는 할 수 없고 정밀검사를 해서 일치해야 할 수 있어요."

담당의사는 항체 검사는 물론 간 기능. 혈액의 감염 여부 등 다른 여러 질병검사를 해야 함으로 채혈을 더 해야 한다고 했다. 검사결과는 1주일 후 날짜를 잡아주면서 그때 나오셔서 확인 하시고, 시술은 환자의 몸 상태를 보고 날짜를 받아 추후 통보하겠다고 했다.
의사는 그동안 몸 관리 잘 해야 한다고 신신 당부했다. 춘보는 검사에 필요한 채혈을 다시 하고 병원을 나와 순도 집으로 왔다.

순도는 춘호, 춘보가 병원으로 가고 나서 혼자 있는데 열이 오르며 심한 고통에 시달리고 있었다. 점심때가 넘어 모산 댁이 집에 왔을 때 고열이 나면서 한기까지 들어 이불을 겹으로 덮어도 몸을 가누기 어려울 만큼 떨었다.

"아가! 왜 이려? 아침 묵은 것이 치었넌가? 몸이 불댕이구나!"

모산 댁은 놀라서 어찌할 바를 몰라 우왕좌왕하며 허둥대고 있었다.

"엄니 왔어요? 나 죽을 것 같혀요. 따순 물이라도 좀 주어요?"

순도는 다 죽어가는 소리로 절박하게 말했다.

"오냐. 알았다. 쬐끔만 참아. 왜 이런다냐?

모산 댁은 부엌으로 들어가 냄비에 물을 끓여 들어왔다. 순도는 물을 마시면서도 몸을 가누지 못할 만큼 사시나무 떨 듯 떨며 말을 잘 잇지 못했다.

"엄니. 나 이대로 죽을 것 같혀. 병원에 간일은 어찧게 되었어?"

순도는 견디기가 무척 고통스러운지 울면서도 병원 간일을 알고 싶어 했다.

"이러고 있을 수 없다. 몬자 병원부터 가자. 병원에 간일은 검사를 시켜놓고 왔응게 정심 묵고 저녁 때 오라고 혀서 나는 집으로 와부렀다. 그 사람들언 거그서 정심 묵고 결과 보고 온다고 험선 나보고 너 정심 채려주라고 혀쌓서 왔는 디, 잘 온 것 같구나. 그렇게 요렇고 있을 수 없겄다. 요대로 있다가넌 큰일 날 것 같은게 어서 일어나그라."

모산 댁은 순도 몸이 불덩이 같아 안절부절 못했다.

"형덜이 와야 허잖혀? 시방 병원으로 가불먼 형덜언 어떻게 허게. 한두 번 요런 일이 있넌 것 아니잖혀요. 이러다 곧 개겄제."

순도는 말을 잘 못하면서도 실낱같은 희망의 끈을 놓지 않고 춘호, 춘보를 기다리자며 참겠다고 했다.

"니, 생각이 그러면 그러자. 하도 못 전디게 아픈게 맴이 아파 그런다. 쫌만 있으먼 그 사람들 오겄제."

모산 댁은 순도를 품에 꼭 껴안아 한속이 진정되도록 했다.

해가 서쪽으로 한참 기울었다.

춘호는 춘보가 한 생명을 살릴 수 있다는 생각에 큰일을 했다는 자부심이 들었다.

"동생언 어찧게 생각혀? 왜 그런지 나넌 순도가 남 같은 생각이 안 들어. 꼭 친동생 같은 생각이거든. 이상허게 마음이 끌리네."

"형님도 그려요? 나도 그런디. 순도 씨가 몸이 약헌 것을 봉게 맴이 너무 아푸둥만. 다행이 저라도 골수럴 줄 수 있는 가능성이 있당게 얼매나 다행이여. 내가 그 청년얼 도와줄 수 있다는 생각에 마음이 놓이네요. 그런디 골수 이식 헐 때 나넌 괜찮을까? 조금 무섭기도 허고…….어쩐지 불안허기도 혀요."

"별일, 있을라든가? 병원에서 비문이 알아서 허겄어? 골수가 멋인지 넌 잘 모르지만 그런 것 빼도 암시랑 안헝게 허겄제. 걱정은 되지만 너무 놀래지 마."

춘호는 동생이 걱정하는 것을 안정시켜주었다.

그들은 이야기를 하면서 헤매지 않고 곧바로 순도 집을 찾아왔다. 대문이 잠겨있지 않아 그냥 들어올 수 있었다. 마당에 들어섰을 때 순도 방에서 고통스러워하는 신음소리가 들리며 모산 댁의 떨리는 목소리로 순도를 달래고 있었다.

"아줌니. 우리 왔어요. 방에 지셔요?"

춘보가 인기척을 하면서 불렀다. 모산 댁은 순도에게 신경을 쓰느라고 밖에서 부르는 소리를 알아듣지 못했다. 춘호가 큰 소리로 헛기침을 하면서 마루로 올라섰다. 그제야 모산 댁이 밖에서 들리는 인기척을 알아채고,

"누구요?"

하면서 마루로 나왔다.

“우리 왔어요.”

“왔어라우? 그런디 내가 집에 옹께 쟈가 몸이 불댕이 같이 열이 나드라고요. 그럼선 너무 고통스러워혀요. 우선 방으로 좀 들어와요.”

모산 댁은 걱정스러워 마음의 진정이 되지 않는지 벌벌 떨고 있었다.

“형님들 오셨어요? 으흐응. 으흐응.”

순도는 말을 제대로 잇지 못한 채 고통을 참으면서 춘호 말소리를 듣고 기운을 차려 일어나고 있었다.

“그냥 누워 있어. 몸이 안 좋은감만. 병원에 가야 허는 것 아니여?”

춘호는 걱정스럽게 쳐다보며 순도를 부추겨주었다.

“형님, 어쨌어요?”

순도는 열이 조금 내리면서 한기가 많이 가라앉아 일어날 수 있었다. 우선은 아픈 고통보다 병원에서 있었던 일이 더 궁금했다

“되았어요. 나허고 피가 맞디아. 인자 걱정 안 혀도 되야. 그 때까지 몸 관리나 잘 혀요.”

춘보는 자신 있는 어투로 순도를 위로하며 말했다.

“오! 그려! 아이고 야야! 인자 살았다. 요렇게 좋을 때가 다 있고나!”

모산 댁은 눈물을 글썽이며 목이 메여 어찌할 바를 몰랐다. 순도는 아무 스스럼없이 춘보를 형님이라고 부르며 힘이 솟구친 듯 벌떡 일어나며 감격에 겨워 엉엉 울었다. 순도로서는 이미 알고 있듯이 한 뱃속에서 나온 친 형제간인데, 형님이라고 부르는 것이 당연한 일이었다.

다만 친 어머니 원순의 입장을 생각해서 그 사실을 말하지 않기로 해놓은 터라서 말을 못하는 것이 안타까울 뿐이었다. 순도는 이 기회에 어머니 관계를 말해버리고 싶었다. 그러나 그 자리에서 그런 사실을 말한다면 너무도 충격이 클 것 같아 참기로 했다. 하지만 언젠가는 사실을 말하고 떳떳하게 형제간으로 살아야 한다고 마음먹었다.

“우리가 순도 씨 병원까지 같이 갔으면 좋겠넌디, 시간이 너무 늦었

응게 우리넌 집으로 갈거요. 아줌니랑 병원에 가바요. 너무 고통스러운 감만."

춘호는 일어서 집으로 나섰다.

"요렇고, 그냥 가먼 어쩐디아? 먼데서 와 고상만 혔넌디 밥 한 끼도 못 혀주고, 미안혀서 어쩐다요. 오널 저녁 불편허지만 여그서 자고 니얼 갔으먼 좋겄네요. 하필 자가 저렇게 불편헝게 병원얼 가야 헐 것 같허고."

모산 댁은 울먹이다시피 하면서 못내 아쉬워했다.

"아니요 .우리 바빠요. 어서 나가자."

원순이 춘호, 춘보를 재촉했다.

"형님덜! 저 못 나선게 잘 가셔요. 고마웠어요."

순도는 무엇인가 할 말이 많은 듯 웅얼웅얼 하면서 손사래만 쳤다.

"그려. 그려. 그동안 몸조리 잘 혀야혀! 몸이 좋아야 시술을 헌당게 밥도 잘 묵고 그려. 일주일 후에 정밀검사 결과를 보로 오라니까 그때 오께요. 골수이식을 허먼 괜찮당께 걱정 말아요."

춘호가 누워있는 순도를 다독이고 밖으로 나왔다.

"잘 될 것 같다. 걱정허지 말그라. 우리 갈란다."

원순은 따로 방으로 들어가 희망을 잃지 말라며 눈물바람을 하면서 나왔다. 해가 거의 기울어져 서둘렀다. 대인동 종합터미널로 가는 것보다 서방에 있는 간이정류장으로 가는 것이 더 가까워 택시를 잡아타고 서방으로 왔다.

서방 간이정류장에서 20여 분을 기다려 순창행 버스를 탔다. 이미 해가 저 어둑발이 내리기 시작했다.

아침에 내려올 때, 담양지방의 그 싱싱한 청 대밭도 어둠에 묻혀 보이지 않았다. 멀리 보이는 산들도 제 빛을 잃어 검은 포장을 두른 듯 암울하게 보였다. 순창 정류장에 내렸을 때는 완전히 어둠에 묻혀 가로등이나 상점에서 흘러나온 불빛으로 어둠을 밝히고 있었다.

오가는 사람들도 별로 없었다. 남원이나 전주 방면으로 떠나려는 버스들이 실내등을 밝히고 손님을 맞이하고 있었다. 전주 가는 막차가 출발하고 있었다. 그들은 일꾸지에서 내렸다. 완전히 어두워져 좁은 길이 잘 보이지 않았다. 춘호가 앞서고 어머니는 가운데, 그리고 춘보는 뒤에서 어머니의 걸음걸이를 도와주었다. 오솔길을 터덕터덕 걸어서 집에 도착하니 밤이 이슥했다. 며느리들은 자지 않고 기다리고 있었다.

"다녀왔어요."
춘보가 뜰에서 인기척을 했다. 자영이 마루로 나와 맞아주었다.
"캄캄헌디 어찔게 왔대요? 엄니가 고상 혔어요."
"그래도 야덜이랑 항께 옹께 왔지, 혼자넌 못 왔을 것이여."
"저녁, 안 묵었지라우?"
자영이 저녁밥을 차리려고 나가면서 말했다.
"언제 밥 묵을 새가 있어? 시장허구만. 어서 채려와."
춘보가 재촉했다.
무사히 집에 도착하여 안도의 한숨을 내쉬면서도 힘이 하나도 없어 보였다.
자영이 밥상을 차려왔다.
"어쩠다요. 간 일언?"
혜숙이 궁금하여 물었다.
"동생이 맞게 나와 다행이여"
춘호가 많이 시장한 듯 밥을 급하게 먹으면서 대답했다.
"당신이 맞대요? 그려서 수술을 허기로 혔어요? 그런 수술 무서운 것언 아닌가?"
자영이 가기 전엔 괜찮다고 했지만 막상 춘보가 골수이식을 할 수 있다고 하니 걱정스런 표정으로 말했다.
"괜찮겄제. 그렇게 그런 수술을 허는 것 어니어? 너무 걱정 허지 마.

글고 정밀검사를 허고 왔어. 확실헌 것언 1주일 후에나 안디야."

춘보는 사실 골수이식시술이 그리 쉬운 일이 아니라고 생각되어 속으로는 걱정되었다. 마취를 하고 허리뼈나 대퇴부에서 주사기로 골수를 뽑는데 그냥 팔뚝에서 혈액 뽑는 것 같이 간단하지는 않다.

더구나 허리에 무슨 잘못이라도 발생하면 남자의 기능을 상실할 염려가 있다는 말을 들은 적이 있다. 사람들은 허리 손대는 것을 무서워한다. 그래서 자영이 걱정하는 것은 당연한 일이다.

"병원에서 하는 일이 그렇게 위험허면 어떻게 헌디아? 의사가 할 수 있은게 헌디고 혔겄제."

"언제나 허기로 혔어요?"

자영이 걱정스런 눈빛으로 춘보를 쳐다보면서 말했다.

"일주일 후에 정밀검사 결과가 나오는데 와보라고 허드라고. 그 결과를 바야 확실허게 안디야. 또 그 사람이 몸이 허약허면 못헌디아. 지금은 몸이 너무 허약허게 보이드라고. 그렇게 그 때 가바야 알겄어."

"어서 낫아야 헐턴디, 몸을 보면 쉬 좋아질 것 같지 않아 걱정이더라."

원순이 걱정스러워하며 말했다.

"그러게요. 참 안 되았어요. 남일 같지 않게 친동생 같언 생각이 들어요."

춘호도 무척 안타까운 심정으로 말했다.

"너도, 그러디아? 나도 고론 생각을 혔다. 쯧쯧."

어머니는 속으로, 니 동생이다.하는 말이 금방 나올 것 같이 입가에 빙빙 돌았으나 간신히 참으며, 피넌 못 속이는 구나.라고 생각했다.

"밤도 늦었어요. 서방님이랑 피곤헐턴디 어서 고만 잡시다."

혜숙의 말에 모두가 일어나 잠자리로 돌아갔다.

의사가 지정해준 날에 춘보가 병원을 찾아갔는데 아무 이상이 없어 곧바로 시술을 할 수 있지만, 순도가 너무 약해서 시술을 못하고 추후에 연락하면 가기로 하고 돌아왔다. 춘보는 시술해서 사람을 살리는 것도 더 없이 잘 된 일이지만 먼저 혈액은 물론 다른 신체도 아무 이상이 없는 결과에 몸에서 으쓱하면서 힘이 불끈 솟아나는 것 같았다.

산야는 하루가 다르게 푸른 옷으로 갈아입고 있었다. 어린 아기 풋 살 같이 보드랍던 연록의 잎들이 짙푸른 청록이 되면서 5월의 끝자락 햇살조차 따가워지기 시작했다. 들녘에서는 모내기꾼들의 못줄 떼는 구령으로 들판이 출렁거렸다. 모 심으랴, 보리 베랴, 몸을 두세 개로 쪼개 써도 모자랄 판이라 부지땅도 동이 난다는 철이었다.

춘보가 정밀검사결과를 알기 위하여 광주를 다녀온 지도 한 달이 넘었다. 어머니 원순은 순도의 건강상태가 어떠한지 궁금하고 걱정이 되었다. 몸이 더 쇠약해져서 손을 못 대는가싶어 속이 타들어갔다.

한번 찾아가볼까 생각하다가도 이 바쁜 철에 들어내 놓고 친척도 아닌 일에 차마 찾아간다고 말할 수 없어, 날마다 소식을 기다리며 애를 태우고 있었다. 애초에 아무 소식도 몰랐으면 생각할 일이 아닌데 모산댁이 불쑥 찾아와 잊고 살아온 가슴에 불을 질러났으니 아무리 잊으려 해도 잊혀 지지 않았다. 더구나 건강하게 잘 살고 있다면 그나마 편한 마음으로 생각하겠지만 중병으로 생명이 경각에 달려있다니 그동안 잊고 살아온 것이 더욱 안타깝고 죄를 진 것 같았다.

"어찌 광주에서 아무 소식이 없다냐? 몸이 아조 안 좋아져서 그렁가?"

어머니는 지나가는 말처럼 슬쩍 순도에 대한 이야기를 춘호에게 꺼내 봤다.

"아, 참, 광주 순도 씨 요새 깜박 혔네요. 시방언 어쩌고 있넌가. 한시가 급허다고 혔넌디 시방까지 연락이 없던 것 봉게 이상헌 생각이 드네요."

"너도 그러냐?"

"요새 워낙 바빠서 잊어부렀넌디 엄니가 얘기 헝게 생각 낭만이라우."

춘호가 걱정스러워 하면서 말했다. 춘호는 어머니의 마음을 알지 못한 터라서 지나간 말로 한 것으로 생각하고 속으로는 크게 걱정하지는 않았다.

"한 번 가보면 안 되까?"

어머니는 살며시 춘호의 의중을 떠봤다.

"글씨요. 궁금허기는 헌디, 이 바쁜 철에 어찧게 가보겠어요? 먼 일 있으면 연락이 오겠지라우. 엄니 많이 궁금허신개비네요."

"아니다. 하도 그 엄니가 아덜 팸시 속을 태워 안타까워서 허는 말이다. 만일 아들이 잘 못 되기라도 허먼 그 엄씨 불쌍혀서 어쩐다냐?"

"엄니 말을 듣고 봉게, 그럴만도 허지만 요새넌 워낙 바쁜게 모나 끝 내놓고 한번 가보게요."

춘호는 어머니가 걱정하는 것을 생각해서 한 번 쯤 가보는 것이 도리라고 생각했다. 어머니는 춘호가 그렇게 생각 해주어 고맙다는 생각이 들었다.

농사일이 어느 정도 바쁜 고비는 넘기고 7월 초가 되었다. 어머니는 순도 소식이 두 달이 넘도록 감감무소식이니 혼자만 속을 태웠다. 그래서 하루하루 광주에 갈 날을 저울질하고 있었다. 들일이 별로 없어 혼자 집에 있는데 전보가 왔다.

"조춘호 댁이지요? 전보 왔어요."

집배원이 우편낭에서 전보를 꺼내주었다.

"어디서 왔어요? 전보 올 데가 없넌디."

"광주에서 왔는데요."

"광주?"

원순은 가슴이 덜컹 내려앉았다. 원순은 떨리는 손으로 전보를 뜯어 보니, '장순도 사망'이라는 글씨가 또렷이 적혀있었다.

원순은 털썩 주저앉고 말았다. '순도가 죽어? 그렇게 아무 소식이 없었구나.'하면서 울음이 복받쳐 올라왔다. 솟구치는 감정대로라면 큰

소리로 울어야 속이 시원할 것 같은데 그럴 수 없는 것이 가슴을 더 미어지게 했다. 흐르는 눈물만 훔치면서 전보를 손에서 놓을 수가 없었다. 어미라고 따뜻한 젖 한 모금 못 빨린 것이 한스러워 가슴을 쥐어뜯어도 풀리지 않을 것 같았다. 가슴에서 지워버리지 못하고 살아온 30년이 넘는 세월, 너무도 모질게 살아온 것이 피를 토할 듯 후회스러웠다.

순도의 출생이 혼외자식으로 드러날 경우 지금까지 살아온 여정이 하루아침에 무너지고 남의 질시를 견디어내기 어렵기 때문에 숨기고 지내왔지만 어머니를 어머니라고, 자식을 자식이라고 말 한마디 못하고 살아온 것이 가슴이 찢어질 듯 아팠다.

해가 서산에 뉘엿뉘엿 넘어가고 있다. 어차피 이렇게 된 것. 잊자! 그리고 억새처럼 모질게 살자! 살아온 세월이 얼마인데, 이제 와서 들어낸다면 어찌하겠는가, 집안의 종부로, 젊은 청상으로 수절하면서 가문의 표상이 되어왔는데 드러나지도 않은 죽은 자식 때문에 그 공을 하루아침에 허물어버릴 수는 없다.

그래도 생각할수록 가슴이 찢어지는 통증이 가시지 않았다. '망헐 자식. 마지막엔 이 가련한 에미 가슴에 대못을 박아놓고 지가 먼져 가버렸구나! 쬐끔만 버텼으면 골수이식을 혀서 나슬 수도 있었을 턴디, 비러묵을 놈의 자석, 태어나지나 말지.' 원순은 가슴을 에는 슬픔조차 드러내지 못하고 몇 날 며칠을 속울음만 울었다.

13

잃어버린 세월

원순은 고난과 한恨에서 한시도 풀려나지 못했다. 모질게 살아온 세월, 언제인지도 모르게 그녀의 나이 구십을 훌쩍 넘어서 백 살을 바라보면서 살고 있다. 너무도 오래 살아왔다. 어린 나이에 결혼해서 삶이 무엇인지도 모른 채 시조부모를 비롯하여 시부모 시동생들 뒷바라지가 그녀의 삶 전부였다.

한국전쟁공간에서 죽지 않고 목숨을 부지한 것이 다행이라고 할 수 있을까, 남편을 잃고 피난살이에서 어린 자식들을 키워야 하는 절체절명의 순간들을 이겨내야 했다. 자기를 돌본다는 것은 너무도 호사스런 말이다. 11대 종부로서 삶은 오직 희생을 감내해야 하는 숙명이었다.

피난살이에서 돌아와 잿더미 위에서 새로운 삶을 일궈내는 시절 어려움을 극복하는데 고통은 따랐지만 작은 성취를 얻었을 때의 보람이 가장 행복했던 것 같다. 그 시절도 잠시였다.

자식들 여의살이가 끝나면 자식들에게 대접 받으며 여유로운 자기 삶을 살 수 있을 것으로 기대했는데 헛된 꿈이었다. 시대가 변했다고는 하지만 며느리 시집살이를 할 줄이야 상상이나 했는가, 그것이 현실이다.

큰소리 한번 치지 못하고 죽은 듯이 있는 둥 없는 둥 죽는 날까지 그렇게 살아야 한다.

원순의 형제자매 일곱 사람 중 넷째 여동생 애순이와 막내인 끝순이만 살아 있다. 끝순이 나이도 팔십이 넘었으니 늙은 할머니였다.

10여 년 전까지만 해도 친정조카들이 설이나 추석명절엔 거의 빠짐없이 찾아보러 왔으나 이제는 조카들도 더러는 죽고 대부분 이순 살이 넘어서 그런지, 아니면 세상이 변했는지 찾아온 사람이 없다.

그러니 며느리가 아무 거리낌 없이 시어머니를 홀대하고 무시해도 누구하나 말하는 사람이 없다. 원순은 거동이 어려워 문밖에 나아갈 수가 없다. 하루 종일 골방에서 지내는데 그래도 70이 넘은 춘호는 어머니를 끔찍이 보살펴 주었다. 아들 며느리가 거처하는 방은 보일러를 놓았으나 원순의 방은 옛날 그대로 구들방이어서 조석으로 춘호가 군불을 때주어 방안은 따뜻했다.

춘호와 혜숙은 일철엔 논밭에 나가고 겨울엔 놀러 나가 원순 혼자 집을 지키고 있다. 점심때 잠깐 들러 점심한술 차려주는 것도 며느리로서는 일 중에 큰일이었다. 며느리 혜숙이 아무렇게 대하고, 말 조심성도 없지만 끼니는 빠지지 않고 밥을 차려준 것만도 가상하게 생각하며 살고 있다.

의술이 발달하여 수명이 길어지면서 노인인구가 급격히 많아졌다. 따라서 자식들이 부모모시는 것을 어렵게 생각하고 노인사랑병원이나 요양병원에 보내는 사람이 태반이다. 그전에는 사람이 객지에서 죽으려고 하면 집으로 모셔 들어왔는데 이 시대는 죽음을 맞이하기 위하여 요양병원으로 가고 있다. 옛날 고려장과 다르랴, 그런데 원순은 거동이 어려운데도 요양병원으로 보내지 않은 것만으로도 다행이라고 생각하고 있다.

"아무도 없소?"

밖에서 아물아물한 말소리가 들렸다.

"성 없는가? 나 왔넌디, 아무도 없어?"

끝순이였다.

"누구여? 나, 여그 있는디. 누구 왔어?"

원순은 귀가 어두워져 웬만한 소리는 잘 들리지 않는다. 밖의 인기척에 며느리 혜숙이 점심 차려주려고 온 것으로 생각하고 있는데, 자꾸 부르는 소리에 이불을 젖치고 방문을 열어 봤다.

"누군디, 구려? 이 방으로 들어와."

"성! 나여. 끝순이. 성이 보고 싶어 왔어요."

끝순은 굴속 같은 방으로 들어왔다. 대낮이지만 불을 켜지 않고는 아무것도 분간할 수 없는 토굴이었다.

"불 좀, 써 바요. 요렇케 캄캄한 방에서 어쯯게 산디야? 감옥살이는 양반이네."

밖에서 들어오니 더욱 캄캄하여 아무것도 보이지 않았다. 원순이 벽에 붙어있는 스위치를 켰다. 방안은 일시에 환하게 밝아졌다. 구석엔 양은 요강이 뜯어낸 달력 종이로 덮여있었다. 여름만 해도 밖으로 나가 대소변을 봤지만 겨울이 되면서 거동이 불편한 원순으로서는 방에서 요강에 보는 수밖에 없다.

"동생이 어쩐 일인가? 친정장조카 갑식이는 어떻게 허고 산가? 몸이 안 좋다는 말을 들었는디, 인자는 어쩌? 정심 안 묵었제? 쪼끔만 앉아 있소."

"아니어, 그대로 있어요. 정심이야 아직 안 묵어도 되야. 그나저나 성이 거동은 불편해도 요러코 살아있은께 좋아. 오래 오래 살아야 혀. 알았제."

"시방 무신 소리를 허는거여? 겨울 안 넘기고 죽었으면 좋겄어."

원순의 눈가에는 눈물이 이슬처럼 맺혔다.

"성! 그런 소리 말아요. 죽기는 왜 죽어. 성이 지켜온 살림인디 떳떳하게 살아도 돼야. 며느리가 함부로 헌다는 소리 들었어."

"아니어. 잘 혀."

원순의 말끝이 흐려지며 복받치는 서러움에 말을 잇지 못했다. 그 때 밖에서 인기척이 났다.

"누구, 왔는가?"

며느리 혜숙이 혼잣말로 구시렁거리며 부엌으로 들어가는 소리가 났다.

"나, 왔네."

끝순이 방문을 열고 나갔다.

"이모님 오셨어요? 다 잘 지내셨어요? 이모부님도 건강허시고요?"

부엌으로 들어가던 며느리가 다시 나와 반갑게 인사를 했다.

"항, 우리 아직은 건강혀. 자네가 애 쓰네. 불편헌 시어머니 모시고 사느라 고생이 많제?"

"아니라우. 머 헌다고요."

며느리는 아주 반갑고 흔연스레 이모를 맞이해 주었다. 원래 혜숙은 다른 사람이 있을 때는 시어머니에게 잘 하는 척 했다. 더욱 외가 식구 누구라도 올 때에는 시어머니에게 아주 잘 했다. 말 한마디라도 반갑게 하고, 음식 하나라도 따뜻하게 장만해 올리며, 시어머니한테도 깍듯이 대접해 주었다. 그러나 외갓집 손님이 떠나면 언제 그랬냐 싶게 더욱 쌀쌀맞고 말도 함부로 해댔다. 원순은 그 속사정을 친정 식구들한테 말할 수가 없다. 오히려 친정 식구에게는 며느리를 칭찬하기에 바빴다.

생각이 있는 사람 같으면 그런 것을 생각해서라도 시어머니를 함부로 대하지는 아니할 테지만 이중 성격자로 좋아질 기미가 털끝만큼도 보이지 않았다. 더구나 그녀의 나이가 칠십이 다 되었으니 머리가 하얀 할머니다. 이 나이에 시어머니를 모신다는 것이 쉬운 일은 아니다. 손자가 8명이나 되고 보면 며느리에게 대접 받고 살아야 할 터이지만 시대가 자식들하고 같이 사는 사람이 거의 없으니 며느리 혜숙을 탓할 일도 아니다. 둘째 춘보는 전주로 나가 살면서 명절 때하고 생일 때 찾아오는 것이 고작이었다. 자식들 공부시킨다고 어머니는 거의 잊고 살아온 터라서 형수 혜숙이 어머니를 홀대한다고 해도 말 한마디 못한다. 젊을 때는 그렇게 친절하고 어머니 공경도 잘 했는데 멀리 떨어져 있으니 명절 때도 오지 못한 때가 허다했다. 누구하나 마음 열어놓고 속에 있는 말 한자리 할 사람이 없으니 더욱 고독하고 쓸쓸하다.

너무 오래 살았다. 원순의 나이 아흔 일곱 살. 이렇게 오래 산 것이 복일까? 재앙일까? 집안의 어른들은 진작 다 돌아가셨다. 정신적으로 가장 가까이서 의지하고 살아왔던 덕동 작은어머니. 근엄하게 정신적 지주가 되어주셨던 남원당숙, 당숙모 그리고 산정대부 등 집안의 어려운 일을 함께 걱정하고 처리했던 어른들이 아무도 안 계신다.

90이 넘으면서는 거동조차 어렵게 되었다. 몸은 날로달로 쇠하여만 갔다. 정신상태도 혼미해져 가고 있었다. 그래도 과거 고생하며 살았던 일은 기억에 뚜렷하게 남아있다. 어른들의 제삿날, 손자들 생일을 기억하고 있다. 원순은 조상님들의 제삿날 밤엔 희미한 불을 밤새 켜놓고 조상님들께 어서 데려가라고 빌고 빈다.

기구한 운명! 모질기만 한 목숨! 무슨 악연 때문에 죽음의 길이 그리 멀기만 하는가? 마지막 죽음 앞에서까지 한恨의 뭉텅이는 커져만 가고, 그 한을 풀기보다는 마지막엔 버림받은 채 살아가야 하는 운명을 어찌할 것인가? 순종하면서 착하게만 살아온 길은 잘 다듬어진 포장길이어야 하지만 그녀 생의 뒤안길은 질곡의 진흙 밭이다. 짓밟히면서도 착하게만 살아온 생의 끝자락에 저주의 치맛자락이 펄럭이고 있다.

온갖 수모와 질시를 받으며 살아온 지난 세월이 너무도 잔인하고 모질었다. 1세기를 살아오면서 그 많은 시간들 그 많은 세월을 빼앗기고 그녀에게 남은 것은 한恨의 건더기들만 헌 걸레처럼 너덜너덜하다. 필경畢竟 죽음을 목전에 두고도 영어囹圄의 몸에서 벗어날 기미가 보이지 않는다. 진정 백수를 한다는 것이 복 받은 삶일까? 〈끝〉

박종식 장편소설

잃어버린 세월 (下 권)

발 행 일 1 쇄 발행 2020년 5월 30일

지 은 이 박종식
펴 낸 이 김한창
펴 낸 곳 도서출판 바밀리온
주   소 전주시 덕진구 가리내 6길 10-5 클래식 302호
전   화 (063)253-2405
팩   스 (063)255-2405
이 메 일 kumdam2001@hanmail.net
인   쇄 새한문화사
주   소 (10881)경기도 파주시 광인사길 211-2
전   화 031-955-7121 FAX.031-955-7124

등   록 제2017-000023
I S B N 979-11-90750-04-2

정 가 : 15,000원

이 도서의 국립중앙도서관 출판예정도서목록(CIP)은 서지정보유통지원시스템 홈페이지(http://seoji.nl.go.kr)와 국가자료종합목록 구축시스템(http://kolis-net.nl.go.kr)에서 이용하실 수 있습니다.
(CIP제어번호 : CIP2020015484)